El Maestro
de
los Jinn

Reconocimientos:

Con gratitud eterna, agradezco a las siguientes personas por sus buenos consejos, apoyo, inspiración, generosidad y amor:

A Hasan Koshani, Leon Tiraposky, Ali Jamnia,
Mojdeh Bayat, Mayann Lewis, Barbara Vaughan,
Patricia Sweeney
y para siempre,
a Matthew y Rebecca.

Traducción literaria por Bárbara Simpson Egüez

El Maestro
De Los Jinn

<u>Una Novela Sufi</u>

Escrito por:

Irving Karchmar

Traducción literaria por Bárbara Simpson Egüez

ISBN-13 978-0615898209
ISBN-10 0615898203

Los diseños fueron hechos por Elana Kohn Spieth.

Las ilustraciones fueron hechas por Nadya Orlova.

Impreso en los Estados Unidos.

Dedicado al
Dr. Javad Nurbakhsh,

Maestro de la Orden Sufi de los Nematollahi

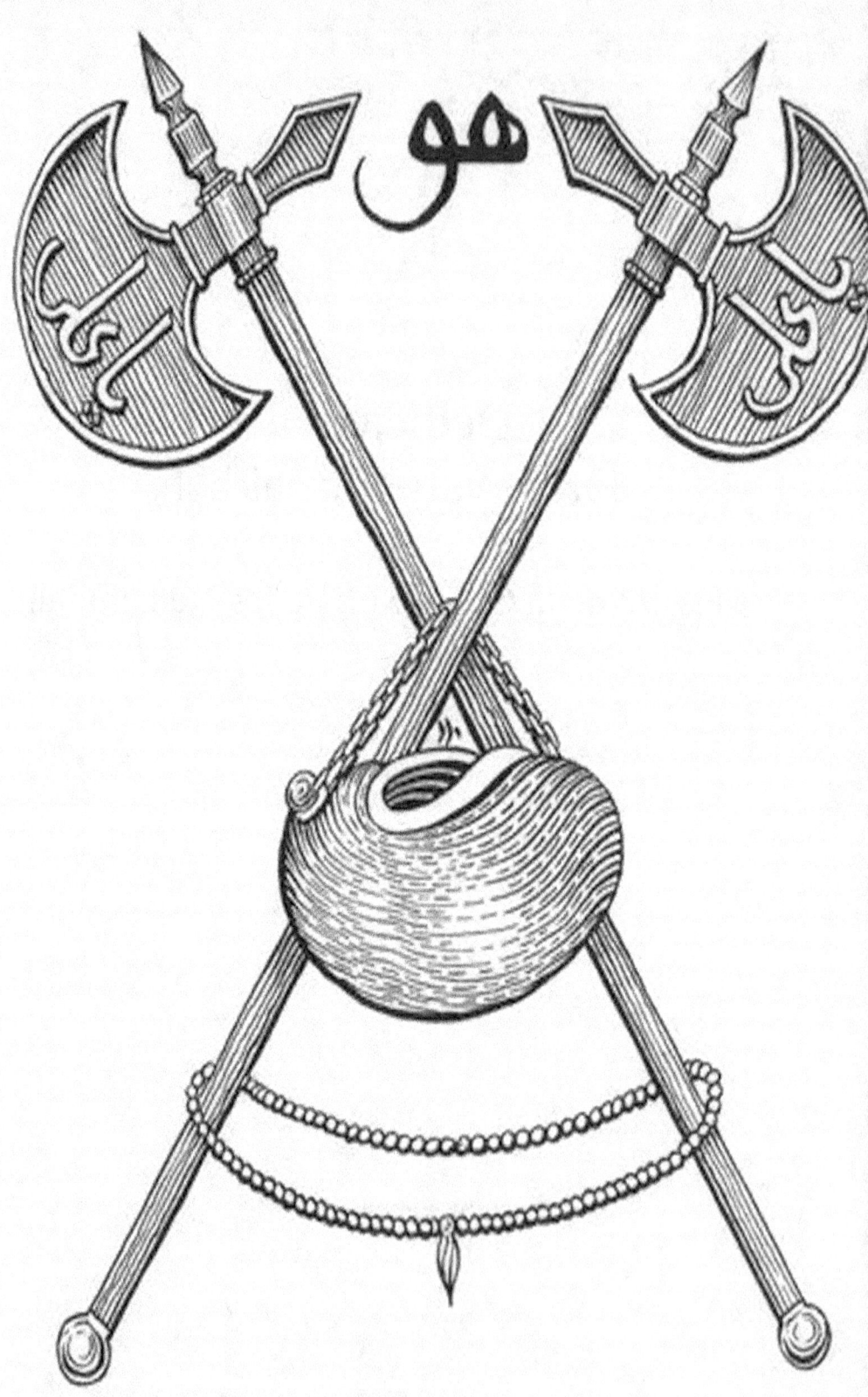

Contenido

Prólogo

9

El Maestro

15

El Viaje

110

Los Jinn

144

Epílogo

214

Glosario de Palabras Extranjeras

228

Prólogo

En el nombre de Allah, Clemente, Misericordioso.

Mi Maestro me mandó a mí, Ishaq el Escribano, a contarle el cuento de la jornada de la cual por la Misericordia de Dios, sólo yo de todos mis compañeros, regresé.

Miré a Alí y a Rami saltar al fuego, asi que ya no están. Y también Jasus, el adivinador de corazones...entró a las llamas. No sé que se hicieron el sabio judío y su hija, o el gran capitán, no se querían ir cuando les supliqué que se fueran.

Pero estoy seguro de esto: que el demonio todavía está allí esperando...

Belzebú—el Señor de los Jinn.

El Maestro de los Jinn

Les revelamos las señas
En los horizontes
Y adentro de ellos mismos.
- El Corán, XLI: 53

Con los primeros rayos del nuevo amanecer alumbrando el centro del desierto, brotan los escarabajos negros por la arena hacia el rostro de las dunas a rezar. Parados en un sin fin de filas tras filas por la colina y la cima, miran hacia el sol naciente y se doblan en reverencia, como si estuvieran postrándose en alabanzas, levantando sus piernitas traseras hacia el calor, juntando las gotitas de agua del sereno de la noche fresca del desierto mientras ruedan por sus caparazones duros hacia sus ansiosas boquitas.

Al verlos, lloré mis últimas lágrimas.

Pensé, "Aquí hay un espejo vivo del Misericordioso...la oración de cada mañana es contestada con el sustento de la vida". Si tanta confianza descuidada llenara mi propio pecho, mi propio corazón reflejaría tanta devoción, en vez de éste dudable palpitar que es el dote del hombre, éste maldito enlace de dudas y deseos. Hasta maravillas sin límites degenera en razonamientos mundanos, mientras la mente busca desesperadamente su propio nivel, su orden que disminuye.

El Maestro estaba en lo cierto al ordenar éstas palabras, pues Él sabía de las dos cosas. Temprano en aquél día, pero de esto ya hace mucho, mis dudas y deseos quedaron al descubierto ante ese ojo despejado.

Ya casi no tenía fuerzas, pero nuevamente me puse a caminar toda la noche sin agua, yendo hacia el oeste y el norte hacia el erg, el gran mar de arena de Tenere, esperanzado en acortar el camino que va a Agadez. Faltando tres horas para la primera luz, me caí exhausto al lado de una pequeña duna en forma de media luna y escarbé entre la figura para acomodarme lo mejor que pude en búsqueda de calor para resguardarme de la noche del desierto.

Prólogo

El viento había cesado y ya pude contemplar las estrellas en el cielo sin luna. A pesar que sabía que no podría vivir otro día, no sentía miedo. Perdido en los días y las noches de estar deambulando, la desesperación y pesar que me agobiaban estaba ya casi agotado y la marea llevó la humedad de mi cuerpo. Mi mente estaba tranquila, clara y tan distante como las estrellas. Quizás me dieron una pequeña medida de sakina, ésa tranquilidad de corazón que viene solo con la sumisión a la voluntad de Allah, o de repente perdí la razón, delirando por el sol y la sed. Pero mientras se cerraban mis ojos, no sentía temor ni de una víbora, ni por un escorpión o algún animal feróz...ni siquiera de la misma muerte. No puedo explicarlo. Vacío y sin sueños, caminé por el amanecer sin rumbo, sin pensamiento o conocimiento.

Cuando la luz me despertó, pensé por un momento que todavía estaba soñando, mi conciencia que estaba alicaída, apenas podía comprender ante mis ojos atónitos que los escarabajos, unos enjambres enormes de manchas negras, estaban subiéndose súbitamente por todos mis alrededores. Nunca había visto cosa tan semejante y mí primer instinto era que vinieron a devorarme, pero en su afán de llegar a la cima de las dunas para formar sus filas en dirección del sol, llamados a la oración por el más antiguo de los almuecín, no me habían tomado en cuenta en lo más mínimo. Rápidamente salí de la arena y me fuí gateando.

Mientras observaba sus respuestas en las gotas que escurrían por sus carapachos, se me brotaron las lágrimas. Entonces luché con mi propio caparazón de achaques y pude arrodillarme en dirección al sol naciente y toqué la arena con mi frente.

Los Tuareg se acercaron...hasta cuando estaba invocando al Todo Misericordioso, se vinieron avanzando hacia mi persona con la misma rapidez que mis hermanos los insectos, con la sospecha achicándoles los ojos de sus caras veladas y con la incertidumbre de haberse encontrado a un demente o a un demonio en las arenas, se venían como unos espectros, cabalgando despacio.

El Maestro de los Jinn

Guiados por la estrella que ellos llaman Hajuj, estaban siguiendo el viejo camino de sal hacía el este. Por ser una mañana de cacería, seguramente nunca encontraron un animal de caza menos improbable. Me movía la cabeza cuando me hacían señas para protegerse en contra de mí, pero me quedé callado cuando hablaron. Yo solo entendía unas cuantas palabras de Tamashek, el idioma de ellos. Ellos no sabían que pensar de mí, a pesar que yo también tenía puesto una gandura, un manto azul y me llevaron a su campamento de caravanas.

Allí me dieron agua para beber de un recipiente de cuero mientras esperábamos que regresara su modougou, el jefe de la caravana, y yo le daba las gracias al Todo Poderoso con cada sorbo y con cada respiración lo alababa por haberme rescatado. Poco a poco me estaba sintiendo mejor. Después de un rato llegó cabalgando el modougou. Él tenía puesto un espadón largo en una funda roja y tenía puesto un turbante negro que le envolvía todo, menos sus ojos…sin embargo lo reconocí por sus ojos, era Afarnou.

Afarnou y yo nos conocíamos de antes.

Sin bajarse, exclamó, "¡Bah, hasta ahora yo los había dado por muertos!... ¿Donde están los demás?"

Él hablaba el francés bien, pero su árabe era pésimo. Pero cuando no contesté a ninguna de sus preguntas, se desmontó y me miró más de cerca. Lo que él observó, solo puedo suponer, porque empezó a hablar bien despacio como si yo fuera un bruto que sus camellos estaban agobiados por el peso de los conos de sal de las minas de Tisemet y que estaban de ida a canjearlos por mijo en Damergu, Nigéria. Sin embargo de malas ganas dejó que un hombre me acompañe con dos camellos donde su papá, el Amenukal de la gente noble.

Prepararon un mullido de paja para los camellos y sin despedidas, mi guía y yo cruzamos el Tenere. En dos días llegamos a Agadez y aquí estoy todavía, siendo atendido en un cuarto pequeño de una humilde vivienda por la esposa del Amenukal y una sirvienta anciana.

Prólogo

Supe que el Amenukal ejerce autoridad sobre una federación libre de tres tribus de los Kel Ahaggar, y también el amrar, "El Jefe de Tambor" de su propia tribu; el mejor símbolo de autoridad de un jefe ante los Tuareg, que alguna vez fueron como guerreros...pero de eso ya hace mucho. Durante los años de la ocupación francesa, casi todas sus antiguas costumbres cambiaron.

Por cortesía el Amenukal se viste de su pequeño reino como si fuera un manto de honor. Él es un hombre mayor con modales de cortesano y con una hospitalidad impecable. Él tiene la dignidad de una presencia tan suave que ennoblece su hogar.

Allí estaba él parado en la cabecera de la cama contemplándome, pero no hizo ninguna pregunta de mi condición. Sin comentar, tomó la nota que yo había escrito. Quizás no fuí el primer tonto que encuentran deambulando por el desierto, o de repente espera alguna recompensa. Como sea, él es un anfitrión generoso y bondadoso siguiendo la admonición árabe de "Haz el bien y no hable de él y por seguro tu bondad será recompensada".

Sin embargo, todos los días las dos mujeres se sientan afuera de la puerta de mi habitación a cuchichear de preocupaciones y de incertidumbres, pensando que me quedé mudo por encanto o a consecuencia del sol del desierto...o que estoy maldito o chocho.

Pues, que sigan pensando.

Ahora ante mí hay papel en blanco, tinta y mis plumas. Mi cuerpo se repuso, sin embargo sigue el silencio. No he hablado desde que huí hacia el desierto...mudo para todos ahora, menos la encomendación de escribano. Las palabras están de sobra; aparte de contar todo el cuento, no sirven para nada.

Allah, concédeme una memoria lúcida.

El Maestro

Mi corazón se ha hecho capaz de todas las formas;
El claustro del monje, el templo de los ídolos,
El pasto de las gacelas, la Kaaba del peregrino,
Las tablas de la Torá, el Corán.
Amor es mi credo.
Dondequiera que dirija sus pasos,
El amor sigue siendo mi credo y mi fé.

-El Tarjuman al-Ashwaq
(El Intérprete de Deseos)
Por Muhyi'ddin Ibn al-Arabi

El Maestro de los Jinn

Con la visión del alma,
Atestiguamos
La visión de Dios
Dentro del escenario del corazón
--El Tarjiband de Nur 'Ali Shah

Durante esa hora fresca cuando las estrellas desaparecen y la delicada noche se envuelve con el día, en la vivienda de mi Maestro nos levantamos temprano. ¿Lo sabe? Entonces la casa del corazón queda silenciosa...y la tabla del corazón queda lavada y limpia.

Durante esa hora yo me sentaba al lado de la ventana que daba a la vista del jardín y hacia abajo de la colina hasta los campos y la ciudad que quedaba más allá. ¡Ah, Jerusalén! Estábamos a mediados del verano y la fragancia del viento olía a jazmines y a mar.

Aquel día escuché el grito familiar del gallo cacareando su saludo a la mañana, pero era un amanecer como ningún otro en mi vida; de repente todas las aves de la creación se acoplaban al canto; los árboles del jardín estaban vibrantes con alondras y pinzones, canarias y tórtolas y otros cientos más que jamás podría nombrar y cada ave tenía su propia llamada característica como chirriar, silbar, graznar y gorgojeos.

Hasta habían ruiseñores entre medio que cantan sus canciones solo a la luz de las estrellas. Yo nunca había visto una bandada así que cantaran juntos tan semejante coro, ni jamás podría imaginar cuál instinto fue que los atrajo a todos a la vez, pero mi soledad desapareció. Después regresé a la planta baja a calentar agua para el té de la mañana.

Cuando puse la caldera para calentar agua, estaba pensando en acabar con la serenata con una ofrenda de migajas de pan, pero cuando abrí la puerta que dá al jardín, para mi sorpresa allí entre los árboles sentado en un banquito de piedras estaba el Maestro.

El Maestro

No puedo entender por qué Él decidió sentarse entre tan semejante clamor y estaba a punto de preguntarle si le gustaría una taza de té, pero al mirarme, dió un suspiro y cerró sus ojos...inmediatamente todas las aves a la vez como si hubieran estado cantando solamente para sus oídos y nadie más, se callaron.

Al presenciar el silencio repentino, me quedé sin aliento. Ante mis ojos había uno de esos pequeños misterios de los cuales según dicen suceden solamente en la compañía de un Gran Maestro. Yo nunca lo había experimentado antes y el extraño acontecimiento me dejó con la boca abierta.

Yo casi no sabía de tales cosas o del Maestro. Mi mente estaba llena de miles de imaginaciones, pero yo no podía explicar lo extraño de las aves. Yo no conocía ni sus cantos o entendía su silencio.

En fin, ya no había tiempo para meditar más sobre eso, el nuevo día había empezado y las demás personas de la casa bajaron. No mencioné nada en cuanto a las aves, ni pregunté si los demás escucharon o vieron. No se debe de hablar de como son las maneras del Maestro. Las personas que estaban a cargo de la cocina, extendieron por encima de las alfombras persas el sufreh, el mantel blanco y largo, cubriendo todo el piso del cuarto. Luego pusieron sal, pan, mantequilla y mermelada para la comida de la mañana, pero yo no tenía deseos de comer pan.

El Maestro no nos acompañó a comer. Al rato miré por el jardín, pero Él ya no se encontraba en ninguna parte y las aves habían desaparecido.

El Maestro no apareció hasta la tarde y obviamente nadie le preguntó donde había ido, ni dijeron una sola palabra cuando Él decidió ir al mercado a pie— algo que Él nunca hace, para comprar una marca de café que Él jamás toma. Todos estaban sorprendidos, pero nadie hizo preguntas en cuanto a la voluntad del Maestro. Yo fuí el escogido para acompañarlo a cargar lo que Él hubiera comprado.

El Maestro de los Jinn

¡Ah!, Me acuerdo como se empaparon mis sentidos esa mañana en el mercado con las cosas a la vista y sus fragancias exóticas. Hasta me había olvidado del pequeño misterio de las aves mientras íbamos pasando los puestos e instalaciones del mercado. Muchos de los comerciantes reconocieron al Gran Maestro y le ofrecían fruta y marraquetas de pan a cambio de oraciones de Él. Él me hacía escribir cada uno de sus nombres en un cuadernito que siempre llevaba conmigo y después les expresó que en vez de darle a Él sus ofrendas, que las distribuyeran mas bien entre los pobres, "Para que mis oraciones sean realmente escuchadas por El Gran Proveedor".

Al terminar de hacer las compras, el Maestro decidió caminar por el pueblo viejo. Caminamos por un buen rato en silencio hasta que llegamos a la cúpula de la mezquita, el Haram al-Sharif, la cuál dicen fue construída encima de las ruinas del Templo de Salomón.

Me fijé en el mendigo anciano que estaba casi desnudo sentado allí en los escalones de piedras entre las sombras de la gran cúpula. Aparte de tener puesto unas sandalias desgastadas, una gorra tejida blanca y unos pantalones cortos de algodón color blanco, estaba quemado como el color del café, y era muy delgado y alto. Se le veían las costillas y estaba fibroso y escaso de músculos, a los que le daban limosnas, les decía la suerte. El pudo haber salido de algún desierto bíblico. Su cabellera y barba blanca y que estaban limpias y cuidadosamente peinadas, quizás por respeto hacía los que van a adorar,

El Maestro se paró a mirarlo un ratito. Yo nunca había visto anteriormente a aquel hombre, sin embargo había algo extraño y familiar en él que yo reconocía. De repente sentí compasión y una lástima abrumante por sus huesos viejos y lo que le quedaba por hacer en ésta vida difícil.

En voz alta pensé: "¿Serán contestadas sus oraciones?" y volteándose hacia mí con sus ojos oscuros brillando por debajo de sus cejas gruesas y blancas como las nubes, el Maestro me contestó... "Con seguridad son, pero puedes estar seguro que nunca pide nada para si mismo. Sus oraciones son tan livianas que se elevan hasta el cielo como el vapor del océano de la vida".

El Maestro

"El es un fakir, uno que ha logrado desprenderse de la sakina, lo que es la tranquilidad del corazón, que se presenta solamente con la sumisión a la voluntad de Allah. Así que joven Ishaq, es él quién debe de sentir lástima por tí. Cuando hayas aprendido a mirar con tu corazón, tus ojos no te defraudarán... ¡Vaya y tire tus monedas en su tazón!... Que mientras menos cargan tus posesiones, menos pesada será el ancla que tienda a complacer a las indulgencias--las nafs".

Con que sabiduría estuve de acuerdo con lo que dijo, cuando en realidad muy poco entendía y sigo sin entender. Pero me acerqué al viejito para dejar caer unas cuántas monedas en su tazón, su kashkul, el calabacín de mendigo que estaba intrincadamente tallado.

Cuando él miró para arriba, respingué y tumbé las monedas de mis manos. La cabellera y barba blanca del viejito enmarcaban su rostro que estaba marcado con muchas arrugas profundas y su piel era como cuero curtido por el tiempo y los vientos del desierto. Él era grotesco e imponente. Yo no quería mirarlo, pero sus ojos apresaron los míos y no pude moverme. La mirada en los ojos de esa cara antigua quemaba como carbones, pero a la vez tenían cierta serenidad que hasta sentí vergüenza por mis pequeñas vanidades... luego me susurró: "Harás un viaje largo".

Después bajó su mirada y no habló más. Con eso, medio como pude, le hice una reverencia sin gracia y a la vez traté de esconderme detrás del manto de mi Maestro como un niño asustado. Apenas escuché las palabras del viejito, sin embargo sentí que este fakir quién no tenía a nadie más que a Dios, en sí el rico era Él, mientras que yo, así vestido finamente y pesado con monedas y pena, era en realidad el verdadero mendigo.

El Maestro de los Jinn

Durante el resto de ése día mis pensamientos regresaban a ese viejito; ¿Cuáles eran los desiertos que garabatearon sobre su rostro?... ¿Que penurias le atrajeron tal sabiduría severa?... ¿Y esos ojos negros cuales son unos aljibes, qué visiones habrán visto?... Yo nunca había visto al señor antes, sin embargo el presentimiento de familiaridad no me abandonaba. Ese sentimiento me hacía sentir inquieto e incómodo. Al final decidí que le iba a preguntar al Maestro después de la cena acerca de mi estado.

Mientras estábamos caminado por los jardines, el Maestro me explicó: "El recuerdo que El fakir despertó en usted es el recuerdo de Su estado puro antes de la creación; La perfección de tu corazón llama a aquellos que están en el sendero". Viendo la incertidumbre en mi mente, El decía... "y tu incomodidad es tu miedo de él. Tú todavía no escuchas con oídos de aceptación, sin embargo fuistes guiado al sendero del corazón donde todo el oro del mundo no puede comprarte ni un grano de su polvo. Tu ser mundano tiene miedo que el sendero te guiará a la pobreza mundana."

"¡O Ishaq, el corazón generoso siempre tiene suficiente para dar! Es el avaro de espíritu que cree que nunca tiene suficiente para ser generoso. No es la falta de posesiones lo que lleva a uno a la pobreza espiritual, ni tampoco las oraciones o ayunar solito...es el abandono de estar absorbido en uno mismo y de estar en constante remembranza y reflexión para que el corazón sea desprendido; solo entonces las manos gustosamente se abren y sueltan el apego por las cosas mundanas y se acercan a Dios".

No dije nada más, ya que me quedé purificado por sus palabras. Él me miró y dió un suspiro.

"Tú, como Moisés, eres ciego en cuanto al valor de las ofrendas verdaderas. Tus pensamientos todavía están saturados de tí mismo, donde no cabe espacio para que quepa otras cosas".

Entonces el Maestro me mandó a dormir afuera, a respirar el mismo aire y sentir la misma tierra que el fakir, para así ayudar a mi corazón a recordar.

Llevé mi estera, una almohada y una cobija al jardín y me acosté en una de las alfombras persas que estaban tendidas por la fuente de agua. El Maestro tiene muchas reuniones aquí en el verano y se puede sentir la energía fuerte que está presente.

El Gran Maestro

Me tapé con la cobija, puse mis manos debajo de mi cabeza y el agua que caía suavemente calmaba y me pemitía absorber la noche.

La luna había subido llena y dorada en el desierto del este y ahora brillaba plateada luminosa entre las innumerables estrellas sobre Jerusalén. Eso me llenó el corazón con una añoranza inexplicable y sentí como que todas las estrellas del cielo estaban ardiendo; era tan inmenso y bello que mis pensamientos se paralizaron. Con ojos cerrados en ese primer instante entre estar dormido y soñando, me acordé del cuento viejo...o más bien se recordó de mí.

Moisés se fue caminando solo por el desierto y se puso a orar, implorando a Dios, "Dios mío, por muchos años he sido Tu siervo fiel, sin embargo nunca has entrado a mi casa o partido el pan conmigo. ¿Vendrás a cenar a mi casa?"

Dios estaba muy contento con su pedido y contestó: "Si, seguro. En verdad, has sido mi siervo fiel y vendré ésta misma noche a tú morada a partir el pan contigo".

Encantado que le iban a conceder ésta gracia especial, Moisés se fue de prisa a su casa, ordenandoles en cuanto a las preparaciones y luego con sus propias manos cocinó un gran banquete propio para El Señor.

Cuando todo estaba listo y se acercaba la hora de comer, Moisés se vistió con su mejor manto y se puso a esperar afuera de su casa, caminando para arriba y abajo con ansiedad. Había mucha gente a ésa hora en las calles regresando a sus casas después de sus labores del día, y al pasar, le hacían sus venias al saludarlo.

El Maestro de los Jinn

Distraídamente les regresaban el saludo hasta que un mendigo anciano entre la multitud, vestido de arapos y apoyado pesadamente sobre una estaca de sándalo se le acercó y se inclinó hasta abajo hablándole: "¿Gran señor, puede usted compartir una pequeña ración de su merced con uno menos afortunado?", le pidió por la adab, la tradición de cortesía.

Impacientemente Moisés le respondió cortésmente: "¡Ya ya!, recibirás tú porción y monedas también para tu cartera, pero tienes que regresar más tarde, que ahorita estoy esperando a un invitado importante y no tengo tiempo para tí".

Donde el mendigo siguió su camino, mientras Moisés se quedó esperando; hora tras hora daba pasos para arriba y para abajo durante toda la noche en espera, pero el Señor nunca apareció. Moisés ya estaba totalmente desconcertado y se puso a sollozar sin consolación y no pegó ojo en toda la noche...de solo pensar que Dios se había olvidado de él era un puñal al corazón. Con su ropa desgarrada, nuevamente al amanecer se fue caminando para el desierto sollozando, se postró al suelo y llorando gritó: "¡Ay Señor!... ¿De qué manera le he ofendido para que no se presentara a mi casa como me había prometido?"

Y el Señor le contestó diciéndole: "Ay Moisés, el mendigo que estaba apoyado en su estaca a quien tú le dijiste que se fuera era yo. ¡Entérese que yo estoy en toda mis creaciones y las porciones que tú compartes con los menos afortunados de mis siervos, me las das a mí!"

Cuando la luz del sol me despertó, las lágrimas manchaban mis mejillas...lloré al darme cuenta de la inmensidad de mi ignorancia y por la larga jornada que quedaba a mi corazón por hacer. Abu 'l-Qasim al-Junayd, quien según dicen, fue él Qutb de su tiempo, exclamó una vez: *"Caminaría miles de leguas en falsedad, si solo un paso de la jornada sea la verdadera".*

El Gran Maestro

Seguramente eso fue lo que el fakir había leído en mí. Le dí las gracias a Dios por haberme guiado a un Gran Maestro del Sendero y por la maravillosa vida que Él me dió.

Todo lo demás son los nafs--las vanidades del ser temeroso que impone y domina sobre el "Yo".

El Maestro de los Jinn

Te hice el compañero de mi corazón,
Pero mi cuerpo está aquí para aquellos que desean su compañía,
Y mi cuerpo es cordial hacía su visita,
Pero el Amado de mi corazón es el huésped de mi alma.
-Rabi'a al-Adawiyya de Basra

Estábamos contentos. Por cierto prestamos poca atención al mundo la próxima noche mientras estábamos sentados medio en un circulo alrededor de nuestro Maestro, quién ordenó la preparación de un banquete...y cada derviche y discípulo fue invitado al khaniqah, la casa del Orden.

Para nosotros, el Gran Maestro, con todas sus miradas fieras y muchas veces su comportamiento inexplicable, es tan querido como nuestros padres, porque ellos nos criaron desde la niñez en las maneras de éste mundo y Él guía nuestros pasos hacía La tariqat, en la manera del corazón, el camino derecho del Sufi.

Enterense señores que mi Gran Maestro es el Sheikh Amir al-Haadi de la orden de los Sufi y no existe ninguno que pueda compararse ni con su sabiduría o su realización; porque Él es conocido como el Qutb de la Era, el polo magnético del viaje hacía adentro.

Esa atracción irresistible, la cuál ahora estoy seguro fue la causa de los acontecimientos que empezaron esa noche.

Dicen que la alegría no buscada es bienvenida dos veces, por lo tanto, celebramos, porque el Maestro muy rara vez ordena una reunión así.

Yo no puedo mencionar a nadie, sino solo a aquellos que son necesarios para el cuento, así que voy a decirles que eran doce hombres y catorce mujeres que estaban presentes, pues fueron los que pudieron asistir con tan poco previo aviso. Aunque por lo general los niños son bienvenidos, en ésa noche en particular el Maestro los habían excluído. Reflexionando, parece que habían tres hombres solteros presentes, algo que quizás el Maestro había pre-determinado.

El Gran Maestro

Ya yo había estado en su compañía lo suficiente para verlo hacer muchas maravillas de exactitud, que en su momento perecían una ocurrencia al azar, pero después mostraba ser precisamente lo que era necesario.

Después de la oración de la noche, mientras se hacía la cena, fuimos al gran jardín encerrado por una barda y nos sentamos en el pasto con las piernas cruzadas esperando que nos hablara.

Los limoneros estaban florecidos y la fragancia de los retoños refrescaba nuestros corazones. Había rosas y jacintos en abundancia entre otras variedades de flores y plantas colocadas entre los cipreses y árboles comunes y todos mantenían un sutíl equilibrio de las energías dentro de las paredes. Era un oasis dentro del clima árido, con una arquitectura diseñada a reflejar la orden cósmica y hasta la fuente de agua en el centro emitía su murmullo, expandiéndose hacia la fuente infinita.

Como es nuestra costumbre, nos sentamos con la mano derecha descansando en el muslo de la izquierda y la mano izquierda agarrando la muñeca derecha, formando la palabra "la" que significa "no". Es el "no" negar, de la cuál el derviche trata de vaciar sus manos de las posesiones mundanas y el corazón que se ha ido de las manos…uno de los primeros pasos del Sendero.

Aquellos que fueron escogidos para servir esa noche salieron con una charola de plata con tasitas pequeñas de té y la azucarera con cubitos de azúcar, las cuales algunas personas mantenían en sus bocas mientras sorbían su té. Estábamos ansiosos para que empezara Él, pero Él no parecía tener ningún apuro mientras sobaba su barba pensativamente, llenando la fuente de marfil de su pipa antigua mientras se apoyaba sobre el tronco de un árbol viejo de almendras, la cual Él mismo había sembrado hace muchos años. Claro que ningún derviche rompería el silencio al hablar primero. Colgada arriba de la entrada del jardín había un aforismo enmarcado escrito en caligrafía que decía, "Silencio, porque el aliento es mandado por Dios".

El Maestro de los Jinn

Al final, después de unos cuantos resoplidos, le hizo una señal a Alí para que empezara la música. Alí inmediatamente empezó con su ney, su caramillo y Rami en su tar de dos fuentes y afinaba cuidadosamente las cuerdas. Los demás produjeron varios dafs de varios tamaños, los tambores panditos de cuero de cabra que se toca con la mano. Pero el Maestro ordenó que no toquen los demás instrumentos. Yo me quedé pensando un rato sobre eso, porque por lo general las celebraciones siempre están animadas con música alegre, palmoteo de las manos y voces elevadas cantando, pero de repente desapareció la curiosidad que sentía cuando Alí empezó a tocar un estribillo particularmente perturbante en ese instrumento de garganta humana...tan melancólico como la llamada del muecín.

El aliento del ney dió un suspiro con el viento entre los árboles, exhalando el sentir de la textura de la noche y el suave resplandecer de los faroles, abriendo nuestros corazones por todos nuestros alrededores como campanillas tropicales y jazmines que florecen de noche...y nos dejamos ser llevados por la corriente hasta entrar en sama, la meditación infinita.

Las añoranzas de muchos corazones poco a poco llenaron el jardín, elevándose hacía el tope del borde y luego sobrepasando los muros y guiados por la corriente volaron hacía las estrellas lejanas mientras que el caramillo lamentaba su separación del cañaveral así como el alma lamenta su separación del Paraíso.

Mientras que las últimas notas se disolvieron en la noche y nosotros poco a poco nos íbamos despertando en un mundo del cuál habíamos quedado náufragos, lágrimas incontenibles bañaban nuestras mejillas y a la vez rociaron el pasto que estaba debajo de nosotros...hasta las flores criadas en sus jardineras parecían sollozar en su sereno. Despacito, de a poco, la unión de nuestras añoranzas se deslabonaron y volvimos a ser nosotros nuevamente—todos mirábamos al Maestro que estaba sentado con su cabeza agachada entre las ramas del viejo árbol.

Ya cuando se levantó la cabeza con sus ojos claros y secos, se puso a mirar por todo el círculo, absorbiendo a cada uno de nosotros con su mirada.

El Gran Maestro

Y dijo: "El corazón recuerda lo que la mente ha olvidado. Ahora aquellos que tienen oídos, escuchan el cuento de Salomón el Rey. Si, Salomón, que fue el más poderoso y más sabio de los soberanos y nunca habrá otro igual para gobernar la tierra. Las riquezas de Salomón sobrepasaban medidas y él tenía la sabiduría que solo Allah es capaz de conceder.

"Él mandaba los vientos y a los hombres, como a los Jinn, las aves y los animales. Todos eran sus siervos, sin embargo él se cayó de la gracia de Dios; porque ni riqueza, ni poder, o sabiduría le dió esclarecimiento.

"Un día mientras caminaba el Rey Salomón solo por el jardín real, se encontró con Azrael, el ángel de la muerte, quién estaba caminando de arriba para abajo con una expresión de mucha preocupación. Salomón conocía muy bien esa cara mortal del Siervo, porque con la vista que le fue otorgada, él había visto la muerte muchas veces en las tiendas de campaña donde se resguardaban los enfermos y heridos y cuando rondaba por los campos de batalla. Cuando Salomón le preguntó por qué estaba preocupado, el ángel suspiró y empezó a decirle que en su lista de aquellos que estaban destinados para el otro mundo estaban dos escribanos de Salomón, los hermanos Elihorep y Alijah.

"Ahora en verdad Salomón sentía pesar de pensar que iba perder a sus escribanos, porque se conocían desde niños y se querían como hermanos. Donde Salomón le ordenó a los Jinn a cargar a Elihorep y a Alijah a la ciudad de las fábulas de Luz...el único lugar sobre la tierra donde la muerte no tiene poder. En un abrir y cerrar de ojos los Jinn cumplieron con su mandato, pero los dos escribanos murieron el mismo instante que llegaron a las puertas de aquella ciudad.

"Al día siguiente Azrael apareció ante Salomón. El ángel de la Muerte estaba muy contento y le comentó: 'Oh Rey, le agradezco por apresurar a sus sirvientes a sus lugares asignados. El destino de ellos era morirse en las puertas de esa ciudad lejana, pero yo no tenía ni noción de como iban a atravesar tan semejante distancia'.

El Maestro de los Jinn

"Desecho por el pesar y la ira por la muerte de sus amigos y de ver el destino final del hombre, el Rey se puso a llorar sin consuelo.

Azrael se quedó realmente maravillado con esto.

"¿Oh Señor del mundo, por qué llora?"

Y el Rey le respondió... "Por mis amigos de la niñez que ya no están aquí conmigo. ¿No tiene usted piedad por aquellas vidas de las cuales les da su final?" Azrael despectivamente exclamó: "¿Piedad?... ¡Tú lloras por la pérdida de su compañía!... ¡Tu verdadero pesar es por tí mismo y tú furia en realidad es lástima por si mismo!, Eso ha ensombrecido tu sabiduría. La muerte es el regalo más sublime de Dios, destilando de ésta vida las alegrías y penurias pasajeras--- y muchas tristezas, esa gota singular que es el alma. Oh Rey, de tal vino es de donde demarra ese mar de Luz. Elogie a Allah que yo, para ti soy el ángel de la Muerte, soy en verdad el ángel de la Misericordia".

El Maestro miró a cada uno de nosotros, meneó su cabeza y sonrió. Algunos le sonrieron, pero yo no, ni tampoco unos derviches mayores. ¿El Rey Salomón? El Maestro nunca nos había contado este cuento viejo, o al menos nunca en ningún grupo donde he estado presente, a pesar de que él siempre nos está enseñando de muchas y varias maneras a cada uno, de acuerdo a lo que sea necesario en ese momento para nuestro desarrollo. Y este cuento superficialmente siempre fue encantador y directo. Yo no sé si le quedaba jugo por exprimir, pero dicen que tales cuentos tienen siete niveles de entendimiento.

Pensando que Él iba iluminar su intención, esperamos que el Maestro continúe hablando, pero mas bien empezó: "En el principio cuando Allah ordenó al espíritu de la vida que entre en el cuerpo de Adán, el espíritu sentía miedo y no quería ir y le dijo al Señor: "Mi Señor, siento miedo de ésta existencia rara apartada de usted" y Dios le respondió... 'En contra de tu voluntad entrarás, y en contra de tu voluntad saldrás', y así fue. La muerte es inevitable, sin embargo sigues teniéndole miedo.

El Gran Maestro

De solo pensar en esto, tus seres mundanos tiemblan. Pero un Sufí no pide nada, ni le tiene miedo a nada, porque encomienda su vida a Dios y da todo lo que tiene en humildad.

-- ¿Así que mis valientes y humildes derviches, si Salomón les toca la puerta ésta misma noche y les pide a ustedes que hagan un viaje a un país lejano, donde hay peligros y muerte, cuales entre ustedes se ofrecerían, si es ese su destino?

Por un momento, lo único que se podía escuchar u observar eran solamente caras en blanco y silencio, mientras nos mirábamos el uno al otro con aturdimiento.

Entonces Él preguntó, mientras miraba a todos los del círculo, "¿Tiene alguien una respuesta?... ¿No tiene alguien entre ustedes oídos para escuchar? y pensé: "¿Qué es esto, algún juego de azar que él jugó, o alguna prueba de nuestro progreso que se hace saber por medio de una respuesta?" Entonces Alí exclamó con una risa: "¡Yo me iría!"...seguramente creyó lo anterior, "Y yo también" dijo Rami su primo. Su expresión de sobrio mostraba que él creía lo posterior.

Entonces muchas voces se elevaron diciendo que estaban dispuestos a acompañar a Salomón a tan semejante viaje, pero yo, como dicen, mantuve mi lengua entre la prisión de mis dientes. Algo en el semblante del Maestro hizo que me quedara callado. Muy rara vez hace Él una pregunta sencilla y solo unos cuantos tomaron su cuento en serio. Yo tomé la decisión de esperar, pero para mi asombro, escuché a mi mismo preguntando, "¿Quién del Sendero no está ya en camino hacia tal jornada?" En verdad yo no pensaba abrir mi boca y mucho menos de tal manera con un tono de desafío.

No hubo un solo ruído en todo el cuarto.

Todos los ojos se fijaron en mí, incluso sentí a los que estaban sentados a mi derecha y a mi izquierda apartarse imperceptiblemente, así como si iba a llegar una ráfaga de relámpagos. El Maestro volcó su mirada a mí, mientras que me quedé sentado congelado en el sitio donde estaba.

El Maestro de los Jinn

Sus ojos se enlazaron con llave con los míos por lo que parecía en tiempo lo que toma la tierra en dar un giro total, y entonces levantó su cabeza y se puso a reír. Me dí cuenta que no me atreví siquiera a respirar estando preso en esos ojos y entonces exhalé un gran "¡Ayyyhhhh!"

Todos rieron con ganas. La consternación que sentí me hizo ruborizarme y las mujeres me apuntaban mientras agarraban sus costados.

El Maestro alzó su mano en señal de silencio y me miró una vez más.

"¿En verdad, quién? Pero Ishaq, no te desconciertes con la risa de tus compañeros de viaje. La risa es un regalo donde usted les ha hecho un servicio y dijo sonriente, "...percibo que es el ruh, el espíritu mas íntimo y profundo dentro de tí que ha hablado, por primera vez rebasando tu mente cautelosa y así tiene que ser. Todos aquí están en tal jornada y cada uno de ustedes por su cuenta tiene que descubrir para donde va ese sendero.

Así que no sientan miedo. Si a ustedes le fue otorgado en un principio un destino noble, lo van a alcanzar, pero solamente teniendo valor y baraka, la medida de gracia de la cual cada uno de ustedes fueron dotados. Lo que tiene que ser, será". Él hizo una pausa, mirando primero a Alí y después a Rami. "Usted Alí, el primero en hablar y usted Rami, el segundo, e Ishaq, tú también tienes que ir...muchos hilos están entretejidos en éste tapiz".

Bajó su cabeza, cerró sus ojos y dió un suspiro.

Inmediatamente tocaron ruidosamente la puerta.

Alí y Rami respingaron, mientras que yo sentí los pelos de mi cuello pararse. No escuchamos sonar la campana del portón del patio. Alguien tenia que haberlo dejado abierto. Una de las mujeres fue a contestar la puerta. Me esforcé por escuchar la plática en la casa, pero no pude. Parece que el Maestro no escuchó que estaban tocando la puerta, o no le prestó atención, pero cuando regresó Mojdeh al jardín con una expresión desconcertante, Él levantó la cabeza. Formalmente, con su mano sobre el corazón, haciéndole reverencia, ella le dijo: "Maestro, Salomón está aquí".

El Maestro de los Jinn

El criterio de prueba es lo que distingue lo que es oro.
--El Gulistan (El jardín de Rosas)
De Musharrif al-Din Sa'di

Así entraron tres desconocidos a nuestro círculo... los cuáles con quién iba a estar entretejida mi vida.

Como es nuestra costumbre, entraron sin zapatos. El Maestro se levantó y dió un paso adelante para saludarlos y a la vez haciendo señas a nosotros para que nos quedáramos sentados. Con seguridad los estaba esperando, sin embargo la perfección del momento de su llegada me cautivó, nos impactó a todos de tal manera. Jamás pensamos por un momento que fue simplemente una casualidad y me estremecí hasta la espina dorsal con temor.

Él saludó al señor mayor como uno saluda a un viejo amigo, abrazándolo y besándole las dos mejillas. Le dijo: "Mehman Habibeh Khodast", una visita es amigo de Dios. Es un antiguo dicho persa.

Él dió la vuelta y con la mano derecha sobre su corazón, saludó formalmente a la señorita y por último, mirando en silencio y asiduamente al joven, le dió la mano.

Las mujeres que estaban sentadas a mis alrededores lo miraban boquiabiertas. Hasta las hijas del Maestro no podían dejar de mirar a la cara bronceada del forastero buen mozo. Su cabello rojizo estaba casi bronce por el sol y tenía ojos marrones acomodados entre ángulos planos de las mejillas y las líneas de las mandíbulas. Como va el cuento; otro José para alguna Zulaikha afortunada, y por lo visto, las mujeres estaban de acuerdo. Una de ellas le secreteó a otra, "Un rompe corazones".

Sin embargo el Maestro parecía estar ajeno a las reacciones de las mujeres y dió la vuelta para presentar a los recién llegados.

El Gran Maestro

Inmediatamente se pararon los derviches, quizás sentían algo de recelo por el drama fabricado en cuánto a su llegada, pero se comportaron con todo respeto, como la ética del adab del Sendero exigía. Dicen que la hidalguía empezó como virtud de los Sufis.

Pidieron sillas, pero cada una de nuestras visitas prefirieron sentarse en el pasto con nosotros. Masúd, el maestro del té trajo tres tazas de té oscuro. Los dos hombres aceptaron sus tazas, pero la mujer declinó. Para la sorpresa de ella, el Maestro ordenó que le sirvan el café que había comprado en la mañana y trajeron más té para los demás y dulces para todos.

El señor mayor era el Profesor Shlomeh Freeman, Salomón, el Director del Departamento de Antigüedades de la Universidad de Jerusalén, y por lo visto, hace muchos años fué un estudiante de nuestro Maestro en Oxford. Él era un hombre grande, sin barba ni bigote, con el cabello cortito, medía más de seis pies de altura (más de 1.83 metros), y era algo corpulento debido a la vida sedentaria de erudito que llevaba.

La jovencita era Rebecca, su hija, quizás tenía como veinticinco años de edad. Ella tenía el cuerpo alto de bailarina y se sentaba con gracia. Su espalda era perfectamente recta, sus cabellos eran oscuro, crespo y corto, fue el regalo de su madre. Sus rasgos eran notables y tenía ojazos marrones, quizás expresaban de ella como bonita, pero la línea dura de su boca era una advertencia de su carácter terco.

Ah, y el rompe corazones, quien se presentó como amigo y colega del Profesor; Aarón Simach, quién no podía disfrazar su porte y modales de soldado, ni ante mis ojos que no pretendían tener precepto.

Entonces entró Laila, una de los derviches mayores, trayendo una jarra con su vasija y una toalla colgada sobre un brazo. Me acuerdo de sus ojos tiernos y oscuros mientras le hacía la venia al Maestro y luego procedía a derramar agua a la vasija para que Él se lavara las manos.

El Maestro de los Jinn

Después ella repitió su venia y ayudó a los tres invitados a lavarse las manos también. En gratitud, el Profesor con la mano sobre el corazón, formalmente le hizo la venia. El joven y la jovencita que hasta entonces estaban tiesos y serios se relajaron algo al ver este gesto de cortesía.

Se pasaron los dulces y todos nos sentamos maravillados en silencio mientras el Profesor Salomón Freeman y el Shaykh Amir al-Haadi intercambiaron cuentos de sus tiempos en la universidad de hacia muchos años.

No, no puedo contarles de sus años mozos. En cuánto a este asunto, de verdad, no recuerdo mucho, aparte de una vaga impresión de ellos riéndose y el resto de nosotros maravillados porque no sabíamos mucho de la juventud de nuestro Maestro. Hasta mirando fluir el tinte de la pluma al papel, los pocos recuerdos caen como hojas en un río corriendo como si fuera por corrientes de aguas rápidas telepáticas.

Dicen que los secretos del Maestro se aguardan ellos mismos. No lo dudo.

Despúes de tomar el té y alzar las tazas, otra de las hijas del Maestro se presenta a la puerta y le llama la atención. Ella le dice, "La comida está lista".

Y él respondió: "¡Bismillah!", en el nombre de Allah, y se levantaron todos los derviches a esperar las indicaciones del Maestro. Nuestros invitados respondieron a su mérito y se levantaron también a esperar. Entonces Él se levantó y los guió hacia el cuarto principal de la khaniqah, mientras todos lo seguíamos.

Sobre las alfombras persas que cubrían el suelo, había una larga sufreh blanca que estaba con platos, cucharas y vasos que contenían agua. Aquellos que fueron escogidos para servir esa noche estaban poniendo los platos de comida para el banquete—de las cuales provenían del jardín que acabábamos de abandonar; naranjas, uvas, damascos, rodajas de limón, almendras, garbanzos y pan recién sacado del horno. También había platos de perejil con pepino en yogur, palitos de carne asada a la parrilla fría, cordero caliente, arroz, y pollo en salsa de granada.

El Maestro

Un dulce especial para el postre esperaba en la cocina. Dividimos la comida por lo caliente, garmi y por lo frió, sardi, dependiendo en sus efectos de enfriar o calentar el cuerpo. Esta distinción es una expresión de sus atributos inherentes y no de su temperatura. Como estábamos al comienzo del verano, estaba bastante caliente y sirvieron los platos sardi.

Como es nuestra costumbre, el primero en sentarse es el Maestro y siempre en las ocasiones formales se sentaba en la alfombra blanca de piel de oveja, de acuerdo a su estación y rango. Detrás de Él había un almohadón hecho por su difunta esposa y estaba bordado y adornado con uno de los noventa y nueve nombres de Dios. Arriba, atrás de Él había un sencillo kashkul con dos hachas cruzadas, el símbolo de la orden y simboliza los derviches con un hacha cortando los deseos de este mundo, y la otra, esperanzas para el próximo mundo y solo queda Dios.

Éste es el corazón del Sendero.

El Maestro le señaló al Profesor Freeman a sentarse a su derecha, el Sr. Simach a su izquierda y Rebecca en frente de él. Después dijo: "Comida para el cuerpo y belleza para el alma", cohibida y sonrisueña, su gentileza la agarró desprevenidamente a Rebecca y se sonrojó. Las hijas del Maestro se rieron.

Cuando se sentaron, el Maestro nuevamente nos entregó toda su atención. Nos quedamos parados en nuestros lugares esperando. A la mayoría los dejó donde estaban, pero cambió de lugar a unos cuantos y después hizo una señal para que nos sentaramos. Me ubicó a la derecha de Rebecca, a Alí a la izquierda de ella y a Rami al lado de Alí.

El Maestro no hace nada sin tener un motivo para hacerlo y muchas veces nos ubica para producir o balancear ciertas energías como joven y viejo, hembras y varones o por niveles de progreso.

El Maestro de los Jinn

Cuál sería su intención para acomodarnos de esta manera, yo no podría decir, pero creo que al igual que yo, los dos primos estaban a gusto de estar cerca de ella. Quizás era que nosotros tres éramos los únicos hombres solteros allí. Pero en verdad, ella exudaba cierta sensualidad guardada dentro de la severidad de su apariencia y maneras. Yo lo sentía, a pesar de que no habló ni diez palabras en toda la noche.

Primero le pasaron los diferentes platos al Maestro y Él servía los platos de sus invitados antes de servirse, después los pasaban por el sufreh, hasta que todos se sirvieron. Todavía nadie empezaba a comer. Seguramente a los recién llegados los educaron en las maneras del adab, porque ellos también se sentaron con sus manos enlazadas y sus cabezas agachadas.

Cuando todos estaban servidos, el Maestro echó un poco de sal en su mano, la probó, y dijo: "Bismillah", entonces Él metió un pan plano en un plato de yogur para empezar la cena. Nosotros no decimos oraciones formales, pero recordamos que la comida que se come sin el recordatorio es compartida con el demonio.

También es nuestra costumbre que el Maestro es el que comienza y termina cada comida, pero Él come poco y despacito y por eso es posible que los demás terminen sus porciones antes que Él. Me fijé que Rebecca apenas comía y que lanzaba unas miradas al Maestro y de reojo también observé a sus manos fuertes agarrar el pan y una cuchara.

Pronto todos terminaron, menos el Profesor Freeman. Por lo general comemos en silencio, pero el Maestro había ajustado su tono de voz para que nadie lo escuchara y le había hecho una pregunta al comienzo de la comida al Profesor y la respuesta la cual tampoco alcancé escuchar fue tan larga, que desatendía el plato que tenía por delante. El Maestro ahora comía bocaditos de pan hasta que el Profesor terminó y asentó su cuchara.

Después el Maestro miró a todos, asegurándose que todos habían terminado y entonces con los dedos de su mano derecha, tocó el sufreh, y después sus labios.

El Maestro

Y dijo él: "Alhumdulillah, alabanza es sólo a Dios".

La comida se terminó y todos nos levantamos a la vez, el Maestro se levantó a guiar a sus invitados y los derviches afuera del cuarto hacía el jardín nuevamente.   Mientras iban saliendo, el Profesor Freeman y el Sr. Simach hablaban entre ellos en voz baja, pero Rebecca se quedó parada en la puerta por un momento mirando a aquellos que fueron escogidos para encargarse de la limpieza mientras se agachaban rápidamente a dedicarse a sus oficios.

Primero limpiaron el mantel blanco y lo doblaron, metro-por-metro, después quedó doblado en dos de nuevo, hasta que solo quedó un pequeño cuadrito. Uno de los que servían se postró ante la alfombra blanca del Maestro hasta que su frente tocó al cuadrito doblado. Entonces besó al sufreh en seña de respeto y sumisión y finalmente se paró y caminó dando pasos para atrás, mirando hacia delante, hasta salir por la puerta. Por respeto, nunca le damos nuestras espaldas al Maestro o a su asiento simbólico.

Rebecca no decía nada, pero parece que el ritual la impresionó. Me acuerdo al igual que ella, la primera vez que observé el ritual me quedé encantado, pero no sería cortés hacer al Maestro o a sus invitados esperar, así que toqué su brazo   suavemente   y   la   guié al jardín.

Una vez que todos estaban sentados, sirvieron té y dulces especiales de hojaldre con relleno de almendras. La luna estaba más baja en el cielo, pero se podía apreciar por encima de la barda del jardín.

"Antes de su llegada, estábamos hablando del Rey Salomón" le comentó el Maestro al Profesor Freeman. "¿Puede usted ser tan amable de añadirle sabor a la sopa?"

El Profesor rápidamente miró a su hija y al Sr. Simach y riéndose modestamente mientras afinaba su garganta, contestó, "Ah, pues si, hay ocasiones donde doy platicas".

Mientras miraba a la luna que apenas se veía por encima del muro del jardín, él empezó a decir: "Su verdadero nombre era Jedidiah, el 'amigo de Dios'...pero después su nombre fue Shelomo, Salomón, "El Rey de la Paz" por la paz que prevaleció durante gran parte de su reinado. Otros nombres que también tenía él, eran Ben, porque él fue el que construyó el Templo; también era

El Maestro

conocido como Sheikh, porque reinaba sobre el mundo conocido, y por Ithiel, porque Dios estaba con él."

Él dejó de hablar un momento y miró al Maestro, quién medio afirmaba con su cabeza.

De allí, mientras enfocaba su mirada en todos nosotros,   continuó con su relato... "Desafortunadamente, es muy poco lo que se sabe con certeza. Leyendas abundan en la Biblia, en el Talmud, en la historia de Josefus y el Corán. Ciertamente se sabe de pocos hechos y los que hay, son expuestos a muchas especulaciones. Sin embargo, como decía el Shaykh Haadi cuando fuí su alumno; los hechos se distinguen por su frialdad, y la verdad por su calor. Hay muchos cuentos de Salomón y la mayoría de ellos son para revelar alguna moraleja. Pero hay un cuento en particular que quizás les simpatice."

Sonriendo, nuevamente paró de hablar mientras miraba a nuestros rostros como lo hace un maestro midiendo los efectos de sus palabras sobre sus estudiantes y entonces dijo: "Piensen en la estrella de seis puntos, a la que llaman, 'El Sello de Salomón'".

Entonces preguntó si había algo en que escribir y le trajeron tiza y un pizarrón donde él dibujó la estrella.

"Aquí hay un símbolo antiguo lleno de significados. Contiene los seis poderes del movimiento; arriba, abajo, en frente, detrás, a la izquierda, y a la derecha. Dicen que es el número perfecto porque los días para la creación fueron seis. También tiene el primer número par--el 2, y el primer número impar, el 3. Y la manera en que los triángulos se entrelazan, representan no solo a la dualidad de la naturaleza de lo masculino y femenino, pero también la inteligencia activa y el alma pasiva manifestada por el Único Dios. El producto de su unión es la creación y la armonía del universo.

"Este hexágono y sus varios aspectos complementarios también incluyen a los cuatro elementos antiguos de la naturaleza" y dibujó cuatro triángulos.

El Maestro

"El triángulo apuntando para arriba es el fuego y el que apunta para abajo es agua. El triángulo apuntando hacía arriba con la línea del otro adentro simboliza el aire, mientras que el triángulo que apunta para abajo con la línea del otro es la tierra. Juntos, forman el Sello de Salomón, la síntesis de todos los elementos, las tendencias de todas las formas y donde todos los opuestos se unen".

Él hizo una pausa para recobrar su aliento y miró al Maestro, luego los dos se rieron a carcajadas.

El Maestro todavía estaba riendo con ganas mientras el profesor Freeman miraba a su hija y entonces agregó: "Esa fue la primera clase que dió el Shaykh Haadi sobre Símbolos Religiosos, fue una clase maravillosa".

En confirmación, el Maestro medio se agachó y gruñó: "Muchos elogios en verdad, siendo que viene de mi peor alumno".

Nuevamente se pusieron a reír y nosotros también con ellos. Despúes de un momento, el Profesor continuó su relato.

"Ahora, algunas fuentes disputan que el Sello de Salomón en realidad no es su sello" El hizo una pausa para mirar a su hija mientras el Maestro lo miraba asiduamente y me puse a pensar si alguna otra persona tomó en cuenta lo que el había dicho 'en realidad y no en verdad'.

"Dicen que ésta estrella de seis puntos es la Megen David, el Escudo de David y que el Sello de Salomón es otra estrella, el tentáculo o pentagrama". Nuevamente hizo una pausa, en busca de alguna señal en nuestras caras que obviamente no encontró.

El Maestro de los Jinn

El Maestro entonces dijo: "Continúe Shlomeh, déjenos escuchar todo el cuento".

Fue la primera vez que el Maestro mencionó el nombre de su amigo por el nombre que le dieron al nacer y de alguna manera al mencionar la palabra, afectó al señor...de estar sentado en una posición desgarbadamente, se sentó derecho, encuadrando sus hombros y estirando los músculos de su espalda.

Y siguió con el relato diciendo, "Sí, el sello...está escrito cuando Salomón empezó a construir el Templo, que Assaf, el Vizir de Salomón se quejaba que alguien estaba robando joyas preciosas de sus cuartos, al igual a otros cortesanos también, que hasta el tesoro real no estaba inmune. Ahora Assaf también era famoso por su sabiduría y sabía que cualquier ladrón común y corriente no pudo haber hecho estas acciones y le avisó al rey diciéndole, 'algún espíritu maligno está causando estas fechorías".

Salomón entonces se puso a rezar fervientemente a Dios que le entregue en sus manos al espíritu malvado para castigarlo. Enseguida su oración fue contestada. El Arcángel Miguel apareció ante el Rey y puso en sus manos el poder más extraordinario que jamás hubo o habrá en éste mundo...un pequeño anillo dorado engarzado con un sello en una piedra tallada.

Y Miguel dijo: "Oh Salomón, hijo de David, toma este anillo, el cuál es el regalo que Dios le ha mandado a usted. Téngalo este anillo puesto y mandarás a todos los demonios, hembras y varones sobre la tierra".

Ahora muchas fuentes medievales dicen que la pentalfa, o el pentáculo, el antiguo signo de la magia, estaba tallado en el anillo y que Salomón era un maestro de las artes mágicas, pero yo no creo que fue así. El pentáculo es más antiguo que Salomón, porque se ve el símbolo en la cerámica de los Caldeos de Ur en la antigua Babilonia.

El Maestro

"Otras fuentes describen el anillo de ser hecho de puro oro con una piedra solitaria de shamir engarzada, quizás un brillante, o la misma piedra verde celestial shamir que dicen que fue parte del Templo. La piedra fue cortada y engarzada formando una estrella de ocho rayos con el sello del hexágono tallado arriba, y dentro de eso, las cuatro letras del nombre inexpresable de Dios, YHWH".

Él dejó de hablar por un momento y pasó la mano por su cabello.

Mirando directamente al Sr. Simach, empezó de nuevo, "Ninguna piedra jamás ha sido tan famosa como la piedra del anillo de Salomón, porque con eso, el mundo entero caía bajo su mando. Lo único que estaba fuera de su alcanse de poder era la muerte…".

Como esperando alguna señal, el Profesor parecía estar agitado mientras echó una ojeada a su hija y después al Maestro.

El Maestro entonces interrumpió diciendo: "Si mis derviches, la muerte está fuera de todos los poderes, salvo el Único. No hay otro remedio contra la muerte, aparte de mirarlo constantemente en la cara. Nosotros que nacemos, moriremos, tenemos que someternos. Hasta él, que tuvo el mundo entero por debajo del sello de su anillo, ahora es solo mineral en la tierra...

-- Pero por favor continúa…

El Profesor Freeman se agachó algo desde donde estaba sentado. "Armado con el anillo puesto en el dedo del corazón de su mano derecha, Salomón le ordenó al espíritu culpable a aparecerse, y apuntó a su trono en alto diciendo: "¡Por medio del poder del Sello del Único Dios, te ordeno a tí, espíritu fastidioso a presentarte!"

"Instantáneamente apareció una columna de fuego rugiendo, casi alcanzando el cielo raso en lo alto del cuarto del trono y muchos cubitos más cuando así tan repentinamente desapareció. No se podía ver si la llama en sí tomó forma, o si simplemente precedió, pero donde estaba la llama, quedó el demonio parado, pescado infraganti en sus travesuras, porque todavía tenía entre sus garras muchas joyas que acababa de robar de las cajas fuertes reales. Fue tanta la sorpresa del espíritu maligno, que tumbó las joyas que quedaron esparcidas como guijarro sobre el piso de mármol. De aquella cara oscura y ancha chispeaban unos ojos rojos que lanzaban unos dardos que iban y venían como llamas gemelas.

El Maestro de los Jinn

Un gran asombro invadieron a aquellos ojos terribles al darse cuenta que existía algún poder mayor entre los seres mortales que su propia voluntad.

El era dos veces más alto y hasta más que el Rey, hasta más grande que Goliat, a quién David, el papá del Rey mató. Tan oscuro y amenazante era el horrible aspecto del demonio, que hasta Assaf el sabio, se retiró para atrás con horror. Solo Salomón se paró firme y una luz se alumbró ante él.

El demonio entonces miraba la cara del Rey quién extendió su brazo hacía él y fué cuando el observó el sello del anillo. Los ojos crueles sin parpados del demonio se agrandaron y entonces soltó un alarido tan espantoso que hasta las mismas piedras del palacio se estremecieron hasta los cimientos. El sonido era tan horrible, que hasta toda la gente del reino que escucharon se cubrieron las orejas y se tiraron al suelo de miedo. Los pajaritos en el cielo se cayeron y los bueyes en los campos se murieron porque era de tan magnitud el llanto, parecido a un alma recién impulsada al abismo de las llamas del infierno.

"Pero el poder de Dios estaba adentro del anillo, que hasta el demonio estaba impotente y se cayó arrodillado, postrándose a los pies del Rey".

"¡Piedad Maestro!" exclamaba el Jinn.

"¿Demonio, cual es tú nombre?" exigía Salomón.

"¡Oh Gran Rey, me llaman Ornías!"

-- ¿Por qué ha hecho usted tan semejante maldad a mi casa?... ¡La verdad!"

-- ¡Señor del Mundo, por hambre!... ¡Por un hambre insaciable!" Y entonces se reveló como un espíritu vampiro, quién con sus colmillos más duros que diamantino, perfora las joyas terrestres para beberle su luz.

"¿Y por qué bebes de la luz de los tesoros terrestres?" Reclamaba Assaf el Vizir... "¡Es algo que jamás se haya escuchado entre los sabios!"

Pero el Jinni se quedó callado.

"¡Contesta, te lo ordeno!" exclamó el Rey

El Maestro

"Rey de Sabiduría, usted conoce mi respuesta" contestó el demonio.

Como las cuarenta y nueve rejas de sabiduría se le abrieron a Moisés, también se le abrieron a Salomón, y miró al interior de su corazón. Esto viene de la creencia que cada palabra en la Torá tiene 49 significados. Allí percibió la respuesta, la cuál lo dejó maravillado y entonces le miró a aquella criatura que tenía por delante con un nuevo entendimiento y misericordia.

Respirando profundamente, el Profesor hizo una pausa mientras miraba a nuestras caras extasiadas y entonces dijo: "Quizás tu Maestro te dice la respuesta así como hizo conmigo hace muchos años".

Entonces todos miramos al Maestro y hubo un destello en sus ojos mientras aprobaba con su cabeza.

Continuando, el Profesor dijo: "Conozcan entonces el pesar del demonio, porque las joyas terrenales nacieron en el amanecer del mundo, creados por la muerte de los antiguos bosques enterrado debajo del peso de las montañas. Era una época de revueltas cuando los Jinn y los Ángeles fueron expulsados y el mundo se quebrantó. La luz del nuevo sol todavía estaba en la vida verde de aquellos bosques mientras se transformaban lentamente, cristalizados a través de los tantos años en la luz que brilla desde las piedras preciosas que son cortadas y pulidas. Como Ornias el demonio, fué negado a la luz del cielo, anda bebiendo de la luz del amanecer, alimentando su pesar y su pérdida."

El Maestro se paró para encender de nuevo su pipa.

¡Bello! Todos los derviches estaban verdaderamente enternecidos con el cuento, o calentados si prefieres. Hasta el Sr. Simach parecía estar conmovido y a mi lado estaba Rebecca con sus ojos inmensos. Nosotros tenemos el dicho de: Cuando el Maestro habla, los Ángeles escuchan, porque Él habla con la lengua de la sinceridad.

El Maestro de los Jinn

Y continuó el Profesor Freeman: "Entonces Salomón marcó el cuello de Ornias con el fuego del sello de su soberanía y desde entonces los Jinn hacían lo que él les pedía y le fue dada la tarea de cortar piedras para la construcción del Templo.

Después les ordenó a los demás Jinn que también estaban causando fechorías dentro del reino a presentarse y todos fueron sellados con el sello del anillo; Onoskelis, de tez clara, quién tenía la forma y piel de una mujer, Asmodeus, quien profecía la fé hebrea y decía que observaba la Torá, Tephros, el demonio de las Cenizas y después de él, un grupo de siete fantasmas hembras quienes declaraban ser los treinta y seis elementos de la oscuridad y Rabdos, un espíritu voráz que tenía aspecto de perro sabueso.

Había otros más, pero para otro cuento. Y bueno, uno más para éste: Un demonio que tenía todas las extremidades de un hombre, pero no tenía cabeza...y el demonio exclamó: "A mí me llaman Envidia, porque me deleito en devorar cabezas. ¡Yo siempre tengo hambre y ahora deseo TU CABEZA!"

El Profesor gritó estas últimas palabras para poner más énfasis en el cuento e hizo una cara que todos nos asustamos hasta reír.

El Maestro sonrió diciendo: "Verdad, la envidia es la cárcel del espíritu".

Rebecca estaba mirando a su padre de una manera rara durante el relato y después con asombro y reconocimiento, ahora habló, "Ahora me acuerdo. Él me contaba este cuento como cuento de niños a la hora de dormir y yo pensaba que cada palabra era verdad".

A pesar que hubiera sido una malcriadez que un derviche hablara sin permiso, no es así para un invitado y todos nos pusimos a reír.

Cuando llenaron nuevamente las tazas con té y la de Rebecca con café, un silencio cayó sobre el jardín. Las gargantas estaban aclaradas, algunos cambiaron de posición para mayor comodidad y el Maestro levantó sus dos manos para llamar la atención. La noche estaba pasando y pronto saldría el sol.

El Maestro

Y el Maestro dijo: "Ahora para aquellos que tienen que irse, que se vayan y aquellos que se quedan, que entren al khaniqah".

Muchos se levantaron y se despidieron del Maestro y de sus invitados y los que quedamos regresamos al inmenso living abierto y nos acomodamos en las alfombras persas con nuestras espaldas descansando respaldadas sobre unos almohadones adornados apoyados en las paredes mirando en dirección al Maestro que estaba en su piel de oveja.

Después Él mandó a los demás a dormir, con la excepción de Alí, Rami y yo. No preguntamos por qué nosotros tres tuvimos que quedarnos; pues hasta para mí, que recién tomé medio paso hacía el sendero, era obvio que nuestros invitados vinieron con algunos motivos ocultos.

En una voz solemne, el Maestro nos instruía: "Sepan que ahora yo los guardo a ustedes bajo juramento de silencio en cuanto a lo que van a ver y oír. ¿Ahora Shlomeh, mi viejo amigo, dinos cuál es el motivo que te trajo aquí?"

Nos volcamos hacía el Profesor quién en ese mismo instante estaba escuchando los secretos urgentes de su joven acompañante. Desechando sus palabras moviendo la cabeza, miró a su hija quien inclinaba su cabeza sin cambiar de expresión incomprensible.

De una bolsa grande que ella tenía, sacó un objeto que estaba envuelto en una toalla blanca y lo puso en frente del Maestro. Miré a los rostros ansiosos de los tres invitados y no pude suprimir el escalofrío que sentía mientras el Maestro quitaba cada capa de toalla.

¡Lo que quedó revelado, nos hizo resollar!

Un cilindro dorado incrustado con piedras preciosas, reflejaba los primeros rayos de luz del nuevo amanecer por la ventana y centellaba como una estrella entre nosotros.

44

El Maestro de los Jinn

"¡Allah!" exclamaron Alí y Rami a la vez, mientras que yo aguantaba la respiración. Nadie respiró una sola palabra y hasta una nube que estaba pasando, cubrió la luz.

El Maestro no dijo nada. Volcando el cilindro con la punta de su dedo, expuso a la Estrella de David, un Sello de Salomón, hecho en su totalidad de brillantes, ingeniosamente montado dentro de un círculo de marfil...y todavía nadie susurraba ni una sola palabra.

Mirandole directamente a los ojos del joven, le preguntó, "¿Capitán Simach, de donde sacaste esto?"

¿Capitán?, Les miré a Alí y a Rami, que estaban mirándome a mí.

Su voz apenas podía contener la emoción de sus palabras. Sin titubear, le contestó: "Lo encontré en la mano de un esqueleto al descubierto en una cueva después de una tormenta de arena".

El Maestro no cambió de expresión cuando miró al Profesor Freeman... "Shlomeh, tenemos que escuchar todo el cuento".

El Profesor miró al Capitán Simach, quién miraba para abajo y después miró a su hija, quién simplemente le dijo... "Continúe".

Entonces se contó y aquí expongo el cuento. Que Allah guíe lo que se cuenta, porque Sú pluma es cortada de los cañaverales del corazón, y es allí donde mora la verdad.

El Maestro

Hasta los confines del mundo
Lloraré por tí;
Cuando mí corazón esté agobiado:
Guíeme a la roca
Qué está más elevada que yo.
--Salmo 61:2

El Profesor Salomón Freeman conoció a Mossad el Capitán Aarón Simach hace dos años cuando el joven todavía era un detective con la policía. Le hablaron al Profesor como perito para ayudarlos en hacer un caso en contra de un grupo de falsificadores extremadamente listos.

Estaban estafando a turistas adinerados con increíbles réplicas de obras bíblicas; con pergaminos tratados y curados a la manera antigua y decían que tenían de todo...desde los recientemente descubiertos escrituras en papiro del Mar Muerto, hasta libros perdidos del Antiguo Testamento. Los turistas avaros merecían ser engañados, pero él no podía evitar de sentir ciertos sentimientos secretos...una admiración profesional por la osadía de los falsificadores. Se maravillaba que uno sea tan bruto para comprar un supuesto "recientemente descubierto" Libro de Moisés.

Los falsificadores eran excelentes artesanos, pero pobres como hombres de letras. Sus conocimientos y entendimiento del lenguaje antiguo del arameo eran limitados así como los conocimientos de los idiomas más antiguos de donde provienen y forman las raíces originales de las palabras. Los resultados muchas veces eran dignos de la risa, pero siempre detectables, o al menos para él.

El Capitán Simach estaba a cargo de la investigación y juntos ellos enseñaron a los falsificadores el error de la erudición equivocada. Con el pasar del tiempo durante las semanas del juicio, Salomón llegó a querer al serio e inteligente joven, hasta le pasó por la mente de presentárselo a Rebecca. Pero no hizo tal cosa porque ella le había prohibido que se entrometiera en su vida privada.

Maestro de los Jinn

Ahora, sin previo aviso llegó el final del día, Salomón se encontraba sólo en su oficina, terminando de escribir la última pregunta del exámen para la graduación. Hacía un ratito que llamó Rebecca para saber si él iba llegar a tiempo para cenar, él todavía se reía de lo difícil de su pregunta. Entonces se abrió la puerta.

Ahí estaba él, simplemente parado, derecho en alto al estilo militar, vestido de camisa abierta blanca y de pantalón crema. Salomón estaba sorprendido y encantado de verlo mientras lo saludaba calurosamente con la mano. Le ofreció una silla y un trago de su único placer secreto, vodka rusa importada.

El Capitán aceptó solo la invitación de sentarse y Salomón entonces se dió cuenta que algo no estaba bien. Esa vivesa que en él admiraba faltaba y en su lugar había una mirada peculiar y distante, su cabeza estaba torcida como escuchando algo y tenía el semblante de una persona mucho más vieja.

Después de hablar un poco de las más recientes falsificaciones saliendo a la luz, Salomón pensó que eso era el motivo de su visita inesperada. El Capitán Simach con una voz forzada y cansada aseveró: "Profesor, también me da gusto verlo de nuevo, pero no fué por ninguna falsificación que he venido".

Él sacó un cilindro dorado de una pequeña bolsa de viaje y lo puso encima del escritorio que quedaba en medio de ellos dos, y dijo: "fue por ésto".

"¡Ahhh!" exhaló Salomón despacito, sin quitar sus ojos del objeto, sacó unos guantes quirúrgicos del cajón de su escritorio y luego lo volcó con un pequeño instrumento con la punta de felpa. Con una lupa grande lo examinó cuidadosamente, ni confiando en sus propios ojos entrenados...allí formado totalmente en diamantes dentro de una montadura de marfil estaba la Estrella de David. Se puso a resollar.

El Maestro

El primer instante de aturdimiento del tesoro estaba pasando y su conocimiento profesional empezó a evaluar el artefacto que tenía por delante. Se calcula la edad al determinar la edad del marfil. Antes de abrirlo, la pureza del oro y la calidad de las piedras fueron analizadas. Casos que están documentados pertenecían a la realeza antigua y por lo general acompañada con un papel de papiro o pergamino, o a veces un rollo de cobre o plata. Salomón notó con satisfacción que el sello estaba desgastado, pero no estaba roto. Hay que examinar la bulla, la impresión del sello. El buen Capitán todavía actuaba con prudencia. Lo que estaba adentro podría ser legible e intacto. Pronto aparecieron los ácidos para probar el oro y un lente de joyero.

El Capitán Simach entonces le pidió al Profesor: "Por favor, tengo que pedirte que no cuentes a nadie en cuanto a esto".

Salomón se levantó la cabeza y a carcajadas le preguntó: "¿Acaso te has hecho saqueador de tumbas?"

El joven se encogió de hombros.

Salomón se quedó pensando, "¿Qué está pasando aquí?" Aunque nunca había visto tan semejante tesoro como el que tenía por delante; casos documentados como éste, por lo general contenían expedientes como actas de nacimientos de la familia, registros de ciudadanos, inventarios de comercio y cosas así.

"Mi amigo, con seguridad lo que usted ha traído podría ser inestimable, pero dudo que tenga los diez mandamientos. Lo más probable es que pertenecía a un cortesano, algún escribano real, o un contador. En caso que tenga algo, lo más probable es que sea una lista de mercado".

El Capitán Simach no contestó nada.

-- ¿Y por qué el Mossad me trae esto?... ¿Creen ellos que es una falsificación ingeniosa?

Incomodo, el joven se cambió de posición, diciendo: "Profesor, no es una falsificación y no son los Massad que lo han traído, fuí yo".

-- ¡Con cuidado!... ¿Puedo preguntarte como llegó a tus manos?

El Maestro de los Jinn

El Capitán Simach lo miró fijo.

-- ¿Y bueno?

-- No puedo decirte.

"¿Por qué?" le preguntó el Profesor sin vacilar.

Por un segundo el Capitán tartamudeó y después se encogió de hombros, diciendo: "Lo encontré donde estaba, y esa información es clasificada".

"¡Ah, lo encontraste en el desierto!" Salomón sintió su corazón palpitar con más rapidez.

"Aarón, esto es difícil de entender. Aprecio mucho el hecho de que trajiste éste artefacto a mí, pero francamente, tú tienes que saber que fue ilegal hacerlo".

El Capitán medio sonrió a la insinuación. Después de un silencio largo, meneó la cabeza y miró directamente a Salomón. Parecía haber llegado a una conclusión mientras apuntaba al artefacto que estaba en medio de los dos.

-- Encontré esto en las manos de un esqueleto en una cueva después de una tormenta de arena.

-- ¿Una tormenta de arena en Negev?

-- No fue en Negev.

-- ¿Entonces donde fue?

Pero el Capitán había hablado por de más y sus facciones ya se estaban suavizando.

El joven vaciló, de repente pareciendo estar perplejo, luego muy serio y triste, le clamaba: "Por favor Salomón, vine a usted en cuanto pude hacerlo, no puedo explicarlo. Es casi como algo...yo creo que fue....pues....."

Con sus ojos brillando, se inclinó mas cerca por encima del escritorio y después se cayó en el asiento sin palabras. De un refrigerador pequeño que estaba en la esquina, Salomón les sirvió a los dos tragos grandes de vodka con hielo. Al ver la situación difícil en que se encontraba el joven, no dijo nada.

El Maestro

¿Qué tuvo que pasar para ponerse así?... Quizás se desequilibró levemente cuando la tormenta de arena dejó al descubierto el esqueleto. Poniendo las cosas legales a un lado, le entregó su bebida mientras sorbía la suya.

Serenamente le dijo: "Muy bien Aarón, voy a abrir esto para ver que está adentro. Tengo los equipos en el laboratorio en el edificio al lado. ¿Puedes venir a ayudarme?... Quizás podemos resolver este misterio para que tu mente se tranquilice".

El Capitán sonrió en gratitud, pero meneó su cabeza... "Tengo que reportarme inmediatamente" y le entregó una tarjeta, diciéndole... "En éste número siempre podrás comunicarte conmigo. Por favor, si necesita cualquier cosa...."

Él se paró y Salomón firmemente le dió la mano.

-- Puede haber algo, uno nunca sabe. Te hablaré ésta noche.

En lo que el Capitán iba a cerrar la puerta detrás de él, Salomón agregó, "¿Y el esqueleto? Podemos aprender más de él"

Sin mirar para atrás, el Capitán murmuró: "Sí, yo se donde está".

El Maestro de los Jinn

¡Mirad!
Derramaré MÍ espíritu
Sobre usted
Y revelaré mis palabras
A usted.
--Proverbio 1:23

El Profesor pudo abrir el cilindro sin dificultad y con mucho cuidado desenvolvió el pequeño papiro rectangular que estaba adentro. El cilindro en sí era de oro puro, los diamantes estaban impecables, con el tiempo el marfil se hizo amarillento y se gastó un poco con el tiempo, pero sorprendentemente mostraba poco deterioro. ¡La cueva del desierto de nuevo! Desafortunadamente, el sello no reveló nada. La bulla estaba en blanco y solo mostraba que algún objeto plano fue implementado, quizás una piedra suave.

Pero para su asombro, el papiro estaba escrito en caninita y no en aramaico. ¡Cananita! Parecido al fenicio y moabito, es conocido como la forma más anticuada del abecedario hebreo. Lentamente se calmó a si mismo, sabiendo que habían siglos que se encimaban entre el uso de las letras aramaicas y las más antiguas de los cananitos. Habían encontrado escrituras aramaicas en papiro hasta del cuarto siglo A.C. en la parte superior del Nilo en Egipto y era una carta dirigida al Alto sacerdote del Templo de Jerusalén. Los judíos usaban el idioma de cananita hasta más o menos el primer siglo A.C.. Hasta los someritanos usaron una versión en sus escrituras sagradas.

Pero Salomón sabía que no era tan reciente. Hasta las inscripciones hebréas del octavo siglo exhibían muchas características específicas y exclusivas. Pero estas escrituras tenían semejanzas con las inscripciones fenicias de Byblos del siglo X.

El Maestro

Inmediatamente lo selló en un sobre hermético de vidrio donde no podría filtrar el aire. De estar expuesto solo un ratito al aire podría causar su deterioro. Ya con la ayuda de una lupa de gran aumento, su ojo clinico detectó los círculos anchos de escribano. ¡Casi como si fueran....Dios Mió, es igual que el antiguo almanaque de los judíos! El Calendario Gezer es considerado como las inscripciones hebreas más antiguas conocidas, que son formas primitivas de expresión gráfica y los estudios fechados a fines del Siglo X, cuando Gezer era una ciudad Israelí. Él conocía la referencia bíblica de memoria: 1 Reyes 9:16, La época del Rey Salomón--era su era preferida para estudiar. El estuche que estaba herméticamente sellado y cubierto con arena seca del desierto lo había preservado en casi perfectas condiciones...simplemente esperando que el Capitán Simach lo encontrara. Todavía incrédulo, meneaba la cabeza.

¡Podía haberlo escrito ayer! Tenía que intentar conseguir más detalles acerca de su descubrimiento. A pesar que se regañaba a sí mismo, no podía evitar la emoción casi como de niño que sentía.

¿Pero qué era aquel aparato raro al otro lado? Los dos círculos concéntricos y la Estrella de David dentro de ellos tenían la semejanza de un sello, pero no como ninguno que había experimentado y las palabras enigmáticas adentro y por debajo de la estrella le tenía perplejo. No conocía de ningún otro papiro que tuviera inscripciones a los dos lados. Se encogió los hombros y no dudó de su capacidad. Pronto sabría.

Hacía dos horas que el Capitán Simach se había ido. Eran las siete de la noche y él estaba concentrado en el rompecabezas. Lo único que él sabía hasta el momento era que era viejo, muy antiguo y que fue encontrado en alguna parte de algún desierto. Él habló al centro meteorológico, pero no había informes recientes de tormentas de arena.

Era papiro, sin embargo el sabía que las condiciones climáticas de Israél con el tiempo lo hubiera deteriorado, aún estando guardado en una urna sellada, hasta en Negev—demasiada humedad. No, tenía que haber salido de algún desierto más adentro y Aarón mencionó que no procedía de Negev.

El Maestro de los Jinn

Ahora aceptaba al menos parte de lo que contaba el Capitán Simach. Existen evidencias que quizás los hebréos usaron papiro en los tiempos más antiguos. La planta en sí, el gomeh, está mencionada en Éxodo y en Isaiah, aunque el producto final como una especie de papel no está. Salomón se reía a la idea que podía tener en su poder quizás el escrito más completo y más antiguo en papiro que jamás hayan descubierto. El palimpsesto que fue descubierto en una cueva seca cerca del Mar Muerto en Wadi Murabba'at, se estimó de ser solo de mediados del siglo VII A.C.

Salomón tomó una muestra diminuta del tinte para examinarlo y el resultado lo animó aún más; era goma de bálsamo mezclada con hollín y agua, un tinte de los tiempos de la antigüedad. Sin duda fue escrito con una pluma de caña dura y hueca que le decían golmos en los tiempos de los talmudaicos. Por la formación de las letras a través de la lupa, Salomón observó que la caña estaba cortada de tal manera, que la punta estaba ancha, pero no partida.

Faltaba traducir el manuscrito, que seguía. La primera línea fue bastante fácil hasta para hoy en día, era una invocación común y corriente, pero las dos palabras que siguieron lo dejaron sin habla.

Yo, Zadok...

Mientras miraba las palabras, sentía entre incredulidad y júbilo. Zadok era un sacerdote de alto rango del Templo durante el comienzo del reino del Rey Salomón cuando construyeron el templo. Decían que él era un segundo Aarón, el hermano de Moisés, quién fue el primer sacerdote de alto rango, un hombre eminentemente digno para pararse ante el Arca del Convenio.

Hizo un esfuerzo para tomar un pequeño descanso para despejar su mente para poder seguir traduciendo con exactitud. Después de mordisquear una manzana que sobró del mediodía, prendió un cigarrillo y se paró al lado de una ventana que estaba abierta a contemplar la luna subiendo, y como siempre, la belleza sencilla de un cielo claro en la noche calmaba sus pensamientos.

El Maestro

Los efectos de ésta noche eran casi hipnóticos, pestañeó y abruptamente y espontáneamente cruzó a la fantasía.

Parado frente de la ventana, Salomón perdió toda noción del tiempo y de acuerdo al reloj en la pared, indicaba que una hora había transcurrido. Estaba asombrado. Su mente jamás había divagado así y no podía recordar lo que estaba pensando, pero sintió el peso al borde de su conciencia... ¿O acaso fue un sueño?... ¿Qué me pasó?... ¿Será que me dormí en parado?

No se sentía cansado; en realidad se sentía totalmente despierto y lucido como jamás había sentido en su vida. Se sentó en su escritorio a poner manos a la obra en cuanto a la tarea de la trascripción, recordando entonces que no ha llamado a su hija para informarle que iba a llegar tarde para cenar. Tenía que llamarla para decirle que iba a llegar bastante atrasado --ahora sí estaba metido en un gran lío.

El Maestro de los Jinn

Muchas aguas no pueden apaciguar el
amor,
Ni tampoco pueden
Las inundaciones ahogarlo.
--Canción de Salomón 8:7

Rebecca estaba callada cuando llegó su padre a la casa. Eran las once de la noche y le sirvió la comida caliente en la mesa, no sabía que él estaba involucrado con algún fragmento de cerámica o un manuscrito hecho tiras y que no había comido.

Pero él no estaba engañado, el enojo de ella era tan duro como el hielo y pronto iba calentar y revalsar por encima de él. No comentó nada con ella de lo sucedido, pues mejor para él si ella no se enteraba. Después de todo, Rebecca todavía estaba en la reserva del ejército y recién llegada de su servicio militar. No le sorprendió en lo más mínimo que llegue ella con el título de sargento.

Rebecca se sentó con él y le hablaba en una voz de ira controlada, mientras comía, así como un padre exasperado le habla a un hijo que se comporta mal constantemente--explicándole una vez más de la cortesía de una llamada si iba a llegar tarde, de los efectos contra la salud de no cenar a una hora debida y de esforzarse excesivamente en su trabajo. Él inclinaba la cabeza en silencio entre bocados hasta que ella se quedó sin aliento, entonces rápidamente le agradecía el excelente cuidado que ella le daba al único padre que le quedaba.

A pesar de que él se expresaba de todo corazón, ella era implacable. Rebecca no tenía a nadie más en el mundo y él se daba cuenta del temor que ella sentía al solo pensar en perderlo. Con el pasar del tiempo, ella recordaba a su mamá con cariño y ahora a los veinte años, no se daba cuenta que se comportaba exactamente como ella—su Raquel de tanto tiempo atrás.

Rebecca sacó el cuerpo de bailarina de Raquel, la cabeza llena de rulos, los ojos grandes y esa disposición de seriedad. Salomón la veía bella, aunque que ella siempre se hallaba sencilla.

El Maestro

Quizás fue eso, que la disposición de ella desanimaba a todos los caballeros que mostraban algún interés en ella. Salomón estaba seguro que ella todavía era virgen y muchas veces se desesperaba pensando que no iba llegar a ser abuelo. Él estaba en contra de ella quedándose en el ejército después de hacer sus dos años obligatorios, por más que daba la impresión que le gustaba la vida de militar, balanceando la disciplina y franqueza en su manera de expresarse. Ella expresaba que sería fácil hallar un hombre si siempre estaba rodeada de miles de ellos...y él no le halló ningún chiste en su burla.

Su argumento de él era que sus abuelos, varios tíos, tías y primos fueron asesinados en el holocausto y que su propio padre murió en la guerra del '57 y que él mismo fue herido en la Guerra de Seis Días. Ella se puso a reír con tantas ganas del último argumento que al final él se acordó que Raquel le había dicho cuando era una niña que al saltar de un camión se quebró el tobillo y por eso, por seis semanas se salvó de ir a la guerra. Después de que Rebecca recobró su compostura, le informó en palabras no tan inciertas que su decisión no estaba abierta para discutir y salió del cuarto.

Salomón se preocupaba por ella constantemente, pero sabía que ella nunca iba aceptar eso como razón suficiente. Cuando terminaba el servicio militar y elegía no regresar al servicio activo, él no la cuestionó. Desde que ella regresó a casa, daba la impresión de estar enojada y retraída, pero fuera lo que fuera lo que la hizo cambiar de parecer, él estaba agradecido que ella llegó sana y salva.

Se culpaba a sí mismo por no haber compartido y convivido más con ella cuando era niña, hasta pensó que debió de casarse de nuevo, que quizás teniendo otra mujer en el hogar la hubiese suavizado un poco, pero ni modo, ya era muy tarde.

Ella era su hija y la única persona que él ahora amaba en la vida y por eso Salomón le perdonaba todo...hasta aceptaba con tan buen humor que lo regañaze.

El Maestro de los Jinn

Él sabía que ella era una jovencita testaruda y capaz, así como era obstinada y desobediente de niña. Desde la edad de los ocho años era marimacho, fastidiando a los muchachos, pegándoles seguido y exigiéndoles que la trataran como su igual. Esto empezó cuando falleció su mamá. Con lágrimas en sus ojitos, llegó a la casa de la funeraria furiosa, arrancándose el vestidito negro que tenía puesto en su cuerpecito. Desde ése día él no ha vuelto a mirarla llorar.

Después de eso, nunca más quiso ponerse vestiditos, ni siquiera para ir a la escuela, a pesar que él compraba vestiditos que él hallaba bonitos con la esperanza que ella cambiaría de parecer. Ella se burlaba de los vestidos , se subía a los árboles, andaba en bicicletas y caballos y nunca lloraba. Sin embargo él nunca podía negarle nada, así como su madre nunca le negó nada a él desde el día que nació.

El Maestro

Sócrates: ¿Entonces, existe
en la mente de aquel que no sabe
cosas que él no sabe?
Meno: ¡Claro!
Sócrates: Entonces estos pensamientos
ascienden en él como un sueño.
--Plato, el Diálogo del Meno

Su nacimiento de él fue una celebración con festejos.

Sus padres sobrevivieron la guerra de manera que jamás hablarían, llegando al campo de refugiados a finales del verano del último año. Inmediatamente al bajar con los demás del camión de la Cruz Roja quedaron rodeados de rostros sombríos y ojos hundidos que buscaban a sus familiares perdidos entre los recién llegados; madres, padres, abuelos, tías, tíos, hermanos, hermanas…no buscaban niños, no habían niños aquí y hasta ahora ninguno había regresado.

Entonces miraron que ella estaba embarazada…inmensa en un vestido estampado. Las caras se abrieron camino para que pasara mientras la miraban callados e incrédulos. Todo el campamento se quedó sin respiración…que de hacer o decir cualquier cosa ahora, atraería alguna suerte de campesino perverso sobre la primera criatura que nazca entre ellos.

Solo cuando el Rabino anciano apareció en frente de todos para guiarlos hasta sus habitaciones y cuando estaban fuera de vista, fue cuando Sonia y Jakov escucharon a la multitud de voces susurrando detrás de ellos.

Ellos pudieron escaparse de sus libertadores rusos por medio de robo y soborno—ese era el cuento preferido de su padre, uno de los pocos que el contaba de esos tiempos, y al final de varias semanas pudieron llegar a un pueblito de recreo en la zona americana a unos veinte kilómetros en las afueras de Munich.

El Maestro de los Jinn

Las hermosas casas de los alemanes adinerados con sus muebles acolchonados ahora servían como campos de refugiados; furiosos, los ocupantes anteriores fueron desalojados sin previo aviso. Acababan de construir el nuevo Hospital Americano del Ejército, y cuatro días después Shlomeh Freeman fue el primer niño en nacer allí.

Cuando oyeron el llanto del bebé por la ventana que estaba abierta en el segundo piso del cuarto del hospital, se preguntaban y gritaban entre ellos: ¿Está bien?... ¿Está completo?

Todos los tres mil refugiados estaban esperando afuera abajo mirando hacía arriba hasta que el Rabino apareció en la ventana diciendo: "¡Es un niño! ... ¡Un niño sano!... ¡Gott zu dank!"

De repente hubo un alboroto ensordecedor de alegría sobrepasando la esperanza. Los hombres y mujeres lloraban sin contenerse, riéndose y abrazándose mientras se felicitaban los unos a los otros.

Los días siguientes, cada hombre y mujer del campamento tocarían al niño para mazel, la suerte, llevando regalos de cualquier ropita o chuchería que encontraban o rescataban.

Ese día el Rabino ofreció una oración de gracia por las salvaciones y por el bebé varón que nació entre ellos aquel día.

Cerrando la ventana, mientras se agachaba a mirar al pequeñito entre sus brazos, le dijo a Sonia: "Reconozco éste momento" y despacito secreteó al oído del bebé... "Shlomeh, el primer nacido...el torbellino pasa, pero otro viene...y lo que está oculto, será revelado, no le temas". Las palabras raras eran más un encantamiento que bendición y entonces tocó la frente del bebé con el pulgar de la mano derecha.

Jakov miraba al anciano barbón y demacrado como si estuviera loco, pero la intensa sinceridad en sus ojos oscuros tocaron un lugar muy profundo de entendimiento dentro de Sonia.

El Maestro

"¡Tú eres Hasidic!" afirmaba ella a él...y no fue una pregunta.

"¡Shhhhh!" le susurro el Rabino, pero él estaba mirando por la ventana a las nubes que estaban juntándose para una tormenta.

En el estudio donde hay filas de libros, el niño estaba tranquilamente sentado. Él tiene cuatro años y no sabe porque sus padres lo llevaron allí. ¿Porqué lo dejaron solito con el anciano de barba tan larga, el cual todos llaman el Rabino? Esto no es el shul, la sinagoga. Él apenas puede escuchar a sus padres hablando detrás de la puerta cerrada y quiere correr a sentarse en la falda de su mamá, pero ella misma le dijo que se quede, que iban a estar afuera en el pasillo esperándolo. Mientras pueda escuchar su voz, él no siente miedo.

Estando en el enorme sillón el niño se inquieta, cuando ve al Rabino anciano pararse, ¡Él estaba mirando algo en un libro antiguo y ahora viene por mí! Con su barba, abrigo negro largo y sombrero ancho negro...parece un oso.

Con su voz gruesa que inspira miedo, él se agacha por encima del niño como una nube, pero está risueño.

Y le dice: "Ahora Shlomeh, te voy a contar un cuento, un cuento que vas a recordar".

En el pequeño departamento, el niño está sentado en la mesa de la cocina. Solo está su mamá y le sonríe mientras sirve la sopa dulce de repollo con pan negro. Ella cariñosamente le dice "Tattala" y le dá un beso en la mejilla.

Le dice: "¡Come Tattala!"

El Maestro de los Jinn

"¡Que bella es su mamá y tan joven!"... Abre la boca para decirle cuánto la quiere, pero ella lo calla, "¡Come Shlomeh, termina la sopa!"

Mirándola, se pone a comer.

-- ¿Shlomeh, qué te contó el Rabino?

El niño permanece callado.

-- ¿Y?

-- Un cuento que ya me olvidé

"Come" le dice, mientras lo observa... "Yo te voy a contar otro cuento".

Él la mira mientras ella le cuenta la historia de su nacimiento, de la celebración en el campamento de refugiados y el Rabino.

-- Él estaba con nosotros allí. Fue él quién te bendijo durante la primera hora de tú nacimiento y después cuando él sabía que se estaba muriendo te llevé a él cuando él lo pidió.

Ella suspira, "Termina tu sopa Shlomeh, la hice especialmente para tí para que no sientas miedo. En ese entonces yo no entendía al Rabino y él no daba explicaciones. Tu papá pensaba que se había vuelto un poco loco a consecuencia de la guerra".

Ella se agachó por encima de él y agarró sus dos manitas entre las de ella y lo besó en la mejilla, diciéndole en secreto al oído: ¡Pero Shlomeh, él tenía razón, busca refugio, porque el torbellino viene por tí!

Se despertó del sueño con el aliento entrecortado y se sentó derecho en la cama. Las lágrimas mezcladas con el sudor de la noche caían por sus mejillas mientras mojaban el cuello de su pijama. El recuerdo de su madre le causaba una gran pena. La veía claramente con el ojo de la mente; sus ojos color miel y su piel tan suave color rosa que daba la impresión que no se arrugaba con el tiempo, su cabello era un suave color rojo que recién a los setenta años de edad empezaron a salirle canas...y cuando falleció.

Él se lavó la cara y se sentó en el sillón al lado de la ventana por horas, totalmente despierto y con sus ojos muy distantes mientras miraba a la luna bajar.

El Maestro

Una y otra vez frotaba la mano entre su pelo rojizo y gris de corte militar, sintiendo algo de miedo profético como que si fragmentos de la genética de su memoria se hubieran liberado de su hélice y flotado a la fase del sueño de REM.

El eco de su sueño persistía y sangraba en lo que él finalmente transcribía del papiro antiguo del joven capitán que abría su mente como si fuera una flor. Se estremecía en pensar en los lugares desolados y las energías terribles que le esperaban.

De alguna manera tenía que convencer a su hija. No podía esconderlo de ella y a la vez sabía que ella no iba quedarse atrás. Todos ellos tienen que ir a ver al Shaykh Haadi en cuánto a la clave del hexágono. El Capitán Simach venía en la mañana y tenía que decirle precisamente lo que encontró. El tendría que ver la necesidad, era irrefutable.

¡Tenemos que irnos al desierto!

El Maestro de los Jinn

De nuestros cuerpos,
No quedarán ni huellas
De que estuvimos en este lugar.
El mundo se cierra detrás de nosotros,
Y la arena se acomoda a si mismo.
--Yehuda Amichai

Aarón Simach, el Capitán de los Mossad, empezó a tener dudas de si él seguía siendo el mismo hombre que había entrado al desierto. Se veía igual, aparte de que se miraba más cansado de lo que recordaba. Hasta su rostro que miraba en el espejo, con cada hora se miraba más viejo y sus ojos ya tenían una profundidad peculiar como si guardaban algún conocimiento que él no poseía.

Mirándose en el espejo, exclamó: "¿Dios mío, que me está pasando?" El coronel le tuvo compasión y le dijo que tomara todo el tiempo que fuese necesario y le dieron permiso para una ausencia extendida. Fue muy considerado y comprensivo con él.. ¡Él cree que me he perdido como un tonto en el desierto! Tenía ganas de llorar, pero no lo hizo.

¡La misión fue un desastre... ¡Toda la inteligencia estaba totalmente equivocada! Él y dos hombres bajo su mando se integraron a un grupo de arqueólogos franceses en un lugar chico de excavaciones cerca de las montañas Haggar. Cada hombre fue escogido por su conocimiento del idioma, la materia y se acoplaron bien con el grupo de estudiantes hasta que cayó la noche, cuando los tres se fueron manejando varios kilómetros en el jeep en el desierto. Sus órdenes eran de inspeccionar a un campamento sospechoso de contrabandistas, pero lo habían abandonado recientemente.

Desde un principio tuvieron mala suerte. Se bajaron del jeep y para poder cubrir más terreno, se fueron caminando en tres direcciones diferentes en busca de cualquier pista que pudiera indicar el rumbo que tomaron los hombres.

El Maestro

¿Quién iba pensar que una tormenta de arena iba aparecer repentinamente de la nada, sin previo aviso, así como una retribución bíblica? El radar no mostraba nada de una tormenta, ¡Nada!

Mientras regresaba al jeep al amanecer, la tormenta lo alcanzó...así de repente...allí estaba. La fuerza del viento lo azotó de tal manera como si fuera una mano tumbándolo con tanta fuerza que fue a dar a la cima de una duna y resbaló hacia abajo hasta la mitad. Poniéndose de costado, luchaba para pararse, pero el viento repentinamente cambió de dirección y lo aventó de nuevo. Haga lo que haga, no importaba lo que hacía contra la tremenda fuerza de la tormenta y por más que se esforzaba por ganar terreno, no podía, hasta que al fin fue arrastrado hasta chocar contra un afloramiento de piedras que sobresalían por debajo de la arena del desierto.

Sacó el impermeable de su mochila y se envolvió con el mientras se apiñaba contra la piedra. Maldiciendo su suerte, agarraba la piedra con la intención de esperar que la tormenta se calmara. Pero inmediatamente un cansancio inexplicable lo invadió y sus ojos empezaron a cerrarse a pesar de que el viento estaba en pleno furor. Pellizcándose y dándose cachetadas, trataba de combatirlo, pero simplemente no podía mantener sus ojos abiertos.

Y pensó: "¡Esto es imposible!" y con un verdadero sentido de sorpresa, se quedó dormido.

Después que pasó la tormenta, el Capitán despertó de un sueño extraño que desaparecía de su memoria. Él estaba casi totalmente cubierto en arena y tuvo que excavar para salirse de eso—gastando energía en esos esfuerzos de movimiento lo ayudaron para despejar su mente borrosa. De a poquito se levantaba y a la vez probaba sus extremidades. Después se estiró para deshacerse del letargo de sus músculos y finalmente revisó sus equipos. No estaba su cantina y su reloj pulsera estaba roto, de alguna forma se hizo añicos, pero la brújula estaba intacta y el sol estaba situado directamente arriba—siendo el medio día. Al hacer un giro total se dió cuenta que sólo habían dunas y arena por donde miraba...menos la piedra donde estaba el parado.

El Maestro de los Jinn

Le dió la vuelta a la piedra.

Tenía muchos metros en diámetro, quizás era la punta de una formación masiva. El Capitán Simach miró un esqueleto que quedó al descubierto en la abertura de una cueva pequeña. Estaba sentado con la espalda descansando en el granito y las piernas estaban estiradas. El codo del brazo derecho estaba apoyado sobre un pedrón y los dedos doblados sin carne casi pidiéndole que entrara. No había nada más, ni siquiera retazos de harapos le colgaban.

Con la poca luz que había en la cueva, lo miró por un buen rato. Una arena fina circulaba dentro de las cuencas de los ojos, como si tuviera vida propia y por adentro de las ventanas de la nariz y por afuera de la boca sin labios había como un aliento de fantasma.

No se acuerda cuánto tiempo quedó allí parado, pero no sentía miedo mientras observaba el cilindro empolvado entre los dedos doblados de la mano izquierda que estaba descansando sobre el suelo de la cueva...y sin pensarlo, lo agarró. Era pesado. Recorrió su dedo por todo lo largo y vió el brillo amarillo donde antes estaba empolvado y sabía que era oro.

¿Será una tumba?

Él sentía escalofríos e incomodo, pero con mucho cuidado colocó el cilindro en su mochila y se fue de la cueva mientras trataba de espantar la sensación de las cuencas vacías mirándolo salir.

Caminó por horas en dirección hacia el noroeste, la dirección por donde vino y donde tenía que estar el jeep. Él sabía que sus hombres iban a esperarlo y al final los miró en la distancia. Estaban andando en el jeep, dando una curva para el oeste.

"¡Haiyá!" gritó uno de sus hombres al verlo, disparando la pistola al aire.

Él escuchó la voz de alivio en ese grito y los esperó, pensando que sus preocupaciones eran por la tormenta. Los abrazó a cada uno de ellos y aceptó la cantina de uno de ellos cuando le alcanzó.

El Maestro

Se puso a beber el agua despacito.

Silencio...

Los miró cuando intercambiaron miradas.

Les preguntó: "¿Qué es?... ¿Encontraron algo?"

El que tenía señoría habló: "Ah no Capitán, no hay rastros, estábamos buscándolo a usted".

-- ¿Ah, que pasa?... ¿Pensaste que me perdí?

-- Bueno, después del primer día...

-- ¿El primer día, qué quieres decir?

Mirándolo incomodo, el hombre cambió su peso de un pie al otro y se encogió de hombros diciendo: "Capitán, usted estaba desaparecido por casi dos días y nosotros pensamos que usted, bueno..."

Al comienzo no podía concebir lo que le dijeron, se quedó pasmado al darse cuenta que no fue un día, sino dos que había desaparecido. ¡Un día adicional! ... ¿Acaso me quedé dormido por treinta horas? No lo podía creer, pero a la vez no recordaba. Su mente no concebía la pérdida de tiempo, le era insólito.

De regreso al campamento, no habló, ni mencionó la cueva o el cilindro. Trataba de recordar el sueño que tuvo en la arena, pero no podía. Visualizaba la cueva y el esqueleto; el aliento y el viento bailando detrás de los ojos invidentes.

Entonces le vino...sentía que comenzó con el sentido de lo cual no podía ponerle nombre, un susurro de más allá del oído que resonaba en su mente como una voz perdida en el viento. Sentía el peso del cilindro en su mochila y pensaba si el tiempo que había perdido lo estaba esperando dentro de ese sueño...apenas más allá, a la orilla del recuerdo.

Ese sentimiento le perseguía todavía días después. Pero pronto iba saber lo que había encontrado. En unas cuántas horas más él y el profesor iban a saber lo que había encontrado y entonces iba a poder descansar. Esa idea tenía que haberlo complacido, pero él

El Maestro de los Jinn

no hallaba paz en eso... cierto presentimiento no le dejaba, así como si la tormenta hubiera desterrado la caja de Pandora y alguna terrible maldición antigua estaba a punto de desencadenarse sobre su cabeza.

"Espero que sea una lista de mercado" pensó él, pero entre sus huesos, sabía que no era.

El Maestro

La mayor sabiduría es aquella
Que es acompañada por el miedo.
--Kitab al Hakim (El Libro de la Sabiduría)
por Ibn Ata Illah

Con muchísima atención escuchamos todo el cuento. En verdad, nadie parecía estar fatigado, a pesar que no nos movimos desde el amanecer o descansar desde la noche anterior. Seguramente el Maestro nos dió una mega infusión de su gran energía y quizás algo más. Yo sentí una extraña cercanía con nuestros invitados así como si sus corazones privados estaban desenvolviendose y a la vez que nuestros corazones se abrian hacia ellos.

El Maestro estaba sentado con la cabeza agachada y sus ojos cerrados. Después de un rato, miró para arriba.

Y dijo: "Miremos la trascripción".

El Profesor Freeman sacó dos papeles que estaban doblados del bolsillo de su chaqueta y se los entregó al Maestro, quién los leyó detenidamente a fondo y después me los pasó. Alí y Rami se acercaron y los leímos juntos.

No era una lista de mercado, decía esto:

En el nombre de Dios, quién creó el cielo y la tierra,
Yo, Zadok, hijo de Eleazar, Alto Sacerdote del Templo de Dios,
Escribo esto para Salomón, el Gran Rey, el hijo de David el Rey,
Para que lo protege contra todo peligro y sanarlo de cada mal y enfermedad. Protégelo de cada demonio. Bendito Eres oh Señor, nuestro Dios, quién ha santificado con su gran poder y potencia al escribirlo y al pronunciarlo con la boca. Sagrado Eres o Señor, Bendito Rey, cuyo Gran Nombre sea exaltado.

El Maestro de los Jinn

Y en el segundo papel, estaba escrito:

> Bendito eres oh Dios, exaltado sea Su nombre
> Su misericordia revela lo oculto. El anillo sostiene.
> Derramo mi espíritu. Haré saber mis palabras.
> Ven Oh lucero vespertino.

Nos miramos entre nosotros con asombro. El Maestro esperó que termináramos de leerlo y después hizo un gesto para que calláramos.

-- Y preguntó: ¿Shlomeh, estás seguro de su autenticidad?

El Profesor Freeman asentó con su cabeza, "Es auténtico, no hay duda alguna. En este momento, la caja fuerte de mi laboratorio tiene en su interior uno de los documentos escritos más valiosos sobre la faz de la tierra".

--¿Entonces usted...que cree?

No se podía interpretar los gestos de su cara mientras el Profesor miraba por la ventana abierta al cielo y después se encogió de hombros.

-- Yo creo que Zadak, el Alto Sacerdote del Templo escribió esta kemi'a, talismán, para proteger al Rey. Antes se acostumbraba hacer ésta práctica. Salomón tenía que haberlo llevado consigo a través de tantos años porque Zadok murió al comienzo de su reino. Lo tenía que tener consigo por si quedaba atrapado en alguna cueva del desierto y si necesitaba escribir sobre algo y yo creo que el mismo Salomón pudo haber escrito la segunda parte. El lado revés del papiro también tenía escritura".

-- ¿Y por qué piensa usted eso?

-- Porque está escrito en otro puño.

-- Eso no prueba nada. ¿Cómo iba a llegar Salomón tan adentro al oeste del desierto?

Con un suspiro, el profesor exclamó: "Eso es sólo parte del misterio".

-- Continúe.

El Maestro

"Bueno, las pruebas históricas no son precisas. El Antiguo Testamento relata que Salomón tomó a la hija del Faraón como una de sus primeras esposas. Piensan que Susenes era el Faraón de esa época. Siempre tuve mis sospechas de que Shishak, quién fue el siguiente Faraón, era hijo de ellos. Y si así fuera, quizás sentía odio por su padre. Hubiera sido su primogénito, sin embargo no hubiera tenido ni el honor o el respeto. El no era hebréo, porque su madre no lo era.

"En El Primer Libro de Reyes dice porqué Salomón abandonó los mandamientos del Señor, que después de su muerte, Dios dividió el reino entre Jeroboam, el hijo de Nebat, quién reinó sobre diez tribus y Rehoboan, el hijo de Salomón, quien reinó solo sobre dos de Jerusalén. Hasta Shishak en Egipto le dió amparo a Jeroboam de la furia de Salomón. Quizás en su vejez Salomón deseaba reconciliarse con su hijo mayor o evitar guerras que él sabía vendría. Sea lo que sea la razón, no tenía que ser, porque está escrito en El Segundo Libro de Crónicas que Shishak invadió a Israel en el quinto año del reinado de Rehoboam, llevándose el tesoro del Templo y de la casa del Rey. Parece que llevó todo, hasta los escudos de oro que Salomón había hecho".

El Maestro inyectó: "Pero no el anillo".

-- ¡Sí, usted entiende! El papiro sugiere que Salomón tenía un anillo de gran valor consigo y quizás hasta el anillo del sello.

"Ah, quieres decir el anillo que dicen que él tenía para mandar a los hombres y a los Jinn" agregó el Maestro.

Riéndose, el Profesor comentó: "Bueno, la verdad dudo que haya tenido tanto poder, pero en realidad sí usaba un anillo, que tenía un sello y quizás estaba con él, hasta en Egipto. Pudo haber estado huyendo de Egipto para que Shishak no lo utilizara a él o a su anillo en contra de Rehoboam".

El Maestro de los Jinn

"Hmmm, quizás" El Maestro parecía estar pensativo... "O pudo haber estado de ida a la tierra de Saba antes de morir para ver a su reina y al hijo que según dicen que ella tuvo con él, si es en realidad el mismo anillo y si lo tenía consigo. Lo que parece que estas diciendo en realidad es que Salomón no fue enterrado en la ciudad de David, así como está escrito en el Antiguo Testamento y que más bien en su vejez por alguna razón desconocida fue al desierto del oeste y que los huesos que están en la cueva pertenecen a él".

Miramos al Capitán Simach y después intercambiamos miradas y nuevamente sentí un escalofrío recorrer por mi columna.

"Exactamente" dijo el Profesor... "Sea lo que sea la verdadera razón, parece que Salomón estaba cerca de las montañas de Haggar que quedan al extremo del oeste de Egipto. Pero en los tiempos de antes, Egipto era un reinado más grande y poderoso. Diferentes tribus podían haberle rendido tributo, y quizás hasta a Sabia--o Saba si prefiere. Si encontró su fin tan adentro del desierto del oeste, no lo sé, pero una tormenta de arena repentina pudo haberlo enterrado en la cueva, donde después pudo haber escrito las palabras a la kemi'a y luego sellar de nuevo la cueva con una piedra plana, la bulla que encontré. Y allí se quedó por casi tres mil años, hasta que otra tormenta de arena le alcanzó al Capitán Simach en el desierto.

"¿En caso que sea él quien quedó sellado en la cueva, por qué cree usted que las palabras fueron escritas después de Salomón?"

El Profesor se encogió de hombros diciendo: "Estaban escritas con sangre".

Por un tiempo hubo silencio. El Capitán Simach parecía estar perdido entre las posibilidades de lo que había encontrado, mientras que a mí me sobraban las preguntas. Pero todos esperamos que hable el Maestro.

El Maestro

-- ¿Entonces Shlomeh, qué te trajo aquí? Este enigma parece estar al alcance hasta de mi peor alumno... ¿Como puedo ayudarte?

El Profesor sonrió por la hazaña, pero sus ojos tomaron el parecer de un mago que estaba guardando lo mejor para el final.

"El original tiene algo más" dijo él. Entonces sacó otro papel de su mochila, lo desenvolvió y lo puso en la alfombra para que todos lo vean.

-- Hice una copia del original y la amplié. También estaba al otro lado de la kemi'a, con la misma sangre. ¿Lo ve?" y empezó a apuntar a los gráficos, diciendo: "Dos círculos concéntricos encerrando a la estrella hexagonal...el escudo de Salomón. Esto, yo creo, es la impresión actual de su sello...del anillo del Rey Salomón.

Con muchísima satisfacción hizo una pausa mientras se puso a mirar nuestras caras atolondradas.

-- ¿Y ve aquí? indicaba él, mientras volteaba en dirección del Maestro..."estas marcas en el centro de la estrella, casi no se ven, pero estoy seguro que es una palabra. Todavía tiene unas orillas, pero las letras están tan sucias que necesité de un microscopio para poder ver algo. La viscosidad del tinte que fue utilizado, sangró hasta penetrarlas.

Levantó las manos, "Usé los mejores equipos disponibles para tal tarea— rayos-x, escanógrafo infrarrojo, pero la palabra no es legible. No sé por qué. Tenía que haberse revelado claramente". Se encogió de hombros... "Quizás es el nombre escondido de Dios, no tengo idea. Pensé que quizás usted me podría ayudar".

El Maestro alzó el papel, extendiéndolo de lejos para que nadie pudiera ver, mientras por un momento miró al nombre desconocido.

-- Shlomeh, si éste es el sello del anillo de Salomón y a la vez está impreso con la misma sangre, lo tenía que tener con él en la cueva. ¿Entonces por qué selló la cueva con una piedra plana?

El Maestro de los Jinn

"Yo no sé" protestaba el Profesor desalentado... "Es un misterio dentro de otro misterio. Aarón, el Capitán Simach dice que no se acuerda de haber visto un anillo. Pero tienes razón, puede ser que todavía está allá".

El Maestro observaba a su antiguo estudiante en silencio. Tenía el gesto de una sonrisa en sus labios y afirmó a él mismo hasta que indagó: "¿Mi amigo, cuál fue la verdadera razón, que me trajiste esto?"

El Profesor Freeman parecía estar genuinamente sorprendido por la pregunta: "¿Por qué? Pues en realidad usted fue la primera persona que se me vino a la mente. Pensé que podría sugerirle algo a usted, eso es todo".

Sobando su barba, el Maestro se quedó sentado pensativo por un buen rato mientras examinaba de nuevo las palabras antiguas y la impresión del sello.

"Sí, veo" dijo finalmente, luego le dijo unas palabras a Rami, quién se levantó y le trajo dos de los tantos libros que llenaban los estantes del cuarto. En silencio se puso a leer uno de ellos, la Biblia y después asentó el volumen a un lado.

"Aquí tiene parte del misterio y usted Shlomeh conoce estas palabras tan bién como yo, son de Proverbios: '¡Mirad! Derramaré mí espíritu sobre vosotros y revelaré mis palabras a ustedes'. Y tambіén, 'Porque aquel que es derecho morará en la tierra...'".

"Sí, sí" aceptaba el Profesor. Había señas de impaciencia en su voz. "Proverbios, el libro del Antiguo Testamento, del cual la mayoría de los eruditos están de acuerdo en que fue Salomón quién lo escribió. Ahora ya casi no hay duda de eso".

-- Con la excepción del cuando cambió durante los tiempos.

-- Sí, lo escrito en el papiro está escrito en el presente, 'Derramo mi espíritu'. Yo creo que Salomón ya estaba cerca de la muerte. El Profesor se frunció la cara mientras decía esas palabras.

El Maestro no dijo nada, recogió el otro libro y empezó a volcar

El Maestro

las hojas hasta que encontró lo que estaba buscando y se puso a leer en silencio. Después de un momento asentó el libro a un lado, dejándolo abierto en la página donde estaba leyendo. No pude ver el título.

"Sin embargo parece que hasta en la muerte y a través del milenio, el Rey puede mandar a los vivos" dijo el Maestro... "Cuentan que cuando la Reina de Saba fue a visitar a Salomón para ver por si misma si la fama de su sabiduría era verdad, Salomón mandó a Benaiah, hijo de Jehoida, el Capitán de su ejército a recibirla y Benaiah era muy guapo.

El Maestro nuevamente recogió el libro y se puso a leer, "...como el nuevo amanecer despeja el cielo del este; como la azucena creciendo cerca de los arroyos de agua y como el lucero vespertino que brilla más que cualquier otra estrella".

Entonces cerró el libro y miró directamente al Capitán Simach.

-- ¿Ve?

Con esas palabras, el Capitán levantó su cabeza y pestañeó. Por un momento parecía estar desorientado, pero esa mirada distante seguía acompañandolo. Alí y Rami lo miraban maravillados y Rebecca también miraba al hombre. Esto no era un chiste. Mi mirada iba y venía del joven Capitán al Maestro y nuevamente así.

Y el Maestro le indagó a su amigo: "Bueno, tú también conoces la referencia. ¿Por qué no hablaste de eso?"

El Profesor cabeceaba, daba la impresión que se sentía avergonzado y después protestó..."Porque no tiene sentido, ésto no es una ciencia, es..."

"Sí, bastante" respondió el Maestro, mientras descansaba su mano encima del libro cerrado..."Tan diferente a la ciencia como los sueños que predicen el futuro".

Con la visión de su madre claramente escrito en su rostro, el Profesor no contestó. Quizás el científico podría desechar las palabras en ésa visión, pero el hijo no podía.

El Maestro de los Jinn

-- Shlomeh, lo que nos ha contado es bastante interesante, pero no tengo conocimiento de caninita antiguo y usted ya descifró el mensaje. Todo este asunto tenía que haber sido llevado ante la Autoridad Israelí de Autoridad de Antigüedades. ¿Por qué vino usted a mí?

El Profesor titubeó, "...simplemente pensé que el mensaje podría sugerirle a usted algún otro significado. Parece que fuera alguna profecía".

"Shlomeh, tú preguntas lo que ya sabes" afirmó el Maestro.

El Profesor no quedó convencido: "Pero no conozco la palabra que está en el sello, o ni si quiera si está en el mismo idioma. Si podríamos conseguir una pista de su significado para entenderlo en relación a—".

-- Eso no te ayudaría.

-- ¿Pero como sabe usted...? quiero decir... ¿Como más podemos...?

Como vencido o para no poner en duda las palabras de su antiguo Maestro, el Profesor dejó de hablar.

El Maestro no habló más. En ése momento una polilla pequeña color café entró por la ventana y empezó a dar vueltas por nuestras cabezas. El Maestro extendió la mano derecha e inmediatamente, aleteando, la polilla fue a descansar en la palma de su mano extendida.

"El busca la luz, al igual que ustedes" dijo el Maestro mientras cerraba su mano despacito, poniéndolo en el bolsillo de su manto. Cuando sacó la mano del bolsillo, estaba vacía.

"Mi amigo, en realidad es tú sueño lo que te ha traído aquí, pero no encontrarás su significado aquí. Tu ya sabes lo que tienes que hacer, y por la voluntad de Dios, te ayudaré hasta donde pueda".

El Profesor Freeman le miraba la mano vacía del Maestro y después a sus propias manos y no dijo nada...su silencio era más elocuente que palabras.

Su hija preguntó: "¿Y no hay otra manera?"

El Maestro

El Maestro meneaba la cabeza mientras decía: "La verdad no se encuentra en los libros".

Luego miró directamente al Capitán Simach: "Tú tienes que buscar la respuesta en el mismo lugar donde encontraste la pregunta".

El Capitán cerró sus ojos.

"Entonces tenemos que ir al desierto" comentó el Profesor.

"Sí, y pronto" contestó el Maestro.

En ése instante supe que el Maestro nos iba a mandar también y esa fue la razón porque el Maestro nos escogió para quedarnos. Alí y Rami se quedaron sentados quietos en silencio a mi lado, ellos también se dieron cuenta.

El Maestro prendió su pipa y cerró sus ojos por un momento y entonces miró a Rebecca. El cuerpo de ella estaba desplomado y su cabeza agachada. Casi al mismo instante, enderezó sus hombros y miró para arriba diciendo suavemente, "Maestro".

"¿Maestro?"

Su voz era suave, pero había una luz en sus ojos y le dijo: "Me gustaría el permiso de usted para entrar a su Orden".

El Profesor Freeman miró a su hija con asombro y el Maestro sonrió. El había leído las intenciones en ella.

"Éste es un asunto de sumo solemnidad" aseguró Él... "Es un sendero dificultoso, el más difícil que jamás conocerás. Nada de si misma quedará oculto. ¿Estas segura?"

Sin vacilar, respondió... "Estoy".

"Tu padre es mi amigo. También tienes que pedirle permiso" le dijo.

Rebecca miró a su padre.

Los ojos del Profesor Freeman se encontraron con los ojos de su hija y meneó su cabeza entumecido diciendo, "No se qué decir".

El Maestro le preguntó a Rebecca..."¿Cree usted en Dios?"

Y suavemente ella alcanzó decir: "Oh si"

El Maestro de los Jinn

-- Entonces serías bienvenida. Entre los derviches del Orden, hay gente de todas las razas y credos. Somos un guisado de todos y una mezcla, pero todos viajeros en el mismo sendero.

El Profesor Freeman le preguntó a ella, "¿Y rezarías la oración Musulmana? Ella le sonrió y permaneció callada.

El Maestro entonces comentó: "Judío, Cristiano, Musulmán, somos todos gente Del Libro, compartiendo una herencia en común. Amiga, he rezado al lado de cristianos y judíos. Te aseguro que se oye a solo Un Dios".

El Profesor suspiró profundamente y agachó su cabeza. El viento soplaba suavemente entre las hojas y el Maestro se agachó para secretearle algo al oído, lo que su amigo le contó, hizo que se sentara derecho.

"¡Ya, habla!" ordenó el Maestro... "El único cliente de la lengua es el oído".

El Profesor Freeman medio se encogió de hombros y dijo, "Si, bueno" y nuevamente suspiró mientras Rebecca lo abrazaba con un brazo.

El Capitán Simach no hizo un solo movimiento en todo ese tiempo y ahora el Maestro volteó hacía él.

"Shlomeh, verás la iniciación de tu hija. Tu también estarás aquí, para que todas las voces sean escuchadas".

Parece que las palabras afectaron al señor. Después de un silencio largo y sus pensamientos intimos evidentes y por un leve movimiento de su cabeza y cuerpo, asentó en acuerdo.

"Entonces que así sea" afirmó el Maestro... "Rebecca no regresará a su casa. Todos ustedes, si me pueden honrar una vez más con ser mis invitados y quedarse a dormir. Mañana por la noche es majlis, las reuniones que tenemos dos veces por semana. Ishaq le ayudará a Rebecca a prepararse para su iniciación".

El Maestro

Con eso se levantó y también nos levantamos con Él. Mientras se iba alejándose del cuarto, la energía que nos había sostenido a través de toda la larga noche parecía retirarse con Él. Yo apenas tenía suficiente fuerzas para llevar las esteras y cobijas a los cuartos de huéspedes, hasta que caí en el sueño más profundo de mi vida.

El Maestro de los Jinn

Bebía vaso tras vaso de Amor,
Y no se terminaba ni el vino,
O mi sed.
--Bayazid Bistami

El Maestro mismo me despertó. Esto era insólito, inmediatamente me desperté y estaba alerta.

"Apunta todo lo que ha visto y oído" me dijo... "Mi antiguo estudiante y su amigo pronto estarán de ida al desierto, y tú vas a acompañarlos como mi escribano".

Él tenía que haber visto la mirada en mis ojos, porque después risueño agregó: "No tengas miedo, que Alí y Rami te acompañarán. Ellos conocen el desierto y Rebecca también irá...ella conoce a su padre. De prisa, vaya a despertar a los demás, el circulo está casi completo".

"¡El circulo está casi completo!"

Entonces era cierto. La raíz de la palabra, escribano es sfr, que significa contar, pero lo que el Maestro requería de mí no era en función de contador. Yo tenía que tomar en cuenta todo lo que sucedía--de atestiguar. Quizás se podría explicar sensatamente lo del esqueleto viejo, las palabras enigmáticas escritas, y hasta el gran anillo del sello pueda todavía existir en alguna grieta de aquella cueva; pero estábamos siendo inexorablemente atraídos a ése antiguo encerramiento por circunstancias sobrenaturales de vientos ultramundanos y similitudes imposibles, sueños y sangre.

A pesar de mis presentimientos, me sentía constreñida por el misterio, como si las palabras del Maestro de alguna manera me habían llevado adentro de ese círculo que estaba a punto de completarse. Yo confío en los ojos de mi Maestro y sea lo que sea el destino que Él había leído en la sangre y huesos de Salomón, lo nuevo y viejo estaban de alguna manera entre tejidos. Y teníamos que compartirlo; Rebecca, Alí, Rami y yo.

El Maestro

Cuando los demás se despertaron, busqué para preparar a nuestra nueva hermana.

Me gustaba su vigor y manera callada, todavía no era un derviche, pero ya había aprendido en cuanto al silencio.

Cuando toqué la puerta, ella me saludó con una sonrisa cálida. Yo le hice la venia con la mano derecha sobre mi corazón. Se veía tan tranquila y mucho más segura que yo para mi propia iniciación.

Habíamos dormido casi todo el día y la noche estaba aproximando. Los demás derviches todavía tenían que llegar y los que nos acompañaron durante la noche tenían que bajar, así que ella me acompañó mientras preparaba el té para nuestro desayuno tardío.

Ella se sentó perfectamente derecha con la espalda apenas tocando el respaldar del asiento y con sus manos enlazadas en la falda. Noté un sentir expectativa en su postura...estaba esperando instrucciones.

Sin mirarle los ojos, le serví té y me senté en frente de ella con la incertidumbre de como empezar. Yo nunca había hecho esto antes.

Sin duda ella advirtió mi timidez.

"Gracias por ayudarme" me dijo..."Nunca pensé que me iba hallar sentada aquí".

"Ni yo tampoco cuando estaba en tú lugar" admitiéndole y mirándola.

-- ¿Por favor, dime como fue tú experiencia?

Era la pregunta precisa para relajarme. Sonreí en gratitud y estando sentados en la mesa de la cocina, le conté el cuento.

Ahora me pongo a reír cuando pienso en eso, pero al comienzo ví al Maestro por medio de unos ojos solemnes. En ese entonces era un estudiante serio, abierto, amante de la verdad y de la sabiduría. ¿Entiendes? Si, un estudiante de filosofía. Yo tenía los medios para los lujos de las aspiraciones eruditas. Provengo de una familia adinerada.

El Maestro de los Jinn

Un día perfecto de primavera después de mi última clase, en la universidad decidí tomar la ruta mas larga por medio de un parque para ir a mi habitación. Había una ranura pequeña de árboles cerca de una fuente donde a veces me detenía a sentarme en el césped a leer. Esta vez al acercarme a la ranura, escuché música. Era una flauta de caña--el ney, y seguí el sonido hasta entre los árboles. Pensé que algún músico fue a ensayar allí, y para mi sorpresa, hallé un grupo grande de gente sentada en el césped escuchando. Pensé, "quizás es un concierto" y busqué donde acomodarme y me senté a escuchar. El hombre tocaba muy bien, pues todo parecía bastante inofensivo.

Y claro, era Alí. Serían unas dos docenas de hombres y mujeres de todas edades que estaban sentadas en la grama y todos escuchaban en silencio. Fue entonces que Rami se me acercó. El era mi compañero en una materia y a pesar que no lo conocía bien, me sentía a gusto de ver una cara conocida. Él no me habló, pero me dió la mano y después me llevó del brazo, guiándome a un lugar atrás y se sentó a mi lado. Desafortunadamente no tardó mucho para que termine la música.

"Llegué muy tarde" le dije a Rami.

"Ah no, estás a tiempo" me contestó.

Precisamente en ése momento el Maestro entró caminando donde estaban todos reunidos.

Él era una figura realmente imponente mientras venía caminando entre los árboles vestido de manto blanco y un tejido en la cabeza. Pude ver sus sandalias y calcetines blancos por debajo de su manto cuando se acomodó en un sillón de patio en el césped mirando en nuestra dirección.

Rami me comentó en voz baja que el Shaykh Haadi era un Maestro Sufi, uno de los maestros espirituales más lustres de nuestros tiempos y estaba sorprendido de ver que Él decidió hablar en público en un parque, que era algo fuera de lo común para Él.

El Maestro

Claro, yo no tenía idea de lo que estaba hablando. Yo nunca había escuchado de Él. Obviamente fuí atraído por la música a algún tipo de sermón religioso y ahora me sentía como un tonto y cohibido de levantarme para irme. Estaba atrapado y sabía que iba a tener que aguantar y quedarme hasta el final.

Pensé, "bueno, quizás no sea demasiado para soportar". Él sonrió calurosamente cuando nos saludó y no era en lo más mínimo la figura solemne que yo formulaba en mi mente.

El Shaykh Haadi entonces puso su mano por encima de su corazón y les hizo la venia a su pequeña audiencia desde su asiento.

"Salaam" saludó Él.

Su voz profunda y resonante me tomó por sorpresa y llenó la ranura con Amor cuando empezó a hablar del largo camino que conduce a Dios. Lo has escuchado, su voz tiene tanta autoridad, que dá tremendo poder a sus palabras.

Inmediatamente me sentí incomodo.

Rami y los demás escuchaban con una atención trascendental, pero yo siempre miraba a tales poéticas místicas con sospechas, sin importar la profundidad de la sensación. No era, si se podría decir...mi taza de té.

Le aplaudieron mucho, pero solo me acuerdo de lo último que Él mencionó ese día...ah sí, de eso me acuerdo muy bien:

"Amigos," dijo Él... "Su suerte no está en las estrellas, sino en las manos de Allah, Clemente y Misericordioso. Confíen en Dios y mantengan el amor de Dios en sus corazones y sus caminos serán bendecidos".

Nuevamente le aplaudieron y yo, aliviado que terminó, también cortésmente le aplaudí. Yo estaba a punto de levantarme para irme, cuando Él se levantó de su silla y extendió la mano derecha. Tenía una moneda en su mano, mostrándosela a todos.

El Maestro de los Jinn

"¿Pueden mirar?" Cuando era un jovencito, fuí de Hajj, el peregrinaje a Meca. En ése entonces, desde donde yo vivía, el viaje era de mil kilómetros y tenía solo una moneda en mi bolsillo, porque confiaba en Dios para guiar mis pasos por el sendero. Y cuando regresé, la moneda seguía en mi bolsillo".

Todos quedaron encantados con el cuento. Muchos gritaron varios nombres de Dios...y yo no lo podía creer. La indignación de un erudito se me subió y rebatía el impulso de la lógica hasta que no pude resistir más.

"Perdóname" dije, parándome para dirigirle la palabra..."pero si en realidad hubieras confiado en Dios, no hubieras llevado ni siquiera una sola moneda".

Hubo un instante de silencio y después una expiración colectiva. Empecé a pensar que quizás me pasé. Escandalizado, Rami se volteó hacía mí y los demás también me miraron con las mismas caras de horror, pero Shaykh Haadi solo se rió.

Me sonrió e hizo la venia.

"Tienes toda la razón" dijo Él, mientras guardaba la moneda en su bolsillo... "Era un joven ignorante".

Entonces entraron los demás a la cocina. Nos saludamos y Rebecca le dió un beso a su padre. Le secreteó unas cuántas palabras y ella le asentó con la cabeza. Rami sirvió el té a Alí, al Profesor y el Capitán Simach y después nos miró a nosotros dos y guió a los demás al jardín.

"¿Y entonces qué pasó?" me preguntó ella cuando estábamos a solas de nuevo.

Me encogí de hombros, "Él me llevó a un lado y me invitó a cenar la próxima noche y me hizo el comentario que sus derviches podrían beneficiarse de mi sabiduría".

Rebecca se puso a reír y yo también, pero no tanto como ella.

-- ¡Te puso la carnada para que caigas en la trampa y te caíste redondo!

El Maestro

"Sí" accedí a lo que dijo ella en acuerdo. Al ser sorprendido por las emociones que revolvían en mí del recuerdo, sentí que se me querían brotar las lágrimas.

Rebecca entendía... "¿En realidad no creías en nada, no?"

Acepté que era cierto, pero en ése entonces no iba a aceptarlo.

-- ¿Y qué pasó?

Volteando mi cabeza para indicarle donde quedaba la sala de juntas, continué... "Rami fue a mi habitación la próxima noche y me llevó en su coche a la cena en la kaniqah. Para entonces ya estaba arrepentido de haberle aceptado la invitación. Pensé por la falta de respeto que demostré al Maestro de ellos la noche anterior que a propósito me iban a ignorar. Pero todos me saludaron atentamente y con cortesía. Te juro que jamás he conocido a gente tan generosa y de corazones tan sinceros. Hasta el Maestro parecía estar encantado de verme. Me sentó a su derecha durante la cena y habló detenidamente del sendero. Pacientemente contestaba mis preguntas sobre la historia y linaje del Orden. En realidad me quedé sorprendido y encantado por la atención que me demostró, donde resolví en pagarle las atenciones de su bondad con escribir sobre su metodología".

Ella se rió.

-- Es cierto. Tenía que haberme parecido un imbécil total; escribiendo y tomando notas como un loco cuando estábamos sentados afuera en el jardín después de la cena. En ese entonces el valor de tal atención era ajeno para mí".

"Luego sirvieron té con dulces y el Maestro se disculpó y se fue a su cuarto. Alí empezó a tocar su ney y los demás derviches cantaron una canción de los nombres de Dios al ritmo de los dafs. Creo que fue entonces cuando empezó. Yo nunca había escuchado tocar ese humilde instrumento así o a voces glorificadas en tan apacible regocijo, que mi pluma quedó paralizada.

El Maestro de los Jinn

Apenas me acuerdo de haber puesto el cuaderno a un lado. La música batió una añoranza en mi corazón que jamás experimenté. Recuerdo que las lágrimas quemaban mis ojos. No lo podía creer. Me decía a mí mismo que eran puras tonterías, pero no podía dejar de llorar".

Respirando profundamente, miré en otra dirección. Subiendo de la profundidad de ése asombro hondo, el recuerdo me dejó paralizado... "Me quedé esa noche, al día siguiente, y el que sigue. Y el Maestro me inició la semana después.".

Sus cejas de ella se tejieron en un pensamiento silencioso.

"¿Fue así de ésa manera?" preguntó ella suavemente... "¿Así por así nomás?"

-- Sí...y a la vez fue más que eso también.

-- ¿Y has tenido sueños o visiones?

-- Yo no puedo hablar de eso con nadie aparte del Maestro, lo siento.

Despacito Rebecca asentó con su cabeza, con ésa mirada atenta desapareciendo en aceptación. Se levantó y sirvió más té. Yo soy quién tenía que haberla servido, me gustó la gracia de sus movimientos.

Después de un momento, preguntó ella: "¿Bueno entonces, dime, qué es lo que necesito saber?"

"Sí, claro" apenas contestando, tratando de no parecerme un erudito... "Después de la cena todos vamos a estar en la sala de juntas quizás tomando té, el Maestro pedirá permiso y luego subirá arriba. Entonces Él te pedirá, y cuando lo hace, te llevaré donde está Él arriba. Los dos vamos a postrarnos ante su cuarto, tocando el suelo con la frente y entonces Él va a pedir que usted entre. Yo voy a estar esperando afuera. Tienes que sentarte directamente en frente de Él, mirándolo y esperando que Él hable primero... ¡Recuerde eso! Hable solamente si te hace una pregunta o te dá permiso. No sé lo que te vaya a preguntar".

-- ¿Y qué te preguntó a ti?

-- Eso no te puede ayudar, con cada persona es diferente.

El Maestro

Ella aceptaba con su cabeza y dijo: "Continúe"
-- Entonces preguntará que le has traído.
-- ¿Que debo traer? Tenemos una bolsa de dulces de roca y un anillo.
-- ¿Un anillo?
-- Sí, un anillo con una piedra montada. ¿Tiene que ser un anillo valioso? Podemos ir a comprar uno si tiene que ser de valor.
Después de un momento, ella comentó: "No, yo tengo uno".
-- Al dar un anillo es símbolo de la generosidad. Rico o pobre, el derviche busca de desprender su corazón de las cosas mundanas. El anillo en sí es una declaración de tus intenciones. Así como las argollas que antes usaban las esclavas, significa tú devoción a Dios y a tú Maestro como tu guía en el Sendero. La piedra del anillo simboliza la cabeza del viajero y que uno está de acuerdo de nunca revelar lo que es revelado a uno.
"¿Y si tengo sueños así como mi papá?" preguntó ella.
"Puedes contárselos solo al Maestro" le dije.
--¿Y los dulces de roca?
-- Se regalan como una ofrenda de tú segundo nacimiento. Nosotros decimos como tú madre te trajo al mundo, separando tú alma de Dios, que estás nacida de nuevo como viajera en el Sendero de Amor, de regreso a Dios.
-- ¡Ah!
Esa expresión sencilla me conmovió. "El Maestro puede hacerte muchas preguntas más o decirte…. cualquier cosa. Quiero recalcar que es diferente con cada persona. Finalmente Él te dará un dhikr, una palabra o una frase que es un recordatorio de Dios. Hay que repetirlo en silencio con cada inhalación y exhalación del aliento, para que paulatinamente y después de

El Maestro de los Jinn

mucho tiempo, el recordatorio será innata en tu respiración...finalmente fluirá directamente desde el corazón y cada aliento será una bendición y oración dando las gracias".

Sus ojos se brillaron a la imagen y su entendimiento me hizo sonreír. "Después de que el Maestro te haya iniciado, te besará en cada mejilla. Entonces Él se quedará con un dulce y te devolverá los demás dulces de roca. Al final me llamará para que te guíe de nuevo al primer piso. Todos los derviches se levantarán cuando entres y les dará a cada uno de ellos dulce de roca y les dirá 'Salaam' y besar a cada uno de ellos en las dos mejillas. Yo seré el último del círculo".

"¿Y entonces?" preguntó ella.

Sonreí, "Entonces serás mi hermana y yo tú hermano".

No creo que se dio cuenta en ningún momento que estaba llorando.

"Lo siento" dijo ella..."soy hija única".

Entonces entendí por qué el Maestro me escogió a mí para ayudarla con la iniciación.

"Yo también soy" le dije, mientras le ofrecía mi pañuelo. Ella extendió su mano por encima de la mesa y agarró la tela cuadrada, más mi mano entre las de ella. La mirada que intercambiamos selló el lazo de parentesco que sentí antes...y más. Era el comienzo de una amistad especial, hasta entre el circulo de amigos y así fue.

El Maestro

Sea lo que sea
la filosofía
de la gota,
El mar
seguirá siendo el mar.
--Fariduddin Attar

Durante la comida de la noche, nos intercambiamos sonrisas y miradas secretas de entendimiento. Eso parecía apaciguar su nerviosismo, aunque yo no estaba del todo seguro de lo que entendió. El Maestro parecía estar absorbido en sus propios pensamientos y no decía mucho. Al final de la comida dijo unas cuántas palabras a uno de los derviches mayores y luego subió los escalones al segundo piso.

Después de que llevaron los platos y sacaron la sufreh, sirvieron el té. El Profesor Freeman y el Capitán Simach se sentaron juntos en una esquina retirada del cuarto, mientras Rebecca se sentó a mi lado con su cabeza inclinada para abajo.

Por cortesía, ninguno de los otros derviches miraba en nuestra dirección. Todos ellos conocían éste comienzo y no interrumpieron su contemplación.

Allí estuvimos hasta que el derviche mayor se inclinó en frente de nosotros y en voz baja dijo que ya era hora.

Inmediatamente la guié por los escalones arriba hasta la antesala del cuarto del Maestro. La puerta de su cuarto estaba abierta y pudimos ver que estaba sentado apoyado en un cojín fumando su pipa. A su lado había dos tazas de té y una bandeja de dulces.

Los dos postramos en el umbral y anuncié: "Vino una buscando ser iniciada".

El habló: "Que ésa se acerque"

Rebecca entró y se sentó en frente de Él, y cerré la puerta.

Solo pasaron unos cuantos minutos hasta que se abrió la puerta

El Maestro de los Jinn

de nuevo y salió ella, mirándome de reojo mientras pasaba   al baño. Pronto escuché el agua de la regadera cayendo.

La purificación simbólica es muchas veces parte de la iniciación, pero el agua escurría por un tiempo interminable, hasta como para cinco baños. Con su cabello todavía mojado, ella no me miró al pasar de regreso y cerrando la puerta nuevamente.

Quizás pasó otra hora hasta que al fin la puerta abrió y salió ella caminando retrocediéndose para atrás y haciendo la venia hasta que cerró la puerta de nuevo.

La iniciación terminó. Por lo general no dura tanto, pero un nuevo **derviche** se integró a los compañeros del Sendero y me paré para recibirla.

"Salaam", dijo ella despacito y me agarró de los hombros mientras me daba un beso en cada cachete.

"Salaam" contesté, saboreando lo salado de sus lágrimas cuando la besé también. Ella estaba llorando en silencio, hasta cuando agarraba los dulces de roca.

-- Las nubes tienen que llorar antes de que las praderas puedan sonreír" le dije, citando a Rumi, intentando de consolarla. "Tales lágrimas son consideradas como una bendición.

-- Entonces tengo que ser una santa, comentó ella y reímos.

Ella todavía tenía mi pañuelo y lo usaba para secarse las lágrimas y luego bajamos a la planta baja.

"Salaam" pronuncié a todos y el Profesor y el Capitán Simach también se levantaron.

La instruí que comienza, así como de acuerdo a nuestras costumbres, empezando con su derecha y dando la vuelta al círculo en sentido contrario del reloj. Ella saludó a cada **derviche**, besó cada cachete y les entregó a cada uno dulce de roca. Algunos lo pusieron en sus bocas, mientras otros lo guardaron para después endulzar su té...para compartir en la dulzura. Ella también le saludó al Capitán Simach de la misma

manera, y abrazó a su papá con fuerza. Nuevamente al final me saludó y me entregó el último de los dulces que quedaban.

"Bienvenida dos veces" le dije.

Resolló como respuesta.

La guié a una esquina tranquila para que se sienta a empezar la repetición de su dhikr hasta que venga el Maestro.

Este es el momento cuando se hace el mohasebeh, el rendimiento de cuentas. Como está escrito en el Corán: "Y en verdad, por más que manifiestes lo que está dentro de tí o si lo mantienes oculto, Dios te llamará a rendir cuentas de él". Luchamos por eliminar el egoísmo y los engaños insignificantes del ego de nuestras mentes y acciones y de balancear los favores de Dios con nuestros servicios.

Después de unos diez o quince minutos El Maestro bajó para estar con nosotros. Quedamos parados mientras Él se acomodaba sentándose en la alfombra de oveja, y cuando dió la orden, nos sentamos. Él hizo un gesto para que Rebecca se sienta a su derecha, el Profesor y el Capitán Simach a su lado de ella y yo a su izquierda. Alí y Rami se sentaron a mi izquierda. Cuando todos estaban sentados y acomodados, inmediatamente sirvieron el té a Él. Por cortesía lo probó y después empezó a hablar:

"Oh derviches" recitaba Él con sus ojos punzantes mientras miraba encuadrando a todos dentro del círculo..."Cuando Dios creó la humanidad, todos clamaban que lo amaban. El creó los placeres del mundo y entonces inmediatamente nueve décimos de ellos lo abandonaron y quedó solo un décimo. Entonces Dios creó la gloria del paraíso y nuevamente nueve décimos de ellos lo desertaron y solo quedó un décimo. Finalmente, Él impuso sobre aquellos que quedaron, una partícula de aflicción y nueve decimos de estos también huyeron de Él".

El Maestro tomó un momento para prender su pipa, suspirando con la exhalación del humo...."Así son los seres humanos" dijo

El Maestro de los Jinn

Él... "divididos entre el placer, la esperanza y la desesperación. Sin embargo, los que quedaron, ese décimo de décimo de un décimo, son los Elegidos. Ellos no desearon el mundo, ni buscaron el paraíso, ni huyeron del sufrimiento. Era solo a Dios lo que deseaban. Y a pesar que ha impuesto sobre ellos tanto sufrimiento y terror, que hasta las montañas tiemblan, ellos no abandonan ni su amor o devoción. Ellos son los siervos y verdaderos amantes de Dios".

Muchas lágrimas recibieron sus palabras, y Él continuó, "Para atravesar el Sendero de Amor, es sin duda ser sirviente de Él y de las demás criaturas, para que ellos también puedan hallar su camino. Entonces entró la palabra de la Misericordia de Dios en el corazón de Dhu'l-Nun el Egipto, como fue relatado hace mucho:

"Y Dios le dijo a él: 'Por estar alejado de Mí...si te aparece uno enfermo, sánelo; o un fugitivo de Mí, búsquelo; o con temor de Mí, entonces asegúrelo; o deseando unión conmigo, entonces muéstrele favor; o buscando como acercarse a Mí, anímelo; o desesperado por Mi gracia, ayúdelo; o deseando Mi bondad, déle buenas noticias; o teniendo buenos pensamientos de Mí, entonces déle la bienvenida; o buscando conocer Mis atributos, guíelo. Y si el que está herido te pide ayuda, deselá. Pero si está haciendo el mal, a pesar de benevolencia, entonces reclámele; o si es desmemoriado, entonces recuérdalo; y si toma el camino equivocado, búscalo. Porque Yo te predestiné para Mí trabajo y Yo te nombré para estar en Mí servicio".

Las palabras llenaron nuestros corazones hasta reventar...y hasta ahora queman mi mente. Nunca había escuchado a tanto poder en el Maestro, o su voz tan conmovedora. Muchos gritaron, ¡Allah! Allah! y lloraron abiertamente en suplicación y gratitud.

El Profesor Freeman agarraba su hija mientras ella lloraba y a la vez sus propios ojos estaban llenándose con lágrimas. Pero la

El Maestro

sorpresa más grande fue el Capitán Simach. Su cara y sus brazos estaban alzados hasta el cielo, como suplicando fervientemente al cielo, y parecía estar hablando, no obstante que no salía ningún sonido de sus labios que se movían. Su rostro estaba desfigurado como si estuviera sufriendo algún terrible dolor. El Maestro se inclinó para atrás y pasando su brazo por detrás del Profesor Freeman y de Rebecca, le tocó el hombro del joven e inmediatamente se cayeron sus manos a la falda, agachó su cabeza y se quedó quieto.

En lo que yo estaba pensando en ésto, el Maestro levantó su mano derecha y el lloriqueo y los llantos se calmaron. El pidió música y en ésta noche el ney de Alí estaba acompañado por el tar de Rami y otros tenían dafs. Uno de los derviches mayores sacó un antiguo tombeck, una especie de tamborcito pequeño en forma de turril hecha de madera mora y piel de cabra que se agarra por debajo del brazo.

Las añoranzas del ney empezaron a fluir y las cuerdas del tar suavemente en cada estrofa enlazaban sus deseos. Pronto el ritmo de los dafs eran más acelerados y las voces se elevaron al ritmo de muchas manos palmoteándose.

Cantaron uno de los poemas del Maestro:

> O derviche, escuche la canción de amor
> el cuento sin fin del corazón.
> Despacito Dios dice, "Sea"
> Y la infinidad alza vuelo a lo eterno.
> El amor ordena a la oscuridad a esfumarse
> y el mundo a levantar en la luz.
> Montañas, mares y estrellas son testigos,
> El viento del este se desliza arrullándose.
> La ilaha il Allah,
> Oh Sufi, el universo canta.

El Maestro de los Jinn

Perdona mi mala traducción de la rima, que por lejos, el original es mucho más elegante. Pero lo que quedó perdido, se puede apreciar al oír los tambores y el palmoteo de las manos y en cada voz alzada al llegar la armonía, repitiendo la shahada, de dar testimonio que La Ilaha illallah, no hay dios sino solo Dios.

La ney y el tar se apagaron mientras que el ritmo de los tambores, voces y manos continuaban hasta que cada corazón palpitaba al compás, las mismas paredes rebotaban la percusión y cada célula de los cuerpos regocijaba con júbilo, remembranza y añoranza:

¡La Ilaha ilallah, La Ilaha ilallah!

Pasaron diez, veinte, treinta minutos, hasta que las gargantas quedaron secas, las manos hinchadas y las lágrimas se mezclaban con la sangre del corazón. Al fin el Maestro levantó sus manos y los tambores pararon en la última nota.

Poco a poco los gritos se calmaron, pero muchos estaban lloriqueando y sus llantos se mezclaban con los lamentos de aquellos que se desplomaron y los tuvieron que revivir.

En el primer instante de silencio, el Maestro tranquilamente prendió su pipa y empezó a hablar.

"¿Por qué lloran y tiemblan así?" preguntó Él... "¿Por qué motivo lamentan y suspiran?"

Muchos gritaron, "¡Allah!"

"¡En verdad!" dijo el Maestro..."Solo Dios es la causa más grande de la alegría y la tristeza del corazón; y a la vez es la pena, como la cura. El alma recuerda esto como la gota recuerda al mar y por eso anhela extrañablemente más por el Máximo de las Uniones. Lo que van a aprender en el Sendero es simplemente una reflexión de ésa verdad, porque el conocimiento verdadero es remembranza.

El Maestro

Donde pulimos el corazón con lágrimas, para que así pueda reflejar solamente la luz de Su misericordia y compasión.

"Así es y así fue hace tanto, cuando el Qalandar se encontró con el jefe de los bandidos..."

Con esas palabras empezó el último cuento del Maestro. Fue inesperado, porque ya era tarde, pasada las horas de despedidas. Sabiendo que el Maestro no hace nada sin alguna razón, nos acomodamos para escucharlo.

Una vez más el Maestro sopló el humo de su pipa y empezó:

"No hace mucho, porque el tiempo que pasa queda grabado, cierto fakir se fue a un oasis en el lejano desierto en el oeste. Él era un Qalandar, un derviche que divagaba caminando los desiertos del África y Arabia por muchos años en busca de soledad donde Él podría dedicar sus recordatorios a su Creador y contemplar los misterios divinos. Sus virtudes, su fé y sumisión a la voluntad de Dios fueron premiados con tranquilidad espiritual y su sinceridad y devoción en el Sendero de Amor era tal, que lo oculto fue revelado a su corazón y se convirtió en un Wali, un amigo de Dios.

"La noche en que el fakir llegó al oasis, se acostó debajo de una palmera para descansar antes de la oración de la media noche. Había allí y él sin saberlo, otro hombre acostado debajo de un árbol cercano quién también estaba acampando esa noche.

"Pero el otro hombre era un notorio bandido, alguna vez fué el temido jefe de los asaltantes que robaban por años, saqueando las caravanas de condimentos y a los comerciantes ricos que estaban en camino de las ciudades costaneras a los pueblos del interior. Los clamores en contra de sus incursiones despiadadas por fin llegaron a los oídos del Sultán, quién ordenó a sus soldados a buscar la banda y destruirlos. Agarraron a muchos y los decapitaron y otros desertaron a su jefe por miedo de correr la misma suerte de sus camaradas.

El Maestro de Los Jinn

"Gastando todas sus monedas para escaparse, al final éste malvado se encontró solito sin nadie. Su botín ya se hallaba vació y ahora era un criminal buscado con un precio de recompensa colgando sobre su cabeza. Hasta los que fueron sus aliados, aquellos comerciantes deshonestos que compraban su mercancía robada le cerraron las puertas. Ellos también temían que la furia del Sultán podría caer sobre sus cuellos. Hacían varios días que él había huído a través del desierto, hasta que por fin llegó al oasis y cansado y hambriento se sentó debajo del árbol maldiciendo su suerte.

"Ahora les pregunto, ¿Cuál de estos dos hombres es el mejor y cuál es el peor?... ¿A cuál ha bendecido Dios y cuál es maldito? No, no contestan. Ustedes no saben la respuesta, porque ustedes no son sus jueces. Solo el Creador es el juez de Su creación.

"Pero Munkir y Nakir, los Ángeles que hacen preguntas a los muertos cuando son asignados al sepulcro, miraron al escenario de los dos hombres y suspiraron. Munkir dijo: "Con certeza pueden reconocer aquí lo que es oro legítimo en contraste con lo que no es. A pesar que todavía no les ha llegado su fin, estos dos hombres pueden ser juzgados. Dios se llevará al mejor y Satanás tendrá al peor de los dos.'

"Nakir estaba de acuerdo, "¡Debe ser! El oro verdadero es el más escaso y por lo tanto, los campos del cielo son espaciosos, mientras que los corredores del infierno están repletos a reventar y hasta el abismo más profundo a revosar.'

"Ahora Dios percibió los pensamientos de Sus sirvientes y comunicó a los corazones de los dos Ángeles: "En verdad, han pronunciado justamente sus suertes", pero ay de la humanidad si yo hubiera creado el mundo solamente por medio de la justicia. ¿Acaso no soy Yo el Clemente y Misericordioso?... ¡Mirad!, los visitaré en sueños y visiones para que conozcan la verdad de Mí creación".

El Maestro

"Entonces el Señor les mandó sueño y poderosos sueños al fakir y al ladrón sinvergüenza. Y fíjese, el Qalander despertó en el infierno, entre los fuegos consumidores del abismo, y el líder bandido subió al paraíso y quedó parado entre los santos ante el mismo Trono de Dios".

El Maestro dejó su pipa y sorbía su té. Por encima de la taza sus ojos registraban nuestras caras.

"¿Es merced de mandar el peor de los hombres al cielo?" preguntó Él... "¿O es justicia de mandar entre los mejores de los hombres al infierno?"

Nadie se atrevió a contestar.

"¡Bien!" dijo Él en tono conciliador..."Para limpiar el corazón de juzgar, es de percibir el Camino del Amor. Y tal fue la lección de Munkir y Nakir.

"Porque ellos miraron el fakir despertar en el mismo infierno, y miraron a los más dignos de los hombres levantarse desnudos mientras las llamas devoran su carne y los lamentos de las almas en pena penetraban sus oídos. Sin embargo él no sentía dolor cuando las llamas le tocaban y no mostró ni sorpresa o temor. Su único pensamiento era en su Amado y ninguna aflicción era lo suficiente fuerte como para desviar su amor, se sentó entre las llamas y la tormenta así como se siente un derviche y con una voz clara y fuerte, empezó a cantar:

..."¡La Ilaha ilallah, La Ilaha ilallah!"

"Cuando él empezó a cantar, los fuegos ardían con toda su furia, y después las brasas se iban apagando en fuego lento y las montañas escaldadas temblaron con el nombre bendito. Ahora las almas atormentadas dejaron de lamentarse para prestarle oídos, porque el nombre de Dios no se pronuncia en los abismos. No había ningún otro sonido que se podía escuchar aparte de él y la canción seguía y seguía hasta que los mismos cimientos del infierno se sacudieron y las almas condenadas en pena empezaron a sentir una chispa de esperanza prohibida.

El Maestro de los Jinn

"Con seguridad el infierno se hubiera caído en ruina si el mismo Satanás no hubiese aparecido a suplicarle al fakir que se fuera. Pero el ancianito no se movía, porque había caminado el Sendero de amor por muchos años y la Voluntad del Amado era su voluntad...por más que fuera el paraíso o el fuego eterno".

Nuevamente el Maestro descansó un rato para tomar un trago de té que estaba a su lado. Él no nos miró hasta que empezó el cuento de nuevo.

Y cuando su taza estaba vacía, preguntó: "¿Y qué del ladrón? ...El jefe de los bandidos que alguna vez fue tan temido, terrible, quién había caído en vileza y miseria...al final ese es el destino de todos aquellos hombres'.

"Dios hizo que los dos Ángeles percibieran su visión también y lo miraron levantarse y pararse en un manto blanco, temblando entre la hostia del cielo ante el Trono del Todo Poderoso Dios y el Angel Gabriel le habló: "Por la misericordia del Señor, tú Creador, tus obras terrenales están perdonadas" le dijo... "Ven, y ten paz ".

"Ahora la verdad y un gran encanto llenaba su corazón y todos los velos que tapaban sus ojos se cayeron y ahora miraba con la vista clara a la Majestuosidad y Belleza de Su Compasión y se puso a llorar.

"Y el Señor Dios le habló y le dijo: "Hombre, no tenga miedo, porque tú no puedes caer tan bajo de donde yo no te pueda levantar".

"Y el miedo le abandonó al ladrón. Se arrodilló y se postró ante su Dios y lloró. Las lágrimas de su vida mal gastada brotaban sin cesar, hasta que se hicieron las mismas aguas de la misericordia y no paraban de fluir...y los pies de los santos fueron lavados con sus lágrimas.

"Hubiera llorado toda la eternidad si la visión no terminaba y entonces los dos hombres despertaron repentinamente. Al pararse, el ladrón miró al fakir y todavía llorando de su sueño, se le acercó. El fakir percibió todo lo que pasó y lo abrazó.

El Maestro

"Desde la media noche hasta el amanecer rezaron juntos. Mucho sucedió después, porque el ladrón se hizo discípulo del fakir, pero esto es todo que voy a contarles del cuento de ellos".

"Y Munkir y Nakir, al percibir solo una partícula minúscula de la interminable misericordia de Dios, inclinaron ante su Creador en sumisión por la vergüenza de sus condenaciones imprudentes...por que más allá del razonamiento de los hombres y los ángeles está el Juicio de Dios".

El cuento causó que muchos lloren y Rebecca estaba llorando sin cesar. Hasta cuando los demás se callaron, ella seguía llorando como si estuviera con el corazón roto. Su padre la abrazó, tratando de calmarla, pero estaba inconsolable. El cuento había tocado a alguna profundidad de mi nueva hermana que yo no entendía y por preocuparme de ella, me olvidé de mis propios temores. El Maestro no hizo nada para disminuirle las lágrimas, pero la miraba con bondad y comprensión y finalmente hizo un gesto para que dos mujeres la llevaran a su habitación.

El Profesor Freeman parecía estar tan desconcertado como yo. Él estaba casi levantado para seguirle a su hija, pero el Maestro se inclinó hacía donde estaba él y le habló despacio, pero sus palabras eran claras.

-- Sí, vaya y quédese con ella, le dijo..."Ella está llorando por su madre y sus lágrimas tomaron tiempo en llegar".

Entonces la ansiedad del padre también fue conmovido por pesar. Inmediatamente se fue donde estaba ella. El sonido de sus lamentos de llanto comprimido le hizo apurar sus pasos.

Y me acordé de las palabras del Maestro, "Nada de tí quedará oculto".

98

El Maestro de los Jinn

Como si hubiera leído mis pensamientos, nos dijo:

"O derviches, la remembranza de Dios es alimento para el alma. Es el ungüento del alma herido. Desde la primera alabanza, el dhikr empieza a soltar las garras del pasado y despacito, a poquito, la carga de los nafs se vacía. Parte por parte, el peso de la absorción en uno mismo...la avaricia y la hostilidad son eliminadas y quedan atrás, el peso se hace más liviano y la jornada se efectúa más veloz. Puede ser que el miedo y la pena te encieguen al comienzo, pero no se desanime. La Verdad es como una luz luminosa entrando a la oscuridad. Los ojos del corazón se tienen que abrir de a poco para poder ver".

Las delicadas palabras habladas desde la noria tan profunda de su bondad me despertó el recuerdo de la muerte de mi padre y me puse a llorar... y muchos otros, cuyas lágrimas ya habían secado, nuevamente mojaron sus mejillas, recordando quizás otras penas, amores o fortunas que el tiempo se llevó.

Hasta en medio de nuestra tristeza, el Maestro nos miraba con compasión y por medio de la ventana entre corazón con corazón brillaba destellos de luz que separan la esperanza de la desesperación. Y el empezó a cantar:

> O Amado, Sus flechas hacen arder
> el corazón sin misericordia,
> sin embargo siempre seré un blanco
> implacable al arco dorado y
> el temblor interminable.
> Allah! Allah! Allah!
> Haadi no tiene ningún pesar, aparte de Usted,
> Ninguna esperanza, más Usted,
> Ninguna alegría, más Usted,
> Usted es el dolor, y Usted es la cura!

Los corazones fueron tocados por la ternura de la canción.

El Maestro

Lágrimas agri-dulces, unimos nuestras voces al refrán:

Allah! Allah! Allah!
Usted es el dolor...y Usted es la cura.

Por la alquimia más antigua que las mismas estrellas, nuestras lágrimas de a poco fueron mezclándose con alegría y nuestra sangre fue transformada en el más intoxicante de los vinos. Despacio, de a poco estábamos como emborrachados, absorbidos y aplaudiendo mientras el elíxir recorría por nuestras venas desde el mismo corazón de amor.

Llorando todavía, desde arriba Rebecca fue atraída por el poder de la canción y se vino bajando rápidamente por los escalones, seguida por su padre para sentarse con nosotros. Al soltar sus lamentos, le vino a su voz una claridad y fortaleza.

Y cantamos del dolor que nació con la creación del mundo y de la esperanza de encontrar el júbilo antes del final. Seguíamos cantando hasta que nuestras lágrimas se cansaron y el Maestro disminuyó el canto hasta que terminó. Ya era casi la media noche.

"¡Allah!"...gritamos por largo rato después, hasta que la sangre y el aliento se calmaron y poco a poco descendemos a la sensatez. El Maestro después nos guió en la oración de la noche.

Paramos en frente de la ventana que dá al sur que está orientada hacía Meca y llamamos a Dios, el Clemente y Misericordioso. Hicimos reverencia a Su merced y nos postramos a Su voluntad y cuando paramos una vez más, la luna brillaba sobre nuestros rostros, pero el Maestro estaba bañado en luz platinada, como si estuviera en la misma sonrisa del Amado.

El Maestro de los Jinn

Con sangre y lágrimas indignas
Dios transforma el corazón
Antes de grabar
Sus misterios sobre él.
--El Mathnawi de Jalaluddin Rumi

Después de la oración, el Maestro se paró en el portón del patio y se despidió de los derviches, dándoles un beso en cada cachete mientras les decía alguna palabra de despedida a cada uno de ellos. Hasta sus hijas cuando se despedían de él con sus esposos parecían estar sorprendidas con sus palabras de ternura.

Me paré cerca de Él con Alí, Rami y Rebecca y también nos despedimos de nuestros hermanos y hermanas. Yo no tenía idea cuando los ibamos a volver a ver de nuevo.

Sentía temor reverencial a la idea de irme y cuando el Maestro entró nuevamente al khaniqah, me dió gusto asegurar el cerrojo contra el mundo de afuera y el viaje que pronto se haría realidad.

Seguimos al Maestro al cuarto común y encontramos al Profesor Freeman solito, doblado encima de la copia del manuscrito, tratando de descifrar una vez más algún significado secreto en las palabras. Pero estaba solo.

El Maestro le preguntó: "¿Donde está el Capitán Simach?"

El Profesor miró por encima de su hombro hacía una esquina del cuarto y se sorprendió de no verlo allí. Caminando para la cocina y por la puerta que dá al jardín, el Maestro meneaba su cabeza.

Por cierto, claramente visible con la luz de la casa, allí estaba el joven Capitán, sentado en el banquito de piedras entre los árboles en la semi-oscuridad, mirando el cielo de la noche.

Sentado a su lado había otro señor y al acercarnos, me asombré de ver que era aquel mendigo anciano, el mismo fakir que me adivinó la suerte ésa misma mañana cuando encontré al Maestro sentado en el mismo banco de piedras.

El Maestro

Una risita se le escapó al Maestro y le comentó: "Veo que sigues con los mismos trucos de siempre" Y el fakir le contestó, "¡En absoluto! ...La puerta del jardín estaba abierta y lo encontré a él sentado aquí, esperando"

"¡Entonces ya es hora!" afirmó el Maestro.

"Sí" el anciano estaba de acuerdo.

El fakir se levantó despacito y el Maestro lo abrazó. Se besaron los cachetes el uno al otro y se intercambiaron palabras que no alcancé oír. Lo miramos con asombro. El Maestro nunca dió indicios de conocer al fakir cuando lo vimos en la mezquita, sin embargo se saludaron como viejos amigos.

"¡Aquí está el Qalander que fue llamado para guiarlos en su viaje!" dijo el Maestro..."Le dicen Jasus el-Qulub. Nadie conoce el camino mejor que él".

¡Jasus el-Qulub, El Espía de Corazones! Ese era el apodo que daban a solo unos cuantos Maestros Sufis del pasado lejano. No solo significaba gran logro espiritual, pero insinuaba aptitudes paranormales.

¡Y me había dicho la verdad de mi suerte!

Me encontré extrañamente aliviado de saber que él era nuestro guía. El Maestro hizo de todo, menos decirnos que no iba a acompañarnos y yo sentía temor de quedar sin su amor y dirección. Dicen que los Qalander no sienten miedo y que también son waliya, los amigos de Dios, y que solo quedan unos cuántos en el mundo.

Ahora sí, el anciano vestía de acuerdo a su estación de manto áspero y parchado, ajustándolo apretadamente por su cuerpo delgado mientras que el Maestro nos presentaba.

El fakir saludó: "¡Salaam!" a Alí y a Rami sin ofrecer ni su mejilla o su mano y por educación ellos le hicieron la venia con la mano sobre el corazón en contestación a su saludo.

El Maestro de los Jinn

"¡Salaam y bienvenida!" le saludó a Rebecca. Sorprendida, ella sonrió y le saludó de la misma manera.

Él sabía que ella era derviche.

Entonces le saludó al Profesor, quién no parecía estar tan a gusto con el recién llegado. El fakir le miró los ojos detenidamente por un momento y después exclamó: "¡Sí, sí!" afirmando con su cabeza a la vez, pero yo no podría adivinar lo que él estaba asegurando.

Y finalmente me saludó.

"¡Salaam!" repitió, al acercarse a mí. El tenía cierta fragancia fuerte de sequedad pedernal, pero no desagradable.

"¡Salaam!" le contesté y una leve sonrisa de reconocimiento plegó en sus labios. Una vez más esos ojos penetrantes oscuros me apresaron y nuevamente no pude ni hablar o mirar para otro lado. La agudeza de su mirada penetró mi corazón como una espada y en ésa fracción de un instante deslumbré un gran conocimiento quemante por la cuál no tuve nombre. Sentí como sangre brotando de una herida, que mis dudas y temores flotaron hacía él y después una pregunta irresistible me envolvió y bañó todo mi ser como una ola.

En voz baja le pregunté: "¿Es usted el fakir del cuento?"

La sonrisa del Qalander se hizo más grande, sus ojos brillaban como estrellas y me respondió: "No joven erudito, yo soy el ladrón".

Me hubiera quedado allí parado para siempre con la boca abierta, estupefacto, si el Maestro no me hubiera tocado el brazo, eso fue lo que rompió el hechizo.

Me dijo: "Por favor lleve al Capitán Simach adentro de la casa".

Gracias a la oscuridad, mi consternación quedó tapada. ¿El ladrón? Me quedé pensando, ¿El ladrón?, maldecía mi lengua por su ignorancia mientras ayudaba el Profesor a levantar al Capitán Simach del banco. Sus ojos todavía estaban mirando hacía el cielo y no resistía la caminata entre nosotros hasta adentro

El Maestro

del khaniqah.

Siguiendo las instrucciones del Maestro, lo colocamos en el centro del cuarto con sus piernas cruzadas y nos sentamos en frente de él haciendo la forma de media luna.

El Profesor Freeman preguntó: "¿Qué tiene él?" El Capitán ya estaba sentado con sus ojos cerrados y su cabeza levemente inclinado para abajo. Su rostro ahora exhibía una expresión inexpresable.

Sin contestar la pregunta, el Maestro dijo: "Déjalo descansar ahora" y se sentó a su derecha del joven.

El Profesor insistía, "Pero está enfermo, debemos llamar a un médico".

"Ningún médico tiene la cura" comentó el Maestro.

El Profesor Freeman se miraba genuinamente preocupado, "¿Qué es lo que tiene?"

El Maestro le contestó en voz baja: "Tu amigo Shlomeh encontró más que un simple esqueleto y un cilindro en aquella cueva. El mensaje en el papiro que usted transcribió tiene un sello. El Capitán Simach ahora es a la vez un mensajero, pero el sello está grabado en su corazón".

Lo miramos al Capitán. Parecía estar dormido o en alguna meditación profunda. Alí y Rami se intercambiaron miradas y Rebecca no le quitaba la mirada, había lágrimas en los ojos de ella...

El Profesor Freeman notó la compasión en el rostro de su hija y la agarró de la mano y la mantuvo. Quizás él experimentó la verdad de eso, o quizás fueron las lágrimas de su hija, pero él parecía aceptar las palabras del Maestro.

Y le preguntó: "¿Puedes hacer algo por él?"

El Maestro le respondió: "Él, no vino a mí en busca de ayuda. Su mensaje no es para mí".

El Profesor se sentó derecho y observaba el Capitán Simach en silencio.

El Maestro de los Jinn

"Shlomeh, solo tú puedes ayudar a tú amigo" aludió el Maestro. El torbellino viene por los dos de ustedes".

Esas palabras le causaron tal sobresalto, que hasta el Capitán se despertó de su sueño. El Maestro pronunció las palabras calmadamente, pero con una finalidad que no dejaba lugar a dudas.

-- ¿Pero qué...qué puedo hacer?

-- Pregúntale

-- ¿Pregunta...?

"¡Pregúntaselo!" repitió el Maestro.

El Profesor Freeman miraba al joven Capitán y tragó en seco. El Maestro y el fakir cerraron sus ojos y agacharon sus cabezas.

Esperando, miramos en silencio la extraña escena. Yo estaba sentado por el oriente del medio círculo y miré que el Maestro y el fakir levantaron sus cabezas a la vez.

"Pregúntale" repitió el Maestro de nuevo.

El Profesor inhaló profundamente y le susurró en voz baja: "¿Aarón?"

El Capitán Simach no se movía.

Tocándole la mano, le dijo nuevamente: "¿Aarón, qué es, que es lo que tienes que decir?"

El Capitán empezó a despertarse y de a poquito levantaba la cabeza. Se veía drenado y cansado, pero sus ojos se abrieron y empezó a pestañear. El fakir entonces hizo una curva de media luna con su espalda, luego se inclinó para adelante y fijó su mirada en sus ojos.

"¡Habla!" ordenó el Maestro.

En aquel instante Aarón Simach percató el mandamiento de la bondad. Se sentó derecho y fijó su mirada directamente en aquellos ojos antiguos y constantes del fakir. Con un suspiro largo y despacio se llenaron sus pulmones. Nuevamente pestañeó y una chispa se prendía de apoco en sus ojos y una lágrima resbaló por su mejilla.

El Maestro

Se rompió el sello de su corazón...y suspirando con un lamento infinito, empezó a hablar:

"¡Oh Señor! ... ¡Oh Señor! .... ¡No Para Toda La Eternidad!
¡Misericordia Oh Dios... ¡El Fuego Se Apaga!"

La potencia de la voz llenó el cuarto, las palabras en clave resonaban como si las hubieran gritado entre las montañas.

Al escuchar eso, me puse a temblar. No era Aarón Simach quién acababa de hablar.

El Maestro prometió que todas las voces serían escuchadas, ¿Pero quién fue que pronunció esas palabras por medio de su garganta? Las escribí tal como salieron, pero no existe una pluma que pueda expresar ése lamento...fueron arrancadas de sus labios por rabia.

Me dí cuenta que ya estaba llorando y los demás también se limpiaban las repentinas lágrimas con manos temblorosas. Nos miramos entre nosotros y noté en sus rostros el mismo pensamiento desesperado consumidor que salió a flor de piel de algún lugar de intuición desconocida: ¡Apúrense, ahora tenemos que irnos!

Pero el Maestro no lloró o hizo gesto alguno, mientras el fakir todavía mantenía a los ojos presos del Capitán Simach y sus lágrimas desahogadas fluían abiertamente, hasta cuando el joven Capitán se desvaneció en los brazos del Maestro.

Varios momentos después de su desvanecimiento, el Maestro lo sostenía mientras le sobaba la ceja y a la vez nos hacía gestos para que quedáramos sentados y callados. Al final le pidió a Alí y a Rami que lo llevaran a su cuarto y que se quedaran con él.

El Maestro nos comentó: "El está durmiendo ahorita y lo seguirá haciendo por un buen rato".

El Profesor se miraba afectado y desalentado, "¿Pero qué fue?

El Maestro de los Jinn

¿...y que le--?" Tartamudeaba, mientras mirada impotentemente al Maestro, y Rebecca agarraba la mano de su padre con fuerzas.

"El Rey ha hablado" contestó el fakir.

"Sí" confirmó el Maestro... "No hay duda, el Rey Salomón selló ésas palabras en su corazón. Era el espíritu de él que aguardaba en esa cueva...su espíritu llamaba, resonando por medio de tu joven amigo".

El Profesor le miró al fakir, luego a su hija y no lo negó.

Titubeando y tembloroso, "¿Pero que significa todo, las palabras?" preguntó el Profesor.

"Usted fue elegido para recibirlo" contestó el Maestro "...y para descubrir su significado, usted mismo. Eso te fue profetizado cuando naciste, y cuando era un niño te lo contaron".

-- ¡El Rabino!

-- Si

-- Pero no me acuerdo lo que me dijo.

-- ¿En verdad que no mi amigo? Sin embargo crees que el sueño de su madre, es verdad que lo que vendrá está destinado para usted.

El Profesor bajó su mirada.

El Maestro lo miró con extrema bondad..."La Verdad es un atributo del espíritu, Shlomeh, y no de la memoria" le explicó... "El viaje revelará lo que está oculto en la cueva y lo que hay en tu corazón".

El Profesor Freeman consideraba la declaración en silencio.... La batalla interna dentro de él, de mirar más allá del velo del razonamiento obligaba a un cambio de percepción.

Después de un momento, preguntó: "¿Por qué yo?... ¿Yo soy un científico, no un místico?"

El Maestro le sonrió a su viejo amigo, "Shlomeh" le explicaba...
"cuando yo recién empecé por éste Sendero, me preocupé con la

El Maestro

remembranza de Dios. Lo busqué para intuirlo, para amarlo y para buscarlo.
Pero cuando llegué al final, me dí cuenta que Él se acordó de mí, antes que yo
recordara de Él, que Su conocimiento de mí, precedía a mí conocimiento de Él.
Su amor por mí existía antes de mi amor por Él y Él me buscó antes que yo lo
buscara a Él. Por la voluntad de Dios, uno conoce a Dios, y por Su voluntad
Shlomeh, usted fue elegido. El torbellino viene por tí".

Salomón Freeman empezó a llorar mientras su hija lo sostenía.

El Maestro no habló más. Miró al fakir, se levantó y se salió del cuarto tan
súbitamente que nadie de nosotros tuvimos el tiempo suficiente para
levantarnos cuando se iba. Escuché sus pasos en los escalones y después
apenas unas palabras. Luego Alí y Rami se unieron a nosotros. Nos miramos
entre nosotros y nuevamente empecé a sentir la urgencia. Afirmamos estar
listos para viajar a un país lejano, hasta donde había peligro, muerte...y por lo
visto, así tenía que ser.

Sentí el peor miedo y entusiasmo como jamás había sentido.

El Viaje

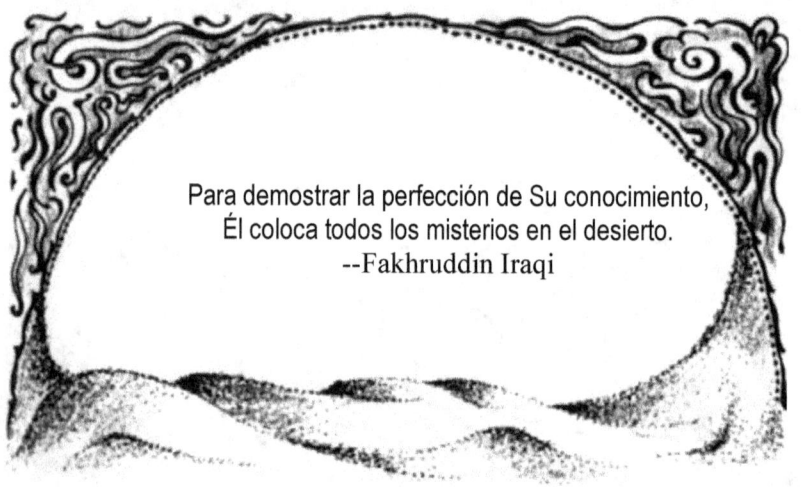

Para demostrar la perfección de Su conocimiento,
Él coloca todos los misterios en el desierto.
--Fakhruddin Iraqi

El Maestro de los Jinn

Para que no hable de los misterios
Usted ha cerrado mi boca,
Y en el pecho,
Abriste la puerta,
Que no puedo nombrar.
--El Diwan de Rumi

El comienzo de nuestra mañana estaba brillante, clara, y llena de buenos augurios. El Capitán Simach estaba bastante reestablecido para desayunar con nosotros. Él parecía estar alicaído y pensativo, pero se movía con esa gracia de los militares con su espalda erguido y sus ojos alerta y fijos. Alí, Rami, Rebecca y yo ya estábamos sentados cuando el Profesor Freeman entró con él. Al entrar, nos levantamos para hacer campo para ellos y Alí trajo de a dos, platos, vasos y cubiertos para ellos. Antes de que alguien pregunte, Alí mencionó que el Maestro y nuestro guía, el Qalander se habían ido a un mandado antes del amanecer y todavía no habían regresado.

No hablamos de nada. Las preguntas que teníamos las hicimos en silencio. De acuerdo al adab, no podemos inmiscuirnos en los asuntos de los demás. Después de terminar la comida, todos los platos fueron recogidos y Rami sirvió el té. En el cuarto común nos sentamos con las piernas cruzadas medio en forma circundante al rededor del joven Capitán.

El nos miró y sonrió, "Estoy muy contento de verlos a todos ustedes de nuevo y de hablarles con mi propia voz".

Nos pusimos a reír y su buen humor nos calmó.

"Pero en verdad" indagaba el Profesor... "¿Que tanto se recuerda de todo lo demás?"

Sin titubear, el Capitán Simach le contestó: "Todo"...mientras miraba el cuadro del Maestro que estaba colgado en la pared... "Me acuerdo de todo".

El Viaje

Las maneras del Capitán me sorprendieron. Él parecía estar colmado en algún gozo reposado. Tenía mis dudas en cuanto si había recuperado del todo de su experiencia de otro mundo.

"Por favor, si no deseas hablar de eso..." expresó Rebecca, estando incierta de la delicada insistencia de su padre.

El joven Capitán meneó su cabeza, "No, no es...no era doloroso. Solo...es difícil para...era como si de a poco mi conciencia fue deslizada a un lado y extraños pensamientos empezaron a llenar ese espacio vació. Al comienzo pensé que eran mis imaginaciones y que me estaba volviendo pues..." y se encogió de hombros,... "Al final yo sólo podía observar y escuchar. Pero ví y escuché todo".

"¿Y no sentías miedo?" le pregunté.

"No al comienzo, fue muy sutil, casi como un sueño. De a poco me iba dando cuenta lo que era, y claro, rehusé creerlo. De verdad, pensé que me había vuelto loco. En ése entonces sentía mucho miedo, hasta presentía al..." Ahora su voz se bajó y se puso introspectivo... "Lo tocó a mí...yo...no me salen las palabras para expresar como era".

"¿Y ahora?" preguntó Alí... "¿Estas bien?"

"Estoy bien" contestó él con una sonrisa reafirmante... "También escuché las palabras que salían de mí boca. Todavía siento el sabor en mi lengua". Se puso a cabecear... "Y ya después ya no estaba él. Sentí que se fue rápidamente...se esfumó, y mi mente volvió a llenar el espacio vacío. Todo pasó tan rápido. Creo que me desmayé".

El Profesor Freeman le puso la mano en el hombro de su amigo, diciéndole: "Te ves más viejo".

El Capitán se veía sereno y contento, "Me siento más joven".

Ya no quedaba más que decir. Nos quedamos sentados en silencio hasta que entró el Maestro al cuarto. El Capitán Simach fue el primero en mirarlo entrar e inmediatamente se paró.

El Maestro de los Jinn

Al verlo levantarse, también nos levantamos rápidamente para saludarlo. Él fue directo al joven Capitán y mirándole en los ojos, le agarró las manos.

"¿Ya no estás cansado?" le preguntó el Maestro.

El Capitán Simach se rió: "No, Maestro".

¿Maestro?

Ahora entendía su felicidad. Él había aceptado el misterio y el Maestro lo había atendido.

"Aquí tienen un nuevo derviche" expresó el Maestro... "Por pedido de él, lo inicié anoche mientras ustedes dormían".

Quedamos mirándolo boquiabiertos hasta que el Maestro hizo un gesto para que nos acercáramos. "¡Vengan, saluden a su nuevo hermano!"

"Salaam", dijimos todos a la vez y uno por uno le dimos los besos en las mejillas. Yo sentía cierto recelo de tocarlo...reacio por algún rastro de su posesión extraña, pero sus maneras se veían sinceros y sus ojos se miraban bien y seguros cuando nos saludó.

El Profesor también se acercó para abrazarlo y después lo mantuvo a la distancia de un brazo y meneaba su cabeza, "¡Con que después de todo en realidad sí estas loco!".

Al escuchar eso, el Maestro se rió a carcajadas y después todos se pusieron a reír, aunque yo no estaba del todo convencido.

Cuando nos sentamos al rededor del Maestro, Él nos informó que teníamos que irnos sin demora... "Me encargué de todos los asuntos necesarios y he mandado avisar a amistades que están en el camino... ¿Puedes ir ya de una vez?"

La pregunta lo hizo solo al Profesor Freeman. Cuando el Maestro le dice al derviche que se vaya...él se va.

"Sí, yo creo que si" respondió el Profesor... "No tengo clases que dictar durante el verano, mi tiempo es solo mío. Tengo que ver quién pueda ver por mi casa y tengo que empacar unas cuantas cosas".

-- Yo te daré las cosas que necesites y tu casa será cuidada,

El Viaje

Si me dejas las llaves, aseguró el maestro.

Inmediatamente Rebecca le alcanzó las llaves. Su padre no hizo comentario alguno.

"Ya de prisa entonces" dijo el Maestro... "En una hora los llevaré al mar y su guía estará allí esperándolos".

"¿No estamos yendo por avión?" preguntó el Profesor.

Con la cabeza el Maestro le contestó que no: "No mi amigo, ustedes se van por barco y por el desierto, asi como se fue Salomón".

No hubo discusión y una hora más tarde estábamos en camino al mar.

Era un viaje silencioso. Cada uno de nosotros estábamos perdidos en nuestros pensamientos hasta que llegamos al puerto. El barco resultó ser un velero viejo de carga color gris y bastante malgastado por la vida marítima. El humo de partida ya estaba saliendo de la nave mientras flameaba la bandera Egipcia.

El Capitán era un señor áspero y robusto y nos estaba esperando mientras caminada impacientemente en el muelle de arriba para abajo con la cara fruncida y desafeitada, listo para emprender el viaje. Pero al mirar al Maestro, su actitud cambió radicalmente. Se apresuró para recibirlo, aparentemente sintiendo algo de vergüenza, inclinó su cabeza con un saludo de reverencia. Cálidamente el Maestro le dió la mano agradeciéndole con palabras elocuentes por demorar la partida. Le juro, el hombre en verdad se avergonzó de las atenciones del Maestro, luego le hizo la venia nuevamente mientras subía de prisa por las gradas para dar las órdenes de poner el barco en marcha.

Se le escuchaba ladrando las órdenes a su tripulación mientras que los ojos del Maestro se fijaron en una persona que estaba más arriba de nosotros al lado de la baranda. Era el fakir. Estaba allí parado sin moverse, mientras nos miraba abajo. Las miradas de ellos dos se enlazaron por un momento, pero no pude darme cuenta cual era la emoción que pasó entre ellos. El guía estaba demasiado lejos y el Maestro no cambió de expresión.

El Maestro de los Jinn

He estado con Él lo suficiente para saber que él comunica en maneras que no entiendo...que son sutiles y más allá de lo que alcanzan las palabras. Ningún derviche lo ponía en duda. Los demás estaban chequeando sus pertenencias antes de abordar y parecían estar exaltados para darse cuenta.

"¡Mejor para nosotros!" exclamó el Profesor mientras frotaba sus manos inspeccionando la modesta nave... "Nadie sabrá donde hemos ido hasta que lleguemos allá...y después el desierto, ¡Ah!, donde hay misterios esperando ser desenterrados...y quizás hasta el tesoro de los tesoros más grande de todos: el anillo del Rey Salomón".

El Maestro se encogió de hombros: "Quizás, pero hasta el gran anillo a fin de cuenta es simplemente bisutería, sin valor distintivo. La gracia de Dios estaba con Salomón y ésa gracia es lo que daba poder al anillo. ¿Mi amigo, acaso te has olvidado del sueño que tuviste? No estás yendo para meramente cavar en busca de piedras en el desierto. Lo que está oculto ha puesto a todos ustedes en el ojo de la tormenta. Lo que aprenderán será mucho más valioso que todos los tesoros debajo de las arenas".

¡El sendero de la tormenta!

Como nosotros, el Profesor quedó corregido por el tono solemne del Maestro. Que fácil era agarrar de la seguridad de los antiguos nafs en la luz del día racional. El Maestro abrazó a su viejo amigo y ya era hora de partir, luego una ola de desolación y añoranzas envolvió a todos del grupo. Como una sola entidad, nos acercamos a Él, pero Él alzó la mano en señal que nos quedáramos donde estábamos. Su mirada abarcaba a todos y nos sonrió. Solo había amor y bondad en su voz mientras nos hablaba despidiéndose de nosotros:

"Derviches, recuerdan la razón de su viaje. Obedezcan a su guía y no se desvíen ni para la derecha o para la izquierda. Den las espaldas de sus corazones a las joyas comunes y corrientes. El Amor de Dios era el sello de Salomón. Persigan a la verdadera joya y anden constantemente en la búsqueda del Buen Joyero".

El Viaje

Rogué tener poder, y lo encontré en conocimiento.
Imploré tener honor, y lo encontré en la pobreza.
Rogué tener salud, y la encontré en ascetismo.
Imploré que se disminuyan mis cuentas ante Dios
Y lo encontré en silencio.
Rogué tener consolación,
y la encontré en la desesperación.
--Ali Sahl Esfahani

Por dos días estábamos en aguas serenas en alta mar de ida a Argelia y dormíamos en la cubierta delantera, lejos de la tripulación mientras laburaban. Nuestro guía gentilmente rechazó la oferta de camarotes, diciéndonos que teníamos que quedarnos juntos y ser discretos, en caso que sin querer nos salga alguna palabra referente a nuestro propósito.   En realidad no se necesitaba esforzarse demasiado ya que estábamos con el fakir, a quién el Capitán y algunos de la tripulación conocían.   A pesar que lo trataban con la mayor reverencia, por alguna razón no les costó esfuerzos mantenerse alejados de nosotros.

El Capitán personalmente nos traía la comida y nos dejaba usar su baño privado. Dormíamos con nuestra ropa, comíamos juntos y hablábamos en voz baja. Hasta cuando Alí pidió permiso para tocar su ney, el viejo Qalandar le contestó que no con la cabeza.   Quizás pensó que iba atraer mucha atención, pero no dió ni una explicación y Alí no le discutió.   El Maestro nos mandó obedecer a nuestro guía en todo durante el viaje.

No estábamos acostumbrados a sus maneras solitarias y ése desprendimiento interno del Qalandar, se desaparecía por largos trechos y parece que dormía y comía en otra parte de la nave. Hasta durante las horas de la oración, no se le encontraba en ninguna parte; aparte de que casi no hablaba, ni cuando estaba con nosotros. Más bien se sentaba con una pierna debajo de la otra como en meditación silenciosa con los ojos cerrados y con su mentón en la mano apoyado sobre la rodilla...casi no levantaba la cabeza y cuando lo hacía, era solo para suspirar.

El Maestro de los Jinn

Lo observé detalladamente y llegué a envidiar esos suspiros: Lo largo del sendero de punto a punto parecía estar en sus añoranzas, eran como aire de consolación para mí corazón. Por lo general lo acompañábamos en la meditación, pero el Profesor Freeman más que nunca, simplemente se sentaba a mirarlo. Él empezó a sentir desconfianza cuando se enteró donde estaba de ida el barco, y cuando estábamos cerca a nuestro destino, empezó a cabecear. "Shaykh Haadi dijo que íbamos a ir como fue Salomón, pero lo más lógico es que el Rey Salomón hubiera navegado a Egipto y después por la delta del noreste a Tanis... ¿Por qué hemos navegado tan lejos rumbo al oeste?"

Nadie sabía la respuesta. Puede ser que el Profesor Freeman estaba en lo cierto con sus suposiciones, pero el Maestro dijo que el guía conocía el camino. Solo el Capitán Simach no parecía estar preocupado y cortésmente comentó: "No tenemos pruebas de ninguna dirección, sin embargo creo que debemos seguir donde nos guían y esperar para ver. Solo Dios conoce el mejor camino".

Era uno de sus dichos preferidos del Maestro. Sorprendidos por su respuesta, el Profesor y su hija voltearon para donde estaba él, mientras Alí y Rami movían sus cabezas en acuerdo. El Profesor Freeman era un eminente erudito, pero éste viaje desde su incepción estaba fuera del perímetro de erudición y había cierta calidad de percibir con certeza en nuestro nuevo hermano derviche que sencillamente no se podía negar, asi como si algún recuerdo todavía le quedó que no era de él.

Argelia.
Llegamos ante del anochecer, pero el fakir todavía no nos dejaba desembarcar. Sentados con él en silencio esperando,

El Viaje

pero no sabíamos lo que nos esperaba. En eso el Capitán con dos de su tripulación con aspectos de rufianes que yo no había visto antes, se nos acercaron y un muchacho les seguía por detrás.

Cuando recién embarcamos, el Capitán lo presentó al muchacho como Ahmed, su hijo menor. El muchacho tenía como unos quince años, se veía inteligente y estaba viajando en el barco velero por primera vez en su vida con su padre. Los tres hombres se acercaban de manera restringida; uno llevaba los otros dos lo más cerca posible al fakir y a la vez como lo más lejos posible de nosotros. Nuestro guía se paró cuando los hombres se acercaban y se fue caminando hacía donde estaban ellos. Yo los seguí de una distancia suficiente cerca para poder escuchar lo que decían y lo repito aquí:

"Salaam" saludó el Capitán al fakir... "Por la gracia de Dios hemos llegado a salvo. ¿Está usted bien?"

"Por la misericordia de Dios y la generosidad de usted" contestó el fakir... "estamos endeudados por su bondad".

"Alhumdulilah" comentó el Capitán, medio inclinándose por el cumplido..."Toda alabanza es sólo a Dios. Ay Siddiq, yo no deseo molestarlo, pero con su permiso, cierto asunto se ha presentado por la cual la orientación de usted es nuestro único recurso".

¿Siddiq? Eso era un sobrenombre que decían los Berber y las tribus Ahaggar en los desiertos del sur a solo aquellas personas que son consideradas hombres santos. Es el mismo título que una vez fue ortogado a Abu Bakr, el primer Califa, que autoriza a un hombre de visión interiormente iluminada, uno cuya palabra era la Verdad.

Siddiq: El Corazón de la Sinceridad. Le estaban pidiendo que de fé en confirmar lo manifestado--para arbitrar una disputa.

"¿Cómo puedo servirle? Preguntó el fakir al Capitán mientras miraba a los otros dos hombres y el niño".

"Señor" interrumpió uno de los hombres... "Llevaron algo de valor de mi arca de marinero. Este hombre—"

El Maestro de los Jinn

"¡Yo soy inocente!" interrumpió el otro enojado... "Miré que el arca estaba abierto y solo quería—"

"¡Silencio!" gritó el Capitán, mientras los dos hombres intercambiaban miradas feroces, aunque no se decían ni una sola palabra.

El fakir miró a los dos. Todos presente, con la excepción del niño estaban incómodos con su mirada escrutadora e intensa. Al final levantó las manos con las palmas hacía arriba y cabeceaba en dirección del hombre que estaba siendo acusado... "Al menos de éste pecado tu corazón es inocente" le aludió... "Usted puede irse en paz y sin preocupación".

El hombre respiró profundamente con alivio y le hizo la venia mientras agradecía al Siddiq por su decisión justa, al alejarse rápidamente.

Así de rápido terminó todo; el Siddiq había percibido la verdad del asunto y su hallazgo fue el final...pero no del todo satisfactorio. El acusador con una mueca dura en los labios miraba al otro hombre mientras se alejaba.

El fakir entonces se volcó hacía el señor y le dijo: "No tenga dudas, tu compañero de tripulación habló la verdad. El miró que el baúl estaba abierto y lo iba a cerrar, cuando usted entró". Su voz era bondadosa, pero definitiva..." ¡Ya no se habla más de eso!... ¿Acaso tus chucherías eran de tanto valor que perderías a un amigo con quién has peleado contra tantas tempestades?" Ay digno señor, rectifíquese, que se disminuyan tus cuentas ante Dios".

Al escuchar las palabras, las facciones del hombre suavizaron y bajó la mirada. Al fin, él también le hizo la venia en acuerdo. Entonces el Capitán lo agarró del brazo y lo llevó, diciéndole, "¡Escuchastes lo que dijo el Siddiq! Venga, después de que hayas rectificado todo, te ayudaré a buscar tus pertenencias o te compensaré por tu pérdida. No quiero problemas en mi nave".

Se fueron para abajo y ahora solo quedaba el niño. El fakir se sentó en un embalaje de tablas que estaba cerca mientras Ahmed lo miraba con asombro, luego se sentó a sus pies y le comentó: "Nunca he conocido a un hombre santo".

El Viaje

"De eso no tengo duda" afirmó el fakir.

-- ¿También es usted como he escuchado, una persona que adivina la suerte? El viejito se encogió de hombros.

-- ¿Puede usted enseñarme esa habilidad? preguntó Ahmed despacio. La pregunta me hizo sonreír, pero ahora el Espía de Corazones miraba agudamente los ojos del niño.

"Jovencito, tú corazón ya conoce otra habilidad, asi como tu lengua y manos. Dos habilidades como esas no pueden caber en el mismo cuerpo".

Estas palabras asustaron al muchacho y empezó a levantarse.

"¡Quédese donde estás!" le ordenó el fakir.

El peso de Ahmed se desplomó donde estaba y se quedó quieto. Se notaba que sentía miedo, pero yo conocía ésa mirada en sus ojos de orgullo mezclado con secretos y terquedad.

"No debes de sentir miedo" aseveraba el fakir mientras sus ojos mantenían al muchacho inmóvil... "¡Ahora vacíe tus bolsillos!"

Se movía el muchacho como si estuviera luchando contra algo invisible y sus manos se movían como por voluntad de otra que no fuera de él...luego estaba genuinamente consternado cuando sacó un cortapluma de marinero, unos cuántos dinares y un anillo.

"Un ladrón reconoce a otro ladrón" aludió el viejito... "Ella no te pidió tales obsequios. ¿Por qué regalarías algo de tus manos sucias?"

La cara de Ahmed se puso pálida y sus ojazos se hicieron más grandes por el asombro. Su boca se abría y cerraba, pero no podía decir nada.

"¡Contesta!" ordenó severamente el fakir.

Ahmed no podía quitarle la mirada mientras brotaban las lágrimas de sus ojos.

"No lo hice a pro...yo..." su voz apenas era un susurro.

El Maestro de los Jinn

"¡Niño tonto! Por la sabiduría de Dios estamos otorgados a amar, tal como las partículas del mundo son atraídas uno a otros.. semejante con semejante. Pero sépalo usted con seguridad que no se gana el Amor con maldad; más bién se pierde y el infierno es el único premio para un ladrón!"

Al escuchar esas palabras, sin poder dejar de llorar, Ahmed sintió miedo y empezó a pestañear rápidamente, luego le preguntó con tanta pena... "¿Le vas a decir a mi papá?"

"No soy tu juez, ni tampoco lo es él" aseveraba el fakir... "Pero Alláh es el más clemente. Usted tiene que reparar el daño que ha causado y pedirle a Él perdón.... ¡Ahora vaya!"

El fakir suspiró y bajó su mirada. El muchacho sacudió la cabeza como si lo hubieran soltado de un hechizo. Después se paró, secó sus lágrimas y se fue sin decir ni una sola palabra más. Yo estaba a punto de regresar con los demás, pero el fakir me paró con su mirada, haciéndome señas que me vaya a sentar donde estaba sentado el muchacho y lo obedecí.

El observó mi cuaderno... "Oh escribano, escribe también en tu cuento que su culpa fue en su método y no en su locura".

Le contesté "Sí, lo haré... ¿Pero qué escribo del Siddiq?"

Él hizo caso omiso a la pregunta... "Algunos en ésta parte del mundo me conocen como tal".

-- ¿Y tiene usted otros nombres aparte de ése?

-- Sí, muchos.

Con gran intriga, escribía como me habían ordenado. Pero por cortesía y una extraña mezcla de compasión y admiración que yo sentía por el viejo Qalandar, no me animaba seguir con las preguntas y cambié el tema.

-- ¿Y qué pasará con el muchacho?

El anciano se encogió de hombros. "Muchos codician lo que sus manos no pueden sostener y por razones menores. De juzgar solo corresponde a Dios" y sacudió la cabeza... "Finalmente para el ser humano, dentro de la cognición de amor está oculto el conocimiento de Dios, y ellos no lo ven.

El Viaje

Sin embargo, puede ser que encuentre el camino. Un pie torcido todavía puede caminar por un Sendero recto y muchas veces el miedo es un guía digno para los jóvenes".

"¿Entonces todos los ladrones no deben temer al infierno?" le pregunté. Instantáneamente me arrepentí de mis palabras, pero no había enojo en la expresión rara que cruzó por su cara. Levantándose, parecía estar distraído y se acercó a la baranda. El sol que estaba bajando tocaba el horizonte y el cielo y el mar estaban tan rojos como el fuego.

Por un momento el antiguo fakir parecía estar perdido en sus pensamientos mirando la luz inclinarse por las olas mientras el mar lo absorbía. Su cara y barba se tornaron tan rojas como las aguas, como si él también estaba absorbiendo la luz.

Sin dar la vuelta, dijo: "La misericordia de Dios preceda su ira. Y te aseguro joven erudito que los habitantes del infierno están más contentos ahora que cuando estaban en éste mundo. En el infierno saben de Dios y cuando estaban en este mundo, no sabían de Él...y no hay nada más dulce ni en éste mundo o el próximo, que el conocimiento de Dios". Después inhaló profundamente el aire fresco del mar matizado con la luz que se apagaban. Su cuerpo tembló levemente, era casi como un suspiro... "A pesar de sus añoranzas que son mil veces mayores que las elevaciones de tu sama, jamás puedan apaciguarse...son desoladas. Ya verás".

¡Ya verás! Sus palabras me asustaron.

"¿Quién en realidad es éste extraño ancianito?" pensé nuevamente... ¿Y en nombre de Dios, donde estaba guiándonos?

El Maestro de los Jinn

El viaje de todos
Es hacía la perfección.
--el Mantiq al-Tayr
(La Conferencia de las Aves)
Por Fariduddin Attar

Recién pasada la medianoche el fakir nos dejó salir del barco. Hacía horas que el Capitán y la mayoría de su tripulación desbordaron y los únicos que quedaron eran los de la vigilancia del turno de la noche. El fakir se quedó sentado inmóvil en la cubierta con su cabeza agachada. De vez en cuando levantaba la cabeza para mirar las estrellas brevemente y después volvía a su contemplación. Por fin llegó el momento cuando las estrellas tenían que estar favorables, porque repentinamente sin ni una palabra se levantó y se salió del barco. Sin despedirnos o ser vistos por los que estaban de guardia, lo seguimos.

El Capitán Simach nos advirtió que era imposible salir de la zona de desembarcación sin pasar por aduanas. Muros altos y alambrados puntiagudos bloqueaban las demás rutas. El fakir no hizo comentario alguno a ésta información y nos guió directamente a las oficinas de aduanas...y por alguna razón estaban casi abandonadas. Una anciana estaba barriendo el piso y los oficiales de aduanas que por lo general se encontraban a esa hora, a pesar de la hora tarde de la noche, no se encontraban en sus escritorios.

Por lo visto, otras naves no estaban programadas para desembarcar esa noche, o quizás se fueron a comer o a dormir. Yo anticipaba una larga espera para su regreso, pero el fakir no bajaba su velocidad al caminar, ni volteaba para atrás mientras pasábamos los escritorios vacíos, hasta salir del edificio. Lo único que podíamos hacer era seguirlo y ahora ya casi corriendo para mantener el compás de sus pasos para no quedarnos atrás.

"¿Qué estas haciendo?" le gritó el Profesor Freeman a su espalda... "¡No han aprobado o sellado nuestros pasaportes!... ¿Como vamos a salir del país?

El Viaje

Sin bajar de velocidad, el fakir le contestó: "Con la ayuda de Dios"
-- ¿Y si nos paran?
"Tenemos que estar en el desierto antes del amanecer" fue lo único que contestó. Después aumentó su velocidad y nadie de nosotros teníamos el aliento para discutir. Solo el Capitán Simach y Rebecca podían igualarle las piernas del ancianito con las largas zancadas en perfecta unisonancia, así como si estuvieran haciendo un ejercicio militar, mientras los demás nos quedamos bien lejos de ellos.

Al llegar a Casbah, fue cuando el fakir empezó a bajar su velocidad. Llegamos a las tiendas y puestos vacíos apenas a tiempo para mirar al fakir girar por una esquina que daba a los callejones de la famosa feria y con el Capitán y Rebecca detrás de él. Cuando le dimos la vuelta a la esquina en la persecución, los alcanzamos en una calle angosta y oscura donde ya se hallaban parados en frente de un portón con las luces apagadas.

Exhausto y sin aliento, pensé 'Por fin'. Pero al acercarnos, miré al fakir entrar por la puerta y cerrarla detrás de él.

"¿Ahora adonde se fue?" protestaba roncamente el Profesor.

"Dijo que le esperemos" recalcó Rebecca, mientras el Capitán Simach afirmaba con la cabeza.

Estuvimos parados por largo rato tiritando, mientras el aire de la noche secaba el sudor de nuestros cuerpos.

Tosiendo, el Profesor preguntó rezongando: "¿A estos pasos cree él que vamos seguirlo hasta el desierto?"

Rebecca se volcó hacía él y le dijo en voz baja que guarde silencio. Él estaba a punto de hacer un comentario, cuando una luz al otro extremo de la calle se prendió. Una puerta se abrió y un grupo grande de hombres salieron y luego la puerta se cerró tras ellos. Seguramente era un lugar para tomar o de juegos. En la luz fugaz miré que estaban vestidos como obreros y apestaban a licor hasta la distancia donde estábamos nosotros de ellos. Algunos estaban riendo y otros parecían estar maldiciendo

El Maestro de los Jinn

en un idioma desconocido. Pero cuando se dieron cuenta de nuestra presencia allí, enseguida desapareció su alegría.

Por un momento hubo un silencio espantoso entre nosotros en la casi oscuridad. Entonces uno de ellos se adelantó y empezó a hablar en tono tosco y belicoso.

Era el mismo idioma, Berbero, creo. A pesar que no tenía idea de lo que dijo...no había duda en cuanto a su tono. El Capitán Simach nos hizo señas al poner su dedo sobre sus labios diciéndonos en voz baja que no debemos contestar, porque nuestros acentos nos iban a delatar, pero nuestro silencio solo los incitó más. Ellos ya empezaron a venir hacía donde estábamos, con el que desafió nuestra presencia viniendo por delante.

El Capitán Simach dió un paso para adelante y Rebecca discretamente colocó a su papá detrás de ella, mientras que Alí y Rami se pusieron a los dos lados del Capitán, bloqueando efectivamente la calle angosta y yo me puse en frente de Rebecca y su padre.

Por el peligro, mis sentidos se elevaron agudamente, tomando la escena como si fuera en cámara lenta. Escuché a Rebecca teniendo problemas en restringir a su padre y en la semi-oscuridad miré a Alí y Rami enderezar sus espaldas y formar puños. Solo el Capitán Simach se quedó parado de forma casual con sus pies separados, las rodillas levemente dobladas, con las manos colgando para abajo y abiertas como si los iban a saludar. Mis sentidos elevados no estaban engañados...su parar de él era la posición defensiva de uno entrenado en combate personal.

Y aún así, avanzaban hacía nosotros con sus maldiciones por delante hasta cuando ya estaban casi encima de nosotros. Ahora la cabecilla de los maleantes nos gritó en árabe: "¿Son sordos?... ¿Por qué no hablan?"

El instante fugaz de peligro eminente de amenazas físicas pasó por mi mente hasta el presente real. En ése momento preciso, la puerta a nuestras espaldas se abrió y el resplandor de la luz de adentro les hizo parar a los hombres bruscamente en sus pasos cuando ya estaban a solo unos cuantos metros de distancia de nosotros. Entonces el fakir dió un paso al umbral con el reflejo de

El Viaje

la luz por detrás.

Con una mirada penetrante, le dijo al cabecilla del grupo: "Ay burro, deje de rebuznar, que la propia respuesta para un bruto es el silencio".

Instantáneamente el fruncido rabioso de entrecejo que tenía desapareció y sus ojos se abrieron grandes al reconocerlo. "¡al-Muazzim!" murmuró mientras daba paso para atrás.

Esa palabra recorrió entre ellos como una ola fría desembriagante. Ahora nos miraban con caras asustadas y llenos de miedo. Algunos se cubrían los ojos, mientras otros hacían señas de protección en nuestra dirección. Poco a poco se dieron unos pasos para atrás y después se fueron corriendo, mientras que algunos gritaban "¡Shaitanun!"

Sin dar importancia a los hombres que se fueron huyendo, el fakir nos dijo: "Vengan por aquí".

Apresuradamente le seguimos por una puerta hasta un patio que estaba alumbrado con antorchas y después pasamos por otra puerta que daba a otra calle. Había un Land Rover estacionado allí con el motor prendido.

"¡Maneja!" le dijo al Capitán Simach... "El camino que va para el sur está limpio y pronto se abrirán las rejas".

Tres horas después habíamos viajado velozmente por las Montañas de los Atlas, tomando el camino más directo de los cinco caminos mayores de norte a sur por La Sahara y como estaba por amanecer, pasamos Laghouat, una pequeña aldea en la colina al sur de la montaña... pronto estaríamos en el corazón del desierto. El camino en verdad estaba limpio, vimos a unos cuantos vehículos y no pasamos por ninguna reja...ni abierta o cerrada.

Alí y Rami se acostaron sobre unas bolsas que habíamos tirado atrás. Yo me senté en el asiento de atrás al lado de Rebecca y su papá, mientras los demás dormían un poco, aliviándose de las tensiones de nuestro incidente en la ciudad, pero yo no pude. El fakir seguía en la misma posición de cuando salimos, inclinándose algo para adelante observando silenciosamente la oscuridad.

El Maestro de los Jinn

Ya yo empecé a sentir un verdadero cariño más allá siquiera de la atracción que experimentaba antes por nuestro guía resuelto, el Qalandar y creo que mis compañeros también estaban empezando a confiar en él. El Maestro había dicho que él conocía el camino. Y en verdad, el parecía ser el equivalente de cualquier oscuridad o peligro. Por el momento, todos se olvidaron de los pasaportes no visados y no cuestionaron como pudo conseguir el Land Rover justo a tiempo, "Sin duda, para reemplazar la cuadriga de Salomón" dijo el Profesor Freeman y nos pusimos a reír. Los siete viajeros, aparte de cualquier otra afinidad, poco a poco estaban haciéndose camaradas.

Pero ya otra pieza fue incluida...los rufianes borrachos lo habían llamado al-Muazzim...y no se puede negar el pavor en sus ojos cuando el apareció.

Al-Muazzim: ¡El Mago! ....Uno, por medio del arte negro tiene el poder de mandar a los espíritus malignos a cumplir con sus mandatos.

Mientras dormían los demás, me incliné sobre el asiento de adelante, quebrantando el silencio, le pregunté en voz baja: "¿Otro de tus nombres?"

"Sí, entre los ignorantes" contestó él sin mirar para atrás o cambiar de posición... "Así, como entre ellos, ustedes ahora son mis demonios".

Me recliné en el asiento y cerré mis ojos. El viaje había revelado vistas fugaces de él reflejado en el espejo de muchos corazones; cada uno establecido por el nivel de entendimiento del que está atestiguando...Jasus el-Qulub; Siddiq, al-Muazzim.

Y yo pensaba... ¿Cuál de todos va a ser, el que nos guíe al torbellino?

El Viaje

¿Qué necesidad tiene
Aquel que opta por la soledad,
De mirar a lo que fuera?
Cómo existe la vía del Amigo,
¿Qué necesidad hay para el desierto?
--Hafiz

En un calor infernal viajamos hacia el sur, pasando Gardaia, mientras rastreamos todo el lado este del gran erg del lado oeste. Por muchos kilómetros el camino era plano y suave, es lo que alguna vez fue un gran río que fluía desde las montañas...dura y cubierta en piedras. Comíamos en el Land Rover y nos turnábamos en manejar, parándonos solamente para orar o para refrescarnos—y para eso teníamos que salir del camino y apartarnos de la vista.

El fakir no salía del vehículo ni si quiera para rezar y ahora no hablaba en ningún idioma, solo hacía gestos para parar y comenzar de nuevo. Hasta donde sé, no durmió o comió y no miré que tome líquido alguno; como si ahora sólo necesitaba la luz del sol para sustentarse...aguas desconocidas saciaban su sed.

Los árabes llaman el desierto El Jardín de Allah, la cuál Dios desvistió de toda vida no imprescindible para que existiera un sólo lugar sobre la tierra donde Él pudiera andar en paz. Quizás ése gran vacío afuera había envuelto al Qalandar en su soledad interior, o quizás nuestro viaje relámpago le despertó alguna llama durmiente de antaño. Yo no tenía idea, pero sus ojos ahora quemaban con tal intensidad, que hasta sentía temor de mirarlos.

El Maestro lo había nombrado como nuestro guía y nosotros los derviches no lo cuestionaba, pero el Profesor Freeman se estaba poniendo cada vez más incomodo.

"¿Qué le pasa?... ¿Por qué no habla?" preguntaba él cuando íbamos a parar. Yo creo sobre todo que estaba preocupado por la seguridad de su hija, aunque ella no estaba perturbada.

128

El Maestro de los Jinn

Ella comentó... "Él sabe el valor del silencio".

Alí y Rami afirmaron con sus cabezas en cuanto a sus palabras. Nosotros decimos que solo el oído puede adquirir conocimiento y la lengua habla lo que ya sabe.

Y el Capitán Simach añadió, "Ahora estamos mucho más cerca". Se paró y sobaba sus ojos con su mano mientras miraba con sus sentidos abiertos y alerta expectivamente al horizonte hacía el sur para cualquier movimiento más mínimo o un cambio sutíl en la presión del aire...el aviso de una tormenta.

De ésta manera los nómadas podían detectar una tormenta, pero el viento que tenía que llegar no era para ellos. Después de un rato, bajó la mano y regresó al Land Rover. Le seguimos sin comentarios y Rebecca agarrada del brazo de su padre. Las valientes palabras del Capitán tenían sus propias lenguas y secreteaban con una voz ajena lo que esperaba más allá del viento.

Alí y Rami se dieron cuenta de nuestra tensión y trataron de distraernos con sus conocimientos de los paisajes del desierto. Tengo que admitir que sentía una fuerte atracción por los espacios limpios y vacíos. No era que La Sahara fuera en realidad limpia y vacía subrayaron ellos, las montañas forman la columna y las llanuras de ripio que le dicen regs y rodean las montañas donde alguna vez fluían poderosos ríos. La vida abunda aquí en muchas formas y cada una adaptada particularmente a su mundo. Sólo los ergs, esas playas de arena que se arriman a las montañas y las llanuras son el verdadero desierto; cubren un cuarto de La Sahara y hasta allá, las lluvias ocasionales se colectan entre las dunas. Montecillos de césped aistida y los arbustos alimentan los camellos y los antílopes adax de los nómadas que están de paso. Alí señaló a un zorro fenec de orejas largas, los más pequeños de su especie en el mundo, que estaba cazando un jerboa, es parecido a un ratón, que se había alejado de su nido por debajo de los arbustos espinosos.

El Viaje

Mis hermanos derviches conocían las maneras y las criaturas del desierto y explicaban a cada sombra que pasaba que mirábamos en el camino. Me quedé encantado con sus explicaciones y cuidadosamente tomaba nota, mientras Rebecca leía por encima de mi hombro. El Capitán Simach estaba manejando nuevamente cuando salimos de El Golea, donde paramos solo el tiempo necesario para comprar combustible, provisiones y llenar nuestras botellas de agua. El sol casi desapareció y el calor infernal estaba disipándose rápidamente mientras nos acercábamos a Tademait Hamada, una planicie en el desierto alto al norte de Ain Saleh.

El fakir mencionó que saliéramos del camino que ascendía a la meseta, dirigiendo al Capitán Simach con señales manuales hasta que llegamos a un valle angosto de piedra arenisca que fue cavada por las mismas aguas que alguna vez cubrió el desierto. Justo cuando el sol estaba bajando por detrás de una colina hacia el oeste, estando debajo de una ladera de un peñasco colgante nos señaló que paráramos.

Había allí una pequeña guelta, una alberca de piedras escondida entre las grietas de pedrones grandes cerca de las caras de los peñascos. Allí mencionó que había cientos de tales albercas esparcidas por el desierto y que diferentes formas de vida dependían de ellos, incluyendo las tribus nómadas durante las épocas secas.

Yo quería explorar los tantos caminos que miraba al contorno de la alberca, pero el fakir inmediatamente salió del Land Rover cuando bajó el sol y en tono firme nos ordenó que hiciéramos el campamento al lado de una cueva de poca profundidad cerca de la alberca de piedras. Nos asombramos tanto de escucharlo hablar nuevamente, que tuvimos que tomar un momento para reponernos para empezar. Hasta cuando empezamos a trabajar, él desapareció por detrás de las piedras.

"¿Ahora adonde se fue?" preguntó el Profesor Freeman, a pesar que creo que no esperaba una respuesta. Ayudé a Rebecca a bajar las provisiones mientras Alí y Rami juntaron piedras para construir un muro de rompe vientos contra vientos leves en frente de la cueva. Iba a ser una noche larga y fría.

El Maestro de los Jinn

Lo último que quedaba del día desapareció en la oscuridad cuando regresó el fakir con un atadijo de leña. Con mucho cuidado Rami lo acomodó en forma de cono y pronto tuvimos una fogata deslumbrante donde entre el fulgor angulaban bailando nuestras sombras reflejadas.

Rebecca y su padre prepararon la cena de huevos fritos, pan y queso, sirviéndola sobre un pequeño sufreh que el Maestro la había dado para nuestro viaje. Y siempre recordando la adab, el fakir pasaba la comida de la derecha hacia la izquierda hasta que todos se sirvieron sus porciones, menos él. Nadie hizo comentario de su abstinencia. Le dimos las gracias al Mas Munificente por nuestro sustento y por nuestro viaje sano y salvo. Hasta el Profesor Freeman, afectado por el momento, entonó una oración hebreo por el pan, y su hija quedó encantada.

Dándole un beso en la mejilla le dijo: "Hace años que no haces eso". Por debajo del aliento murmuró algo y reímos de su petulancia simulada—todos menos el fakir.

-- ¡Verdad!" comentó él... ¿Si usted no le dá las gracias Al Proveedor, cuáles provisiones te dará?

El Profesor no le contestó.

Cuando se terminó la cena, nuevamente le dimos las gracias y Alí atizó y revivió el fuego. La temperatura había bajado repentinamente y se puso bien frió. El fakir abrió un compartimiento debajo del piso de atrás del Land Rover y sacó un atadijo grande envuelto en papel color café, desató la cuerda y a cada uno de nosotros nos entregó un manto azul de las que usan las nómadas Tuareg del desierto; llamado gandura, es protección con capucha contra arenas sopladas por los vientos y las noches frías del desierto.

Y pregunté: "¿De dónde salieron estos?"

"El Qutb tiene muchos amigos" dijo él mientras se sentaba cerca del fuego cerrándose los ojos.

El Viaje

Nos encimamos los mantos desérticos por encima de nuestras prendas. Cada uno quedó como hecho a medida. Alí y Rami alabaron lo precavido del Maestro y Rebecca en una pirueta graciosa hizo un movimiento de ondulaciones con el manto, pero el Profesor Freeman y yo nos miramos el uno al otro, avergonzados por nuestras numerosas preguntas y poca fé. El Land Rover con las llaves puestas no era ni accidente o robo como habíamos pensado, sino el diseño de un amor bondadoso, de preparación y mensajes a amistades. Ahora empecé a pensar en las oficinas vacías de aduanas, que si eso también era una medida de servicio e intención.

Nos ajustamos las ganduras y el Profesor Freeman atizaba el fuego.

"¿Cuándo?" preguntó él. Entendimos lo que quiso decir y miramos al fakir.

"Un día y una noche más" contestó él... "Y el desierto revelará a cada uno de ustedes su significado".

Pensativo, el Capitán Simach frunció la frente y comentó: "Si hubo otra tormenta de arena, la cueva puede estar sepultada".

El fakir abrió sus ojos que brillaban como ónix recién pulido en la luz de la fogata... "Cuando Dios contrae, Él esconde lo que Él ha revelado y cuando Él expande, Él restaura lo que escondió".

El fruncido del Capitán se acentuó y dijo: "Nos estamos aproximando a la zona desde otro punto. No estoy seguro si voy a poder encontrar el lugar exacto de nuevo".

"¿Qué?" el Profesor Freeman empezó a levantarse, pero por un gesto de mano del fakir, se quedó sentado.

Y contestó él: "No temas por eso, que la primera vez tú no lo encontraste...te encontró a ti".

El Maestro de los Jinn

El corazón sincero
Sirve de espejo;
Directamente por medio de él,
Misterios son observados.
--El Diwan de Hakim Sana'i

Con el nuevo amanecer, nos levantamos y partimos hacia el más extraño de los días. Una vez más el Capitán Simach estaba manejando y nuevamente nuestro guía se sentaba inmóvil y callado mientras pasábamos por Ain Salah hasta las montañas Atakor, el corazón de Ahaggar.

Yo nunca había visto un paisaje tan ominoso; como cúpulas de granito y columnas de piedras balsáticos desbaratandose, pináculos sobresalientes negros y grises oscuro, subiendo trenzadas y amenazantes, vacía de tierra o vegetación...como dientes pelados del planeta. El Profesor Freeman comentó que los Tuareg llaman a estas montañas, "El país del Miedo" y no lo dudaba, ya respirando con alivio cuando salimos de las montañas Negras y entramos a Tananrasset.

Era un pueblo bastante grande. En alguna época ésta región estaba bajo el mando colonial francés. Anduvimos bien despacio por estas calles angostas hasta llegar al mercado, donde nuevamente llenamos el tanque del Land Rover, compramos comida y agua limpia. Sin necesidad que nos digan, nos quedamos cerca de la movilidad. Había mucha gente en el mercado y otros extranjeros andando por allí. Hasta escuché grupos pequeños hablando en francés y alemán al pasarnos. Algunos miraban con curiosidad al fakir que estaba sentado en el asiento delantero, pero nadie se nos acercó para hacer preguntas. Ni siquiera los locales se nos acercaron y me entró la curiosidad de saber si él era conocido aquí por alguno de sus nombres.

No era hasta que estábamos por irnos que el fakir empezó a

El Viaje

comportarse más raro. Yo estaba manejando cuando él señaló que fuéramos por una ruta ancha en dirección hacia el sur y fuera del pueblo. Después de unos momentos me hizo señas para salirme de la carretera y parar a un lado. Ya estábamos casi en las afueras del pueblo y a nuestros alrededores no había nada fuera de lo común. El sol estaba bajo en el cielo y la poca gente que estaba en la calle iban caminando a sus casas después de ir de compras o del trabajo.

El fakir repentinamente saltó de la movilidad y se acercó a un hombre todo zarrapastroso que tambaleaba hacía él, ajeno a su presencia, sin duda un borracho de ida a su casa. Pero para mi horror, el fakir recogió una piedra y la lanzó al hombre, acertándole en el mero pecho. El golpe inesperado asustó al pobre hombre y cambió de rumbo en otra dirección.

Con asombro mis compañeros y yo intercambiamos miradas mientras que el fakir tranquilamente regresó y se acomodó nuevamente en el asiento de la movilidad. Sin decir ni una sola palabra, apuntó hacía el sur y para allá fui a toda velocidad. A pesar de que las mismas dudas y preguntas radiaban en cada uno de nosotros, después de esto, nadie habló.

Y así viajamos cientos de kilómetros al sur de Tamanrasset. Salimos del camino principal y viajamos al este y por el sur de las colinas al pie de las montañas Ahaggar, el terreno gradualmente iba nivelando hasta la llanura rocosa del reg. Estábamos cerca de la frontera de Niger, a poca distancia del Mar de Tenere, la gran extensión de arena del erg. El sol estaba bajando y las largas nubes cúmulos del atardecer reflejaban la luz apagándose. Ésta sería nuestra última noche antes de la tormenta.

Hicimos el campamento en algún wadi sin nombre al lado de otro guelta, pero ahora nuestro guía no desapareció como la noche anterior. Se sentó sobre el tronco de un árbol caído, mirándonos en silencio mientras bajábamos las cosas ligeramente del

134

El Maestro de los Jinn

Land Rover. Su mirada me hacía sentir incomodo mientras recolectaba leña para el fuego.

El Profesor Freeman parecía estar menos afectado por su mirada, quizás porque estaba momentáneamente distraído por el descubrimiento de una especie mediterránea de adelfas creciendo a la orilla de la guelta, a miles de kilómetros de su clima originario.

"Fuertes vientos tenían que haber llevado las semillas en sus altos corrientes de aire" dijo él... "Las raíces se prendieron en la arena mojada debajo de la piedra y formó un arbusto verde cubierto en pequeñas flores blancas y rosadas".

"De eso no puedo decir, pero es una buena manera de distinguir a los camellos de ciudad de los camellos del desierto" mencionó Alí con una sonrisa.... "Los camellos del desierto no comen sus hojas. Son venenosas. Pero los camellos de la ciudad que no se criaron en la región no saben eso y se enferman".

El Profesor Freeman le dió una palmada en el hombro diciéndole... "Pues éste camello de la ciudad está agradecido de tener a un camello del desierto con él".

El fakir afirmó las palabras sabias con su cabeza. "¡En verdad! Ahora tenemos necesidad de un camello del desierto".

El sol había bajado y volvió su voz. Volcamos hacia donde estaba él, pero antes de poder preguntarle lo que quiso decir, sobresaltamos por la repentina y sin lugar a dudas, plañido de camellos en la distancia. Alguna caravana estaba por entrar a la wadi para formar su campamento también ésa noche. Nos miramos los unos a los otros pero sin decir nada. Rami prendió la fogata y pronto escuchamos muchos pasos acercándonos.

Quizás una docena de hombres se pararon en frente de la luz de la fogata, pero nos encontraron parados y esperándolos...todos menos el fakir, quien estaba sentado allí en el tronco caído sin mover ni una uña. Tomé su serenidad como una señal buena y

El Viaje

así fue. "¡Que la paz sea contigo Afarnou" le dijo el señor que mandaba a los demás... "y con tus compañeros".

"¡Y que la paz sea contigo también O Marabout!" le contestó el jefe... "y aquellos que están contigo".

Afarnou también usaba el manto azul, gandura, aunque sus hombres no lo usaban. Solo la cabeza de él estaba cubierta como los Tuareg; envuelto en metros de tela negra para que sólo sus ojos queden al descubierto. Pero tumbó el velo que escondía su rostro cuando habló con el fakir.

Y lo llamó, ¡Marabout! El nombre Tuareg para un hombre santo. Era el último de sus nombres que íbamos aprender...con la excepción de uno.

Afarnou no malgastó ni palabras o tiempo. Él era el modougou de estos hombres, el jefe de la caravana y los mandó de regreso a su propio campamento al darse cuenta que estábamos con el Marabout. Aún así, no parecía estar tan sorprendido de vernos, pero su expresión y tono pesaban con sospechas y cinismo.

"Mi papá también manda sus saludos. Nos ha puesto al servicio de ustedes, aunque no puedo imaginar cuáles servicios de nosotros podrías necesitar".

"No tengo necesidad de ustedes" contestó el fakir... "sino sólo de uno de tus camellos para llevar nuestras provisiones hasta adentro del desierto donde no entra nuestra movilidad".

-- ¿Un camello? Pero nosotros... ¡Seguro que mi papá no sabía de esto! -- dijo él con enojo... "Hemos viajado muchos kilómetros fuera de nuestra vía para..."

-- Para disponer de sus servicios. Hazlo ahora y ten paz. La promesa de pan no mata el hambre y es mejor invocar a Allah con la lengua de hechos.

Sin tomar en cuenta sus sospechas, observé que aceptó en silencio. No iba a cuestionar el mandato de su padre o la palabra de un hombre santo, miraba el Land Rover como si fuera algún artefacto extraño y cuya existencia malsana.

El Maestro de los Jinn

"Como desee usted" contestó Afarnou fríamente... "Si no va a disuadirse de ésta locura, usted por lo menos debe de andar en el camello...los demás pueden compartir la carga.

-- No necesito ningún barco para navegar éste mar.

Sin comentar, el modougou tomó esto en cuenta y después nos miró para examinarnos más de cerca. Apenas les miró a Alí y a Rami y a mí solo lo suficiente para hacer un resoplido cuando me miró escribiendo en el cuaderno. Pero tomó en cuenta al Profesor Freeman y a Rebecca...y en especial al Capitán Simach, quién le regresó la misma mirada dura y sin miedo.

Al fin dijo: "Cazadores de huesos" y sentí que mi pulso saltó un palpitar.

"¿Qué quieres decir?" preguntó el Profesor cuidadosamente.

"¡Bah!" Tus ganduras no esconden tus intenciones y ustedes no son los primeros que he visto cerniendo las arenas, estorbando los huesos de las bestias antiguas como buitres picoteando carroña... ¿Por qué ayudaría mi padre a tales como ustedes?"

El Profesor simplemente lo miró, pero yo respiré silenciosamente un gran aire de alivio.

¡Él cree que estamos buscando fósiles!... ¡Paleontologítas!

"¿Y?" exigiendo Afarnou..."¿Tienes algo que decir?"

Cuando nadie habló, cabeceó y continuó hablándonos como si fuéramos unos niños tontos sin la capacidad de comprender una simple lección.

"La Meseta Tassili sería más de su agrado. Allá pueden hallar huesos y puntas de flechas y dibujos en las cuevas de los tiempos más allá de la memoria. Para su propio bienestar agarren su vehículo y váyanse allá. Para estar viajando en el desierto, ustedes viajan muy livianos".

"Verdad, no estamos cargados" ignorando la amenaza en sus palabras, el fakir le contestó... "Y no seremos una carga para tú camello. Si puedes dejar uno entrenado en tu campamento,

El Viaje

iremos por él al amanecer y por la bondad de tu padre, seguiremos nuestro viaje... ¿Acaso no es suficiente que él sabe por qué nos ayuda?

-- No tengo provisiones de sobra para darles.

-- No necesitamos. Vaya en paz y guíe bien a tus hombres.

El modougou se molestó al ser despedido: la cortesía obligaba que lo invitemos a compartir nuestra comida. Una vez más nos miró a cada uno con desprecio y luego se dió la vuelta y desapareció en la oscuridad.

El enojo del Tuareg no le afectó en lo más mínimo a nuestro guía. Él contemplaba las llamas mientras los demás comíamos en silencio.

Afarnou no esperó hasta el amanecer para deshacerse de su compromiso. Sin hablar ni una sola palabra, uno de sus hombres trajo un camello entrenado a nuestro campamento, después hizo la venia y se fue inmediatamente.

Rami examinó a nuestro nuevo integrante y meneaba la cabeza, diciendo: "Ya está viejo y cansado. No creo que iba a sobrevivir la caravana de ellos".

El fakir afirmó con su cabeza y comentó: "Para nuestros fines, Dios le ha concedido una suspensión temporal"

Le dijo a Rami que lo llevara al pozo para tomar agua y pastar, ...y no tocó el arbusto de adelfa.

Por un camello nuestro grupo creció en tamaño y muchas preguntas. Después de que se alzó todo de la comida, me atreví a preguntarle sobre lo más trivial de todas las preguntas.

"Oh Siddiq, discúlpeme usted" dije, invocando el nombre que atestigua... "Puede usted como nuestro guía y por nuestro sosiego explicar el significado de sus acciones en Tamanrasset?"

Al escuchar mis palabras cortés, una leve sonrisa apareció en

El Maestro de los Jinn

sus labios viejos y murmuró: "¿Por

el bien de cortesía, qué puede saber usted?"

"¿Por qué le tiraste la piedra a ese pobre hombre?" preguntó Rebecca.

"En verdad, pobre era" dijo el fakir... "un ladrón, asaltante de caminos con las manos manchadas de sangre. Su nombre está escrito en mayúscula en las escrituras de 'La', como uno de aquellos desobedientes a Dios. Sin embargo había hecho el bien ése día ayudando una anciana ciega llegar a la mezquita. Si sólo hubiera entrado con ella...pero su camino lo guió a la cantina y ya perdió el camino de cómo llegar a casa. Por bondad traté de premiarlo. La piedra lo mandó tambaleando por el camino que va a su casa".

Mis compañeros y yo nos miramos en silencio. El idioma de la razón era un juez muy pobre en comparación a su visión que veía más allá. Sin embargo, el Profesor Freeman estaba lejos de estar satisfecho.

"¿Está diciendo que usted ve las dos cosas; viniendo a ser el pasado y el futuro?" preguntó él...

El Viaje

"¿o fue esto alguna visión o revelación que tuviste?"

El fakir meneaba su cabeza, "Usted confunde profecía y pre-ciencia, y no entiende de ninguno".

"Por favor, me gustaría entender" aludía el Profesor.

"No puedes, al menos no con palabras. El alma recibe del alma el conocimiento de allí. Si decides hacerlo, solo el Qutb te beneficiaría en ése viaje.

Entornó sus ojos al fuego y no contestó más preguntas. Una hora pasó con el aliento callado de nuestros propios pensamientos. Yo estaba a punto de dormir, cuando el fakir repentinamente brincó de pie y miró las estrellas con profusa intensidad. Sus ojos se quemaban con una luz salvaje mientras levantaba la mano derecha para indicar algún punto en el horizonte.

Con agudeza dijo, "¡Levántense! La hora de dormir ya pasó, ya

El Maestro de los Jinn

es muy tarde para dar paso atrás. ¡Las Rejas del Cielo están abiertas!". Se dio la vuelta y se fue de prisa una vez más, perdiéndose en la oscuridad más allá del fuego.

Nos levantamos, pero él ya no estaba...no se escuchaba ni siquiera sus pasos yendo en alguna dirección.

"¿Qué quería decir?" preguntó Rebecca, mientras miraba al negro vació que quedó tras sus huellas..."¿Cuáles Rejas están abiertas?"

El Capitán Simach también estaba mirando hacia el cielo, pero no contestaba. El Profesor Freeman le seguía la mirada, dándose la vuelta hasta terminó girándose en un círculo completo.

"¡Pues debe de estar refiriéndose a las estrellas del pórtico!" exclamó él, mientras apuntaba a cada punto distante de luz

mientras seguíamos su dedo con la vista... "¿Lo ven? Antares está subiéndose en el sur-este, la Vega por el nor-este, creo que Regulus o puede ser Capela bajando en el nor-oeste, y sí, Sirius está bajando en el sur-oeste. A ésta hora de la noche cada una se presenta en los puntos semi-cardinales de la brújula. En alguna época las llamaban "Los Pilares del Cielo" o "Las Rejas del Cielo".

Al darse cuenta, el Profesor aplaudía, y ese sonido agudo resonaba entre los piedrones, asustándonos...y reímos de nuestros miedos.

"Nada de temer" dijo, mientras abrazaba a su hija con su brazo.

"Claro que no" exclamó Alí... "Todos los viajeros del desierto conocen las estrellas. Sus posiciones guían nuestros movimientos durante las marchas de noche.   Mire allí" apuntaba arriba.   ... "Al seguir al Camello Hembra, encontramos a la estrella Polar, nuestro guía de viaje de noche".

El Profesor Freeman comentó: "La Constelación del Gran Oso en Ursa Mayor".

"¡Un momento!" protestó Rami mientras recorría el horizonte y el cielo con la cara desconcertada con una expresión que se ponía cada vez más perplejo.

"¿Qué es?... ¿Cuál es el problema?" preguntó Rebecca mientras trataba de seguirle la mirada.

Rami no dijo nada más y solo miró a Alí meneando la cabeza. Se sentaron juntos al lado de la fogata y despacito empezaron con la remembranza de dhikr.

"¿Cuál es el problema?... ¿Qué miraste?" reclamaba el Profesor Freeman mientras paraba por encima de los dos primos.

Pero fue el Capitán Simach quién contestó mientras miraba para arriba y oliendo el aire, "Las estrellas no se mueven. Hasta ahora tenían que haberse bajado, ¿Y escucha?... ¡No hay sonidos... ni de animales, aves o de los insectos!" Se veía casi contento... "Hemos navegado fuera de tiempo y el viento se ha elevado. ¿No lo sienten?... Hasta en éste mismo instante estamos dentro del ojo de la tormenta".

143

Los Jinn

Una muestra de amor
Es de tirar a los dos,
El corazón y el alma.
De arrojar por detrás de tí
El tiempo,
Lugar y el espacio;
De ser ahora no creyente
Y ahora un hombre de fé
Y aguardar en los dos rangos
Hasta la eternidad.

--el Tamhidat de Ayn al-Qudat Hamadhani

144

El Maestro de los Jinn

Oh ustedes,
Asamblea de Jinn
Y de hombres!
Si ha de ser,
Puede pasarse más allá
De las fronteras de los cielos
Y de la tierra. ...
¡Pásese!
Sin permiso,
No podrás pasar!!
--El Corán, LV:33

Desesperanzados y silenciosos, esperamos horas mientras cerraba el círculo. No podíamos dormir y ya yo no estaba tan seguro si un nuevo amanecer iba a aparecer. Las estrellas no se movían mientras estábamos sentados alrededor de la fogata envueltos en nuestras capas azules contra la constante, tormenta de nuestros destinos.

En verdad, siendo el tonto que soy, medio creía que el torbellino iba a llegar. Despacio en la distancia un sonido de lamento alcanzó nuestros oídos; al comienzo era como un silbido elevado que no paraba y luego gradualmente crecía con fuerza y volumen, como si estuviera centrifugando a todos los demás vientos con su velocidad.

Pensé entre mí con asombro y terror, "¡Este círculo tiene que ser más que enorme!" Todavía no había señales, sin embargo el gran viento venía rastrillando cada vez más cerca, ahora aullando como si el mismito aliento del cielo estaba descendiéndose sobre nosotros, la furia arrancaba de la tormenta y penetraba el mismo oído del corazón.

Ya no podía aguantarlo. Me caí de rodillas y alcé mi cara a las estrellas inmóviles y a gritos le pedí a Dios que nos libere. Una y otra vez pedía...hasta le pedí a Arturito que estaba arriba en lo más alto, ¡Que mi alma sea el rescate por ése llanto!

145

El Jinn

Rebecca se agachó a mi lado y me abrazaba, pero no dejé de chillar hasta que el fakir repentinamente apareció de entre la oscuridad.

"¡Pájaro de mala hora!" gritó él por encima del viento... "Tú cacareas antes del amanecer!... ¡Vengan ahora, tenemos que hacer como nos ordenaron...es hora de partir!"

Su voz me congeló la lengua, pero al escuchar las palabras, el Capitán Simach se levantó de un brinco... "¡Sí, sí!... ¡Ya es hora!" exigía, mientras de prisa encimaba las cosas sobre el camello. Su afán estallido prendió el movimiento en nosotros. Alí y Rami fueron de prisa para ayudarlo, mientras Rebecca y yo apagábamos la fogata. El Profesor trató de ayudar al joven Capitán balancear nuestras provisiones sobre la joroba.

"¿Qué te pasa?" le gritó el Profesor Freeman mientras trataba de mantener el compás de su amigo. El Capitán Simach agarró el camello y ya lo guiaba afuera del wadi.

El fakir se rió. Era un sonido agudo y ronco que provenía de lo más profundo de su garganta, no lo había escuchado anteriormente. "Oh ustedes que moran en la prisión de los cuatro elementos, los cinco sentidos y las seis direcciones...y nosotros guiados pasado el cuatro, cinco y seis... ¿No se dan cuenta? El espíritu del Rey frotó su alma...lo atrae como un imán y ustedes tienen que seguir su despertar".

Por un camino diferente salimos del wadi, siguiéndole al Capitán Simach a toda prisa, uno tras otro, en una cola, siendo guiados en la oscuridad solo por la luz de su linterna delante de nosotros. Tomé la posición trasera, mirando para atrás solamente una vez al Land Rover abandonado, nuestra carroza fiel. Despacio subimos por el declive del este del wadi, siguiendo los contornos naturales de sus formaciones... ahora contorsionándonos de costado--para atrás, después para adelante y nuevamente para arriba. Ni de día siquiera iba a poder encontrar éste camino, pero no le pregunté como lo conocía en la oscuridad.

146

El Maestro de los Jinn

Ahora estaba cerca de su polo...ése sentido inequívoco que lo jalaba y le seguimos lo mejor que pudimos y por nuestros apuros--muchas veces caíamos en el camino difícil. Solo el fakir caminó el camino estrecho con la misma facilidad, así como si lo conocía bien o si podía mirar en la oscuridad. Finalmente pasó al Capitán Simach con el camello y nos guiaba con una certeza.

Después de una hora, estábamos totalmente fuera de la wadi y parados sobre lo ancho del reg. Paramos sólo lo suficiente para tomar un trago de agua.

"¿Y la caravana?" preguntó Rebecca, mientras miraba hacia atrás, al camino... "¿Los van agarrar?"

"Ellos no corren ningún peligro" dijo el fakir... "La tormenta no es para ellos". ¡No para ellos!... Solo para nosotros!

Y por horas seguíamos en la oscuridad sin comida o descanso, animados por la necesidad de continuar y los relámpagos en el viento acercándose...hasta que sentí el llano de ripio convertirse en arena bajo mis pies.

Al fin llegamos al verdadero desierto del erg, y en la ribera de esa gran playa de arena nos paramos a resguardarnos bajo un árbol solitario de acacia que estaba tan fuera de lugar como nosotros y sus raíces estaban en lo último de la tierra rocosa que quedaba en el mundo.

Me caí exhausto debajo de sus ramas, queriéndome dormir hasta el último día de los tiempos, pero Alí y Rami me levantaron. El Capitán Simach y el fakir estaban parados juntos mirando quietos como piedras talladas hacia el este. Por un instante me atreví a esperanzar que estaban saludando al sol bendito que subía por las dunas... pero no era ningún amanecer lo que miré subiendo.

Rugía por encima de la orilla del mundo con una velocidad no imaginable; hasta por fin se hizo visible...una gran pared de viento giraba

El Jinn

de un lado del horizonte hasta el otro--era tan negra como la noche y al mover se subía, hasta que tapó la luna y obliteró las estrellas.

No pude ver sus límites. Por donde miraba, allí estaba. Estábamos rodeados y el ojo estaba achicándose dentro de su tapa girando y lo único que podíamos hacer era esperar que la tapa se cerrara.

El fakir ni pestañeó mientras la tormenta nos envolvía, ni nuestro valiente Capitán quien quedó parado a su lado. Ni siquiera el terrible gemir del camello los distrajeron de estar de guardia. La pobre bestia estaba rugiendo y gritando con su cara para abajo, enloquecida por la tormenta repentina que nos alcanzaba de todas direcciones. Finalmente Rami arrancó la capucha de su gandura y envolvió la cabeza y los ojos del animal, después le dió en la pierna izquierda delantera hasta que se hincó. Alí lo amarró al árbol y el Profesor Freeman, Rebecca y yo nos acurrucamos con ellos, temblando entre el gran cuerpo de la bestia y el árbol.

Nuestras almas invocaron a cien mil oraciones cuando la tormenta nos alcanzó con toda su furia. El Capitán Simach se cayó de rodillas paralizado, mientras la nube negra de viento giraba y rugía a cinco mil metros de altura alrededor de nuestras vidas frágiles...y el fakir todavía se mantenía firme como un árbol con raíces, alzando sus brazos hacía el viento como saludando y suplicando.

"¡Toca!" le gritaba a Alí mientras su voz de alguna manera resonaba por encima de la tormenta.

El viento atrapó la palabra y giraba a nuestros contornos y los ecos rebotaban de las paredes de las montañas a nuestros oídos. Con dedos temblorosos Alí puso el ney a sus labios. Sus primeras notas eran torpes y temerosas, pero la caña parecía calmarle el aliento y en ése momento el ney de Alí se convirtió en un instrumento que no era

148

El Maestro de los Jinn

visible. Su ney empezó a tejer su llanto melancólico entre la misma estructura de la tormenta; las notas subían con el viento, resonando cada vez más y más, haciendose más fuerte, hasta que su música llenaba todo el círculo a nuestros contornos con un aturdimiento más allá de añoranzas, como si el gran vórtice de la tormenta se hubiera convertido en el mismo ney y nosotros las notas que tocaba. De a poco nuestros cuerpos dejaron de temblar, y lentamente nuestros corazones se rindieron a su canto.

Y gloria a Dios lo más alto, porque el ojo no se cerró. La tormenta giraba por el árbol y nosotros y rayos grandes relampagueaban desde muy arriba...pero no se acercaban más; giraba como la Rueda Celestial al rededor del eje de nuestras oraciones. Obedeció el límite invisible de su propósito.

No tengo idea que era su propósito o por qué nos fue concedido este descanso de su terrible furor. Tormentas de arena en El Sahara son conocidas por cubrir miles de kilómetros, pero esto no fue de aquellas tormentas de las cuales el Capitán nos había advertido. Ningún ser mortal podría sobrevivir su furia. Las arenas soplando en aquellos poderosos ventarrones hubieran arrancado a latigazos la piel de nuestros huesos y moler nuestros huesos en polvo. Sin embargo ninguna hoja o ningún pelo fueron estorbados dentro de los limites de su orbita.

Rodeados por la oscuridad así como hez en una taza, lágrimas de admiración y salvación cayeron de nuestros ojos. Ensegados por sus lágrimas, Alí no pudo seguir tocando. La ney se cayó de sus manos y como un solo alma, nos postramos ante El Gran Libertador en agradecimiento por Su Misericordia. Lloramos sin sosiego y no nos atrevíamos a levantar nuestras cabezas hasta que ese mismo sueño inesperado que dominó a nuestro Capitán nos domine también y cerrar nuestros ojos a la noche.

150

El Maestro de los Jinn

Pregunté, "¿Dónde se encuentra
El alma racional?"
...Y él contestó,
"Se encuentra en el mundo impalpable"
--Nasir I Khosrow

No sé cuanto dormí o cuando se fue el sueño del viento, pero recuerdo el calor de las llamas de una fogata cerca de mi cara y de despertar con voces suaves murmurando cerca. Me esforzaba para escuchar el diálogo y sonreí para adentro cuando Rebecca pidió permiso para despertarme.

"No puedes despertar a un hombre fingiendo estar dormido" decía el Capitán Simach, mientras se paraba por encima de mí. Ya riendo, me senté.

"¿Qué pasó?" pregunté mientras observaba un vapor de polvito plateado que pintaba la iluminación del cielo de la noche. Las estrellas no se movieron. Todavía estaban abiertas Las Rejas del Cielo.

-- Te estábamos esperando, me dijo.

-- ¿Y por qué no me despertaron?

-- Porque no supimos que fue lo que te hizo dormir.

Afirmé con mi cabeza, recordando un leve sueño que me venció como un manto de refugio. Mi cuerpo se sentía reestablecido y mi conciencia alerta...pero no desperté de ningún sueño.

-- ¿Y la tormenta?

El Capitán Simach miró por encima de su hombro y se acomodó afuera de la línea de mi vista y dijo: "La tormenta ha revelado lo que estaba escondido".

Al levantarme entre el vapor, contemplé las ruinas de una gran ciudad medio enterrado por debajo de la arena; paredes cayéndose, arcos y columnas rotas extendiéndose hasta las dunas inmensas que ahora nos circundaban por todos nuestros alrededores y de mil metros de altura. Solo una estructura quedó intacta, y estaba tan cerca, que nuestro árbol pudo haber

151

El Jinn

pertenecido a su gran jardín...un extraño edificio circular con un cielo raso en forma de cúpula, como un templo antiguo o una tumba.

-- ¿Qué es este lugar?

El Profesor Freeman se encogió de hombros, pero pude apreciar el entusiasmo en su rostro... "No estoy del todo seguro, pero sugiere ser...si sólo puedo—"

"¡Todavía no!" ordenó Rebecca... "¡No, primero a comer!"

No hubo discusión...ni tampoco una cueva. El fakir estaba en lo cierto, fue otra intención la que nos guió a otro propósito.

"¿Dónde está nuestro guía?" pregunté.

"Se fue" contestó el Capitán Simach, pero no parecía estar sorprendido... "Pero primero demos las gracias, después a comer rápidamente y luego a explorar las ruinas. Sea lo que sea lo que está ahí, fue revelado para nuestros ojos".

Todos estábamos en acuerdo. Sacamos las provisiones del camello, le dimos agua y lo dejamos pastar. Tenía hambre y por lo visto, también se durmió. Después de la oración Rebecca extendió el sufreh y sirvió un desayuno frío de pan, queso y naranjas. Sobraban temas de que hablar, pero comimos en silencio mientras las miradas divagaban hacia las ruinas. Nuevamente le dí las gracias a La Gracia que nos trajo hasta aquí sanos y salvos para completar el círculo...si esto en realidad era la culminación.

El Capitán Simach no mostraba señas de desilusión al ver que la tormenta no desenterró ni la cueva o huesos, pero sí su alma en realidad intuía que fuimos guiados a descubrir algo hasta aquí, su lengua no hablaba de eso.

El fakir no había regresado y no podíamos esperar más. Rápidamente los platos y vasos fueron lavados y guardados. Atraídos como el hierro hacía el imán, fuimos con anticipación hacia el edificio redondo. Dicen que cada ruina tiene un tesoro y si estaba en nuestro destino de hallar el nuestro, el nuestro estaba allí listo para ser encontrado.

Las estrellas que no se movían, brillaban artificialmente

El Maestro de los Jinn

permitiendo al ojo entrenado del Profesor Freeman a explorar en la estructura mientras nos acercábamos. Apuntaba lo que quedaba de las columnas alrededor del pasillo que rodeaba el edificio y lo que quedaba de un portal colgando debajo del techo en forma de cúpula. Al comienzo caminó alrededor del edificio con cuidado, tomando atención a las medidas y buscando indicios de su época y uso. Como él nos había pedido, le seguimos en una fila, pisando donde él pisaba para así no estorbar accidentalmente algún artefacto en la oscuridad. Él se llenó de regocijo cuando encontró cuatro entradas altas dando a cada dirección de la brújula, la que daba al lado oeste, estaba en línea directa con el árbol. También entraba luz desde arriba; el techo pudo haber caído parcialmente o fue construido abiertamente para el sol y los elementos.

Pero estaba extrañado de la ausencia de marcaciones visibles de alguna clase en el exterior; ni en glifo, runa, o palabras en cualquier idioma.

"Eso es sumamente raro para un templo o una tumba con arquitectura tan avanzada" comentó él, mientras cruzaba el umbral de la entrada del este.

Su cara se hundió de la decepción cuando la linterna del Capitán Simach reveló solo una construcción redonda de bloques de piedras negras. Era de un metro de altura y quizás tres metros en diámetro, al comienzo pensó que quizás podía ser un altar. Estaba situado precisamente en el centro de la estructura, directamente debajo del círculo de la cúpula del techo abierto. Aparte de la arena esparcida por el piso de piedra pulida, no había nada más adentro.

No, había algo más; hasta con las luces brillantes de las estrellas fluyendo para adentro, el interior parecía ser más oscuro y más presagioso que cualquier tumba. Un miedo sin nombre me agarró el corazón y el aire se sentía grueso y pesado en mis pulmones; como si alguna terrible expectativa siniestra había lanzado su

El Jinn

sombra a través del milenio.

Siguiendo camino por delante, pero despacio y en silencio, empecé a repetir mí dhikr, con cada paso la aprehensión que sentía crecía...hasta que estábamos todos juntos donde estaban las piedras negras. Una cobertura redonda y gruesa de madera macizo estaba puesto encima, cortada exactamente a la misma medida de su boquete.

"Esto no es ningún altar" expresó el Profesor con la frente ceñida... "Quizás sea una noria".

"Entonces no tomaré de allí" comentó Rami.

El Profesor afirmó con su cabeza... "De todas maneras dudo que todavía tenga agua, pero parece que la madera es cedro, y aguantaría las adversidades de los tiempos sin pudrirse". Se puso de cuclillas y con una lupa pequeña empezó a examinar el trabajo hecho en piedra. Con la linterna repasó a cada piedra, empezando primero por las de arriba y poco a poco hasta llegar al anillo de las piedras de abajo.

Tardó varios momentos y en el silencio largo, Alí y Rami empezaron a inquietarse mientras observaban las sombras tupidas. Ellos también presintieron la profunda añoranza oscura en el aether que nos rodeaba. Se acercaron más al Capitán Simach, que estaba al lado de la extraña noria sacudiendo la arena que cubría la madera. Rebecca se dió cuenta de sus movimientos repentinos y se acercó a su padre mientras él seguía trabajando acuclillado. La leve fragancia de nuestro miedo intensificó cuando nos acercamos los unos a los otros dentro de ésa aura penetrante y expectativa. Entretenido con su propósito, el Profesor parecía estar ajeno a la presencia.

Después de examinar la última hilera, él añadió al levantarse, "Estas piedras no fueron cortadas de piedras negras, se hicieron negras por medio de fuego, bastante raro".

Rebecca preguntó si valía la pena explorar a las demás ruinas, pero el Capitán Simach no se apartaba de la noria y después

El Maestro de los Jinn

dijo: "Cueva o no cueva, es aquí donde nos han atraído. Puede ser que nunca hallen los huesos del Rey, pero anunció su mensaje... sea lo que sea lo que tenemos que descubrir, está aquí".

"¿Dónde es 'aquí?" contestó el Profesor... "No hay marcaciones de ninguna clase, ni siquiera algún fragmento de cerámica... ¿Qué raza pudo haber construido todo esto? La ubicación no entra en ninguna leyenda o mitología, pues daría lo mismo si estuviere en otro planeta". Dió un suspiro y cabeceó... "Si sólo estuviera aquí el Shaykh Haadi. Sus conocimientos de simbolismos religiosos arcano son mucho mayor a los míos".

"Pensé que habían símbolos" dijo Rebecca.

"No hay marcaciones, pero hasta la arquitectura de un edificio es simbólico de su propósito y la estructura que rodea la noria es con seguridad de significancia. Nunca he visto algo así, pero seguro fue diseñado para algún fin religioso. El círculo abierto en el techo parece ser de la misma circunferencia de la noria. Estoy pensando si..."

No terminó de decir lo que estaba diciendo, cuando empezó a caminar al rededor del perímetro de la estructura, mientras miraba arriba al techo arqueado. Sobándose el cabello, caminó dos veces por el interior del círculo. Entonces empezó a medir el diámetro del cuarto, contando desde lo que era aproximadamente el centro de la noria, noventa y nueve pasos del oeste al este, y nuevamente del norte al sur. Rebecca le seguía de cerca, mientras me retiré para la entrada del este para hacer mis apuntes con la pavorosa luz de las estrellas brillantes.

Después de unos momentos, el Capitán Simach le habló al Profesor. Ya había limpiado la arena de la tapa de madera y ahora enfocaba la luz de su linterna sobre un punto en el medio.

"¡Dios Mió!" suspiró el Profesor, hasta escuché el aire del suspiro... "¡Vengan a ver esto!"

Nuevamente empecé a repetir mi dhikr, por la curiosidad y

El Jinn

temor por lo que se acababa de descubrir. Finalmente, regañándome a mí mismo como el más pobre de la selección para presenciar y atestiguar, me acerqué a los demás y miré por encima del hombro del Profesor. El había sacado un paño pequeño de entre sus cosas y estaba echándole alguna sustancia de limpieza de una botella. Mientras el Capital Simach sostenía la linterna, él refregaba despacito la superficie de la madera que había resistido al interperie.

"¡Vean aquí!" exclamó mientras el líquido disolvía de a poco los granos de arena; de allí puso su lupa directamente encima de la pequeña hendidura que el Capitán había descubierto. Una estrella hexagrama de seis puntos se hizo visible y estaba encerrada entre dos círculos concéntricos.

¡El Sello de Salomón!

Escuché a Rebecca resollar y mi corazón palpitaba a mil pulsos por segundo.

El centro de la estrella estaba negro y no se podía leer, así como si el Nombre inexpresable no estaba intencionado para nuestros ojos.

"¡Es como si en la madera fuera grabada con fuego!" exclamó el Profesor y a la vez maldecía por debajo de su aliento... "No lo entiendo, pero sí es el sello... ¡Tiene que ser!, El Rey Salomón ha estado aquí" y miró al Capitán Simach... "¿Pero para qué, el sello del anillo para cubrir una noria?... ¿Qué significa?"

El Capitán no contestó. Entregándome la linterna, colocó a cada mano en lo grueso de la orilla de la madera y empezó a empujar. El Profesor y Rebecca inmediatamente empezaron a ayudar mientras arqueaban sus espaldas por los esfuerzos.

En horror les pregunté, "¿Qué están haciendo? Nuestro guía no ha vuelto, y ustedes no saben que..."

Pero ya era demasiado tarde. La rueda de madera estaba anclada por solo su propio peso. En solo un instante se desprendió y salió de la noria. Alí y Rami fueron rápidos para ayudar a levantarla y asentarla en el suelo de mármol.

Nos miramos el uno al otro y a la noria destapada. Yo no tenía

El Maestro de los Jinn

ningún deseo de mirar adentro de eso negro, pero no pude aguantar y miré. Mantuve la linterna por el borde y no había agua visible.

"Pero, la piedra también aparenta ser negra por dentro" dijo el Profesor mientras miraba al Capitán Simach. El Capitán afirmaba lo que decía con su cabeza. Solo había negrura hasta donde alcanzaba el alumbre de la linterna.

"La estructura está abierta hacia los cuatro puntos de la brújula y también una quinta dirección hacia el cielo" afirmaba el Profesor.... "y la noria es la sexta dirección hacia abajo. Pues, casi podría ser una representación tri-dimensional de un hexograma. Quiero saber si..."

Entonces el Profesor sacó la mochila de su hombro y buscó adentro hasta hallar un encendedor. Se quitó la gandura que tenía puesto, envolvió un retazo de cerámica, lo amarró en una bola apretada y lo empapó con lo que sobraba de la sustancia en la botella.

Nos miró a cada uno de nosotros, pero ninguno de nosotros y para arrepentirnos eternamente, hizo algo para detenerlo...prendió el encendedor y la gandura echa bola estalló en llamas...luego la tiró al centro de la noria.

Miramos del borde mientras el fuego se bajaba por la oscuridad, al fondo más allá de las profundidades que conoce el hombre, hasta allá se fue hasta que ya no quedó rastro de fuego a nuestras vistas.

Y seguíamos mirando hacia lo negro, anticipando, esperando, afectados al concebir su inexplicable escalofriante profundidad; no hay mano humana que pudo haberlo sondeado.

"¡Esto es imposible!" gritó el Profesor al fin. Resonaba el eco burlón de sus palabras en el pozo insondable, retumbando mientras bajaban en espiral hasta que también se perdieron.

Casi enseguida sus palabras fueron contestadas por un leve rizo de gemido. Bien al fondo se veía una chispa leve de la llama como si el manto quemando hubiera prendido el corriente ascendente donde la visión no alcanza ver...y estaba subiendo.

El Jinn

El interior de la noria estaba viva con fuego, rugiendo para arriba a una velocidad increíble.

"¡Aayii!" gritó Alí y en lo que palpita el corazón en un latido, fuímos expulsados para atrás al suelo mientras un geiser de fuego disparaba por la cámara volando el círculo de piedras que estaba arriba de nosotros.

Como pude, me fuí gateando al umbral del este, asfixiado por el polvo y el miedo, y todavía pude observar una columna de fuego disparándose cada vez más alto en el cielo. Por mis ojos, juro que las llamas alcanzaron a la mismita cúpula del cielo hasta que fueron rechazadas de dirección y aún así, extendió dos alas encendidas muy cerca a los horizontes hasta que se cayó una vez más como castigo de Sodomo sobre ésta ciudad olvidada y sin nombre.

Con un alarido que perfora, regresó para abajo por medio del círculo; una centella de furor en llamas que destrozó el techo y el círculo que nos rodeaba. Miré congelado con terror mientras el fuego sin humo ahora rugía por arriba de nuestras cabezas, chisporroteante horriblemente mientras se retorcía y transformaba en una forma repugnante.

El primero en pararse fue el Capitán Simach. Estaba totalmente cubierto con polvo blanco, incluyendo su cara. Lo miré levantar su cabeza para mirar la forma oscura y miró sin miedo a la terrible cara negra.

"¡Belzebú!"..dijo él calmadamente.

El demonio rugió al escuchar el nombre y las piedras temblaron hasta los cimientos. Mi corazón casi paró de palpitar mientras lanzaba miradas feroces a las formitas humanas debajo de él.

¡Belzebú!... íAllah, protégenos!... ¡Hemos llamado al Señor de los Jinn!...

Pero los ojos quemantes del demonio apenas se fijaron en nosotros...miraban solamente al Capitán Simach.

El Maestro de los Jinn

"¡Demasiado tarde Demasiado tarde!" rugía el Jinni, y mi corazón casi dejó de palpitar cuando extendió una garra encendida hacia el valiente Capitán.

Alí y Rami brincaron por delante y agarraron al Capitán Simach por los brazos, arrojándolo al suelo. Pensé que iban a servirle de escudo con sus cuerpos, pero empezaron a acercarse al demonio.

"¡Párense!" ...les grité en vano.

Hasta el mismo demonio parecía estar sorprendido cómo se acercaban. No lo podía creer y empezó a descenderse nuevamente a la noria.

Una vez que la forma en llamas se perdió de vista, ellos saltaron en la noria, tras él al descender el fuego. Jamás olvidaré la visión de la pesadilla; los dos primos se miraron, se agarraron las manos y después gritando Allahu akbar, saltaron a las llamas y desaparecieron.

Incrédulo, pude levantarme, pero mis piernas flaqueaban y me caí de rodillas. La nariz de Rebecca estaba sangrando y su mano estaba cubierta en sangre, aunque parece que ella no se dió cuenta de eso, ella estaba tratando de revivir a su padre. Sangre corría por un lado de su cara de una herida que sostuvo en la frente. El Capitán Simach también tardó en levantarse y agarraba la parte posterior de su cabeza como si la caída lo dejó aturdido.

Y todavía la noria seguía quemándose con un fuego de otro mundo, como si estuviera esperando que nosotros también entráramos. Yo me sentía tan débil y más incapaz como jamás en mi vida. Las lágrimas escurrían entre el polvo en mis mejillas mientras suplicaba a Dios que nos ayude. Yo estaba tan afectado que apenas me dí cuenta de una figura que pasó corriendo.

Por fin regresó el fakir.

"¡Idiotas!... ¿Qué han hecho?" nos gritó con sus ojos

El Jinn

quemando de rabia mientras miraba la estructura arruinada. Con una mirada fugaz absorbió la noria destapada, la tapa de madera en el suelo, y quiénes estaban y quiénes faltaban.

"¡Idiotas!... ¡Doce veces idiotas!"... repetía mientras se iba de prisa para la noria... "¡Pónganle el sello de nuevo!"

"¡Espera! Que son—" ...me atraganté.

"¡Silencio!" me ordenó, volteándose a mí. Su voz marchitó mi pregunta y sus ojos quemantes congelaron mi lengua. "¡Corran!... ¡Córranle al Maestro!... ¡Cuentan el cuento!... ¡Solo él los puede ayudar ahora!"

Entonces se dió la vuelta y saltó por las piedras negras hasta las llamas.

Instantáneamente el fuego rugía de nuevo, subiendo por el círculo roto hasta el cielo. Pero el fakir no se cayó adentro, se quedó flotando entre las llamas, suspendido y sin lastimarse; así como Abraham en el horno de Nimrod, y sus ojos firmes quemaban como carbones calientes. Ya empecé a tener pensamientos de si estábamos presenciando un milagro, pero al final su cabello y barba explotaron en llamas, y su piel seca y arrugada empezó a contorsionarse, partir y caer, liberado del hechizo que tejió su carne, por fin consumado por el espíritu oscuro sin humo de su origen.

Ahora sus ojos afligidos quemaban con una furia demoníaca mientras subía por arriba de nosotros y su cara se desfiguró en el amorfo y horrible semblante de su raza...un monstruoso abomaso lleno de colmillos grotescos vampirices.

"¡Ornias!" jadeé...y fue la última palabra que pude decir.

"¡El primero de mis nombres!" rugió el Jinni mientras las llamas lo absorbían... "¿Acaso no te dije que yo soy el ladrón?" luego desapareció con el fuego.

"¡Ornias!... Ornias!" Yo repetía su nombre una y otra vez en silencio. Su última orden cuando era todavía el fakir cerró mi

El Maestro de los Jinn

garganta y hechizó mi lengua. A pesar de que estaba afectado por la pena y el horror, ahora lo único en que podía pensar era en buscar al Maestro. Apenas tenía suficiente fuerza para estimular a los demás y solo por medio de gestos pude hacerles seña que me siguieran afuera de éste maldito lugar. El Capitán Simach estaba mirando adentro de lo negro de la noria con su linterna sin moverse y Rebecca no quería abandonar a su padre que estaba herido.

Entonces con el pesar de mi corazón me fuí corriendo por la noche, mi cuerpo y mi voluntad urgidos por las últimas palabras humanas de nuestro guía, ese adivinador de corazones quien fue el ladrón del cuento equivocado.

Salí corriendo de las ruinas de la ciudad y para arriba a la cara de una enorme duna, resbalando y cayéndome, finalmente rodando para abajo hasta el desierto...y seguía corriendo hasta que me dolieron los pulmones y ya no pude correr más, finalmente colapsándome, agodato en la arena y sólo debajo de las estrellas inmóviles.

El Jinn

¡Ah guía de mi corazón extraviado!
En el nombre de Dios,
Ayúdame.
Si el forastero está perdido,
Solo el guía puede guiarlo.
--Hafiz

Con el ardor tocando mis parpados, la luz del sol me despertó, asustando mis sentidos sobrecargados. Estaba temblando de frió y tuve que tomar un momento para comprender la verdad. Por fin salió el bendito sol. Levanté mi cabeza de entre la arena para saludarlo con mi alma en júbilo por la noche tan larga que ya pasó. Cuando desapareció el frió, me dí cuenta que huí sin ni comida o agua...mis piernas obligadas por una necesidad más fuerte que el sustento o líquido....casi me pongo a reír.

Sobreviví los vientos más poderosos y el más potente de los demonios y por la gracia de Alláh viviría para cumplir con la misión que quemaba en mi corazón. El sol me fijó la dirección y echando las penas a un lado, empecé a caminar hacia el oeste y norte por el erg.

Por tres días y tres noches caminé hasta que el recuerdo de mis hermanos los insectos me hicieron acuerdo de mis oraciones. Los Tuaregs me encontraron y me llevaron a Agadez. Entre delirios y la confianza depositada en un escritor, me atendieron bien...yo en silencio, pero con la urgencia de mi pluma, esperando la palabra del Maestro.

Una semana o dos han pasado, o quizás un mes, no tengo idea, las dos señoras que me atienden no me dicen y no ha venido nadie. Todavía secretean afuera de mi puerta, pero no presto atención. Sin descanso, mi pluma ha cambiado el papel blanco a negro. Está repleto de palabras, manchado de recuerdos y lágrimas. Ya dejé de llorar y la fuente de tinte está seco; el cuento está dicho y la confianza puesta en mí...cumplida.

Dormí varios días y noches más y mi frenesí gastado más allá de palabras. Siempre soñaba con el Maestro, hasta esa mañana

El Maestro de los Jinn

cuando lo encontré sentado a mi lado.

No del todo seguro si estaba soñando todavía, mis labios silenciosamente formaron su nombre y lloré mientras le besaba la mano. Me saludó con palabras bondadosas que no requerían de respuestas mientras agarraba mi mano derecha en sus dos manos. La presencia del Maestro restauró mi espíritu y al tocarme, mi corazón ya no pesaba, como si estuviera absorbiendo aquellos días y noches por medio de mi piel. Yo estaba seguro que de alguna manera Él sabía de todo lo ocurrido y nuevamente traté de articular palabras, pero meneaba su cabeza diciéndome, "No trates de hablar".

Su voz me apaciguaba y me tranquilizaba mientras colocaba una mano en mi frente y tomó mi muñeca con la otra. Traté de sentarme, pero nuevamente meneó su cabeza y me caí para atrás entre las almohadas.

El cerró sus ojos y los míos también se cerraron, la leve presión de su mano sobre mi frente jalaba el velo de mi memoria. El viaje vino rápido a mi conciencia como corriente violenta y yo temblaba de los recuerdos enterrados de miedos, dudas, asombros, desesperaciones y esperanzas que hicieron un lavaje de mí persona. Como el Gran Doctor que trae las dos cosas; el dolor y la cura, Él rompió el hechizo sobre mi corazón.

"¡Ahora puedes hablar!" dijo Él suavemente.

"Maestro" clamaba en voz baja y ronca... "los músculos de mi garganta duelen".

Me dió un trago de agua y me senté. Hablando en voz baja y ronco, le conté de la tormenta, de la ciudad perdida y del demonio de la noria. Él afirmaba con su cabeza de lo que estaba en la mesita, las hojas de mi manuscrito... "Leí lo que escribiste".

"Maestro...el fakir, Jasus... el tenía otros nombres, pero se quemaron en el fuego. Él...el es Ornias, el Jinni del cuento. Yo no..."

"No estaba escondido de mí" interpuso el Maestro suavemente... "Un guía digno quién te guió bien, como apuntó usted".

El Jinn

"¡Pero un Jinni!... ¡Como el demonio Belzebú!"

"Parecidos y a la vez no. Tú no conoces su cuento largo o la verdad de sus tantos nombres. Belzebú desde lejos lo presentía y mantuvo su distancia...hasta cuando se extendió para el alma del Rey de Aarón. Si ustedes hubieran esperado a su guía para quitar el sello, hasta el Señor de los Jinn hubiera sido impotente ante él y le hubiera llevado las buenas nuevas, porque él también era un mensajero".

¿Un mensajero?... ¿Buenas nuevas? Pero yo sabía lo suficiente para no hacer preguntas y no sabía que más decir. Que nuestro Maestro siempre conocía la identidad verdadera de nuestro guía me asombró tanto que me quedé sin palabras.

El Maestro sonreía a mis contemplaciones. "Aprendiste de lo tanto que no sabes joven erudito. Por lo menos el viaje cumplió con eso".

En cualquier otro momento este pequeño reconocimiento hubiera llenado mi corazón con alegría, pero aparte del peso de preguntas no contestadas mezcladas con pesar y desolación, ahora casi no podía sentir.

"Maestro, que pena lo de Alí y Rami. Ellos..."

"No fracasaron en su guardia, bloquearon al pórtico con sus cuerpos humanos, para que no salgan más Jinn. Y por eso, ellos ahora están presos y tenemos que ir a rescatarlos. Venga, estas lo suficiente reestablecido. El trabajo de escribano todavía no ha terminado".

¿Alí y Rami en cautiverio?... ¿Vivos? Mi pulso empezó a disparar. ¿Pero en el reino de los Jinn?... ¡Qué Dios les tenga misericordia!

Yo no dudaba que Él sabía. Dicen que el Qutb es el polo de los dos mundos; de los hombres y los Jinn, a pesar que siempre pensé que los Jinn no eran más que una metáfora. En realidad la confianza del escribano estaba lejos de estar terminada y mi corazón se regocijó al saber que ellos todavía estaban vivos...mientras mi corazón se avergonzaba de haber

El Maestro de los Jinn

abandonado al Profesor, mi hermana y hermanos derviches.

Pregunté por ellos, pero el Maestro meneaba la cabeza.

"Las noches largas de ellos no han terminado todavía. Solo tú recibiste el viaje a salvo al nuevo amanecer. Pero no te preocupes, ya pronto verás a tus compañeros".

¿Un viaje a salvo?... "¿Maestro, y Ornias acaso no pudo evitar que abriéramos la noria?... El puede predecir el futuro".

"Cuando las Rejas del Cielo están abiertas, no existe ni pasado o futuro, joven erudito".

¡Claro! "Entonces que de—"

"¡Basta! Las palabras no van a satisfacer las inquisiciones de su corazón. Mañana el desierto revelará la verdad del cuento".

¡El desierto de nuevo! Suspiré, pero en realidad la perspectiva me hacía sentir algo de miedo. El Maestro, el sin igual de los guías estaba aquí e inesperadas esperanzas me revivieron con nuevas energías. Cualquier duda que tuve, quedó partida como la caña de la pluma del escribano; con la punta cortada, por más que el Sendero de Amor corta la cabeza del razonamiento...y tal pluma; cortada de los campos de caña del corazón...dice Taslim: "Con gusto acepto".

Me vestí de prisa y empecé a seguirlo. No existen palabras para expresar lo contento que me sentía de seguirle, su despertar de nuevo. Lo seguí a los jardines interiores de la casa del Amenukal donde el viejito estaba tomando té con su hijo, Arfarnou. Cuando entramos, se levantaron.

"Bienvenidos, bienvenidos dos veces" repetía el Amenukal risueño... "Me dá mucho gusto ver que te recuperaste".

Les hice la venia a él y a su hijo, agradeciéndoles lo mejor que pude por ayudarme, mientras quitaba una lágrima que se me escapó por los compañeros que dejé atrás. Decimos, "Por el amor y la pena, la elocuencia queda atónito".

El Jinn

El Amenukal no dijo nada, pero Afarnou me miraba con disgusto, así como una carga no deseada de la cuál se vió obligado a cargar. Su padre le pidió que traiga té y refresco para los invitados y él simplemente nos miró con intensidad antes de moverse a hacerle caso a su padre.

"Perdonen a mi hijo" pedía el viejito... "Él no tiene conocimiento de su jornada, y no entiende la razón de tus lágrimas".

El Maestro afirmaba con su cabeza... "Originalmente las lágrimas eran la sangre del corazón y la pena las convirtió en agua".

"¡Al fin, así es!" dijo el Amenukal... "Temo que pronto aprenderá".

No entendiendo la honda de la plática, primero le miré al uno y después al otro, y el Amenukal parecía saber algo en cuánto a nuestro propósito. Él era mayor que mi Maestro, un hombre de influencia y dignidad y su humildad y nobleza era más evidente y hasta él le decía "Maestro" al Maestro, a quién todas dichas cualidades bajan sus cabezas en vergüenza. Yo tenía el presentimiento que el Amenukal de alguna forma también era un hilo tejido en este tapiz circular.

Después de la cena nos sentamos una vez más en el patio de la casa mientras el Amenukal prendía el fuego en la chimenea de piedra. Nuevamente Afarnou nos trajo el té y pude captar a las mujeres hablando en la cocina. Durante las semanas de mi recuperación, me acostumbré y me encariñé de ellas y parecían estar deleitadas de tener al Maestro entre ellas. Pero las maneras de Afarnou estaban pesadas de resentimiento.

¿Realmente crees que los busca huesos están vivos todavía? Preguntó él mientras meneaba su cabeza.

La pregunta era para su padre, pero el Maestro lo contestó, "Si es la voluntad de Dios, al amanecer, Ishaq y yo partiremos a descubrir la verdad".

-- Hace muchísimo que ya no deben tener ni comida o agua.

El Maestro de los Jinn

-- Les advertí a los tontos que habían mejores lugares para buscar.

-- No hay duda que les dijistes y por eso que Dios baje lo que ha acumulado en tu cuenta, pero la avaricia es un dragón que no se puede esconder; uno cree que es chico y a salvo en su corazón, pero su cabeza y extremidades se revientan por salir.

Afarnou se puso incomodo con la respuesta, "¡Sólo un tonto se arriesgaría ir al desierto por apenas unos huesos viejos...tantas tonterías inútiles!"

"Mi hijo, hasta el oro no tiene valor para los huesos" explicaba el Amenukal... "y al final todos seremos huesos".

"Así es" afirmó el Maestro... "Mejor es buscar al Buen Orfebre, cuyo trabajo es forjado en metal legítimo y eterno".

Afarnou no tenía apetito por tales palabras y a punto de perder la calma, se levantó y pidió permiso para irse, luego dió la vuelta y rápidamente se fue caminando hasta entrar a la casa.

Su reacción me dió tristeza. Ni su sabio padre o la atención del Maestro pudieron penetrarle el corazón.

"Su próximo viaje será su último" aseveró el Maestro.

El Amenukal suspiró... "Y también el mío" dijo él, mientras se levantaba para seguirle a su hijo a la casa.

Sus palabras me hicieron sentir temor por Afarnou, aunque no sabía por qué. El Maestro puso su mano sobre mi hombro.

"No te sientes mal por él" me dijo... "Dios no ignora ninguna acción. Es solo Su paciencia y misericordia que evitan las acciones siniestras salir a la luz. Al final, los días de cada cual están contados y las imprudencias de Afarnou fueron escritas el mismo momento de sus acciones en este mundo. Al final, sus camellos están sobrecargados.

Después de un momento, Él también entro a la casa, dejándome apagando el fuego. No hacía falta que le pregunte qué quiso

El Jinn

decir con, "¡Sus camellos están sobrecargados!"... Era un dicho común para designar a un contrabandista. Trataron de advertirle que su vida corría peligro, pero se revirtió a las antiguas maneras de los Tuareg...el orgullo y la avaricia endurecieron su corazón. Tiré tierra sobre el fuego mientras miraba la última ascua chispear y después apagarse, sabía que nunca más iba volver a ver a Afarnou.

En la mañana ya no se encontraba. Sin palabra alguna se fue, incitado por el dragón que lo llevó a su última caravana. Ni el Maestro o el Amenukal hablaron de eso; ellos miraron a su destino endurecer a su alrededor y no se podía hacer nada para alterarlo...ni siquiera por un pelo.

Sin embargo un nuevo amanecer apareció y al juntarnos para la comida de la mañana, mis pensamientos cambiaron de enfoque de lo que ya no se podía deshacer a lo que sí se debe hacer. Mis hermanos y hermana tenían que estar ya desesperados y temía por lo que podrían atrever hacer por hambre o sed.

Pero no mencioné nada de eso. Comimos en silencio...mas bién dicho, lo que hablaron no alcanzó a mis oídos. El Maestro y el Amenukal se sentaron el uno en frente del otro ante el sufreh, y se miraban frecuentemente a suplicar o a agacharse las cabezas, así como si estuvieran dialogando por medio de sus pensamientos y sin tener que intercambiar palabras.

Después de la comida, cuando el Amenukal llevó los platos y el sufreh adentro de la casa, el Maestro me miró y dijo: "Lo que has aprendido, manténgalo callado y perdone nuestras faltas de modales. Había mucho para tomar en cuenta y poco tiempo para hacerlo. Tenemos que movernos rápidamente si vamos a entrar al círculo antes de que se apague el fuego del todo".

¡Se muere el fuego!... Esas son las palabras que el Rey Salomón habló por medio del Capitán Simach... ¿Pero qué fuego estaba apagándose?

Él se paró y lo seguí por la reja del patio hasta la calle, ¡Apenas

El Maestro de los Jinn

lo podía creer!, Allí nos esperaba el Amenukal, parado al lado del mismo Land Rover que me llevó a mí y mis compañeros al desierto. Estaba lavado y lleno de provisiones, pero era el mismo vehículo.

"Nuestro anfitrión lo hizo traer del wadi" comentó el Maestro... "Una buena carroza como cualquiera que haya llevado a un rey".

Sentí placer mirar al Maestro acomodarse en el asiento del chofer y el Amenukal entró a su lado. Cuando cerré la puerta de atrás, el motor rugía con potencia y nos fuímos por las calles angostas a velocidades rompe cuellos...no frenó hasta llegar al desierto. El toque del Maestro guiando el vehículo era como si le transmitía su voluntad. Fuimos por los piedrones y giramos bruscamente tantas veces para evitar peligros que yo jamás observé.

Viajamos todo el día, comiendo poco mientras viajábamos y parando solo para rezar o comprar combustible. Pasamos rápido por el desierto del reg al erg hasta el mediodía, desde las dunas bajas y cambiantes hasta unos cientos de metros en altura. Y así continuó manejando el Maestro sin descanso hacia adelante, encontrando valles entre los cerros de arena llevándonos cada vez más cerca a nuestros compañeros perdidos, esperando en aquella noche incesante.

Finalmente ya anocheciendo llegamos a una barrera que no pudimos cruzar. Dunas circundantes de mil metros de altura que extendían por kilómetros nos bloqueaban el camino. El Maestro ni una sola vez tuvo que parar para pedir indicaciones y me maravillaba que sin ni una dirección mía, Él manejó sin errores directamente a la circunferencia del círculo hasta esas inmensas montañas formadas por esa tormenta poderosa. Al otro lado quedaba esa ciudad sin nombre que alguna vez quedó enterrada debajo de esas arenas.

La luz se estaba apagando y nos quedaba poco tiempo para llegar a la cumbre. Dejamos el Land Rover atrás mientras el Maestro nos guiaba por el camino con el Amenukal detrás de Él, ni sus edades

El Jinn

o el cansancio eran obstáculos para ellos mientras subíamos las dunas. Debajo de nosotros la arena estaba sorprendentemente sólida, amasado duro, sin embargo suficientemente flexible como para ceder, casi como si estuviera formando escalones debajo de las pisadas del Maestro.

Las estrellas ya estaban visibles cuando escalamos las dunas y llegamos al valle de la ciudad perdida. En algún momento teníamos que haber pasado nuevamente por las Rejas del Cielo, pero no puedo decir ni cuando o donde, porque no se movieron de estar sobre las ruinas. Ya podía mirar la brillantez espectral de la estructura de la cúpula fantasmal de piedras blancas parada, deshecha y aguardando por encima de las demás.

Entramos por la dirección contraria de donde cobardemente me salí y estábamos acercándonos por lado oeste donde ese árbol nos resguardó durante la tormenta.

Había una fogata, pero me cubrí la boca con la mano cuando miré a tres figuras echadas debajo del árbol.

"Maestro" le dije... "¡Llegamos muy tarde!"

"Los fuegos no se hacen solos" me contestó el Maestro en voz baja... "y no les sirve de nada a los muertos. Vaya corriendo y despiértenlos".

Me fuí corriendo por encima de las piedras gritando mientras me acercaba a ellos: "¡Despiértense, despiértense!"

Mis tres compañeros se levantaron de pie mientras corría a abrazarlos...y que alivio cuando me vieron!

"¿Qué te pasó?" preguntó Rebecca... "¿Dónde te fuiste?"

"¡No pude evitarlo!" y me salió un sin fin de palabras de toda mi vergonzosa verdad mientras mi cara ardía de la pena y del último mandato del fakir y como me perdí en el desierto y como fuí rescatado.

Ellos se miraron entre ellos como si me hubiera vuelto loco. "Pero si solo hace unas horas que estás desaparecido" rezongó el Profesor... "¿No nos escuchaste? Estábamos buscándote, llamándote por tu nombre".

El Maestro de los Jinn

Asombrado meneaba mi cabeza al mirar el vendaje en la frente del Profesor y que el brazo izquierdo del Capitán Simach estaba en un cabestrillo casero.

"Pero si hace casi un mes que me fuí" les dije... "Y el Maestro ha regresado conmigo".

En ese momento el Maestro y el Amenukal aparecieron ante la luz del fuego, asustándolos.

"¡Dios mió!" gritó el Profesor... "¡Dios mió!"

"¡En verdad!" dijo el Maestro risueño... "Solo por la voluntad de Él, han llegado hasta aquí, hasta el limite más distante del mundo".

Rebecca y el Capitán Simach lo miraban maravillados, moviendo sus cabezas como si hubieran despertado de un sueño.

"Maestro" murmuraron los dos a la vez mientras extendían sus manos para besarle las manos, pero Él los abrazó a los dos.

"Vengan" les dijo..."he traído a un viejo amigo que sabe de curaciones. Descansémos cerca a la fogata y él atenderá sus heridas".

El Maestro entonces les presentó al Amenukal, quien sonrió y los saludó con palabras corteses, pero breves. Los Tuareg son conocidos por su naturaleza de ser callados. Nos sentamos cerca de la fogata y el Profesor pesadamente a mi lado sin quitarse la mirada del Maestro. Sus hombros se hundían, pero era más que solo cansancio lo que le aflijía. Entendí el peso de su incredulidad.

Despacito el Amenukal le quitó el vendaje del Profesor hasta que pudo examinarle la herida.

"No es una cortadura grave" le aseguró al limpiarlo... "sanará pronto".

Rebecca le agradeció al anciano cuando su padre no dijo nada. La herida del Capitán Simach tampoco no fue gran cosa.

El Jinn

Lo quitó y movía las muñecas para probar su flexibilidad. Le contó que su brazo estaba simplemente dislocado y solo porque Rebecca insistía, se puso el cabestrillo.

"¡Bueno, basta!" exigía el Maestro... "queda poco tiempo para descansar si vamos a entregar a Alí y Rami sanos y salvos".

Ésta declaración los agarró más de sorpresa que su presencia inesperada. El Capitán y Rebecca se aliviaron al saber que sus compañeros seguían con vida, no dudaban de la palabra del Maestro. Pero el Profesor Freeman todavía parecía estar en un leve estado de conmoción. El apenas podía aceptar que yo estaba ausente de allí un mes.

"Pero los miré saltar en el fuego con mis propios ojos después que...ese demonio" protestó el... "¿como sobrevivirán a eso?"

El Maestro se encogió de hombros... "Fueron fieles en su amor y sus obligaciones, donde el fuego no los consumió. Y el Señor de los Jinn no les hará daño. No son lo que él esperaba. Mis pensamientos están con Ornias ahorita y él está con ellos".

El Profesor Freeman miraba al Maestro un buen rato y lo que él miraba, ya no lo podía negar...tenía lágrimas en sus ojos.

"¡He sido un tonto!" sollozaba él... "La visión que tuvo mi madre me advertía que busque refugio y no entendía. Maestro, Usted es mi refugio! Ya no tengo dudas. ¿Puede usted aceptar al más terco y tonto de tus estudiantes como derviche?"

"Mi amigo, solo Dios es el único refugio" contestó el Maestro... "Su viento fue como el diluvio y Su misericordia el arca que te ha traído a la salvación. Por Su gracia, le doy la bienvenida".

Rebecca estalló en llanto y abrazó a su padre. En sus ojos ví el verdadero amor que sentía por él, que al final aceptó ella.

El Maestro de los Jinn

"Pero por ahora, tu iniciación tiene que esperar" le dijo el Maestro... "El infinito del universo será finito, pero la ciencia del corazón no es. Las leyes inmutables de la física apenas afectan los planos infinitos de la existencia y la vida que abunda allá. Cada instante que el Amado cambia de forma; y solo Su amor y misericordia une los planetas con sus cielos, para que se detengan inmóviles o girar en los cielos como están haciendo ahora".

Tuvimos que tomar un momento para comprender las palabras del Maestro y en ése mismo instante miramos el cielo. Era cierto. Las estrellas estaban modificadas: Sirius y Capela ya habían bajado y Antares y Vega estaban más elevadas en el cielo. Con la llegada del Maestro alguna barrera desconocida fue traspasada. Las estrellas que estaban inmóviles en sus estaciones ya estaban obedeciendo una vez más sus orbitas. Las Rejas del Cielo estaban cerrando.

"Sí," añadió el Maestro... "se acerca el amanecer, viene súbitamente por los confines del mundo".

"En verdad" suspiró el Amenukal... "el guía de mi gente ya ha bajado".

Apuntando al cielo, preguntó el Profesor: "¿Quiere usted decir la estrella Hugo en la constelación de Ofiucos? Lo conozco, tus caravanas lo usan como guía".

"A esa la llamamos Hajuj" contestó el anciano mientras contemplaba el fuego...me dió la impresión que no estaba hablando solo de la estrella, los demás no sabían de Afarnou.

El Maestro aseveró: "Las estrellas ya no tienen que preocuparnos. A pesar que ustedes atestiguaron a Belzebú al descubierto, no lo conocen. El corazón del Jinn es fuego y el fuego es su sangre; sin humo eterno...y no ama al hombre".

El Jinn

"Es así" dijo el Amenukal... "La raza de los Jinn es más antigua que las estrellas y su poder innato en sus comienzos era poderoso. Por lo que pueda ingeniar un mortal, es imposible lastimarlos".

"Sin embargo Ornías decidió ponerse el manto de carne humana" alegó el Capitán Simach.

"¿Sí, por qué?" preguntó el Profesor.

"Cuando lo veas de nuevo, tu mismo puedes preguntarle" contestó el Maestro.

De solo pensar, los ojos del Profesor se abrieron bien grandes, pero como siempre, mis preocupaciones eran solo para mí bienestar.

"¿Entonces de tocarlo al fakir, nos hubiéramos consumado?" le pregunté...recordando como se cuidaba de no acercarnos.

El Maestro movía la cabeza, "El sentido de 'tocar' es insólito para los Jinn, al menos que comuniques con ellos en otros niveles. El regalo de su humanidad lo puso dentro de los límites humanos, pero su naturaleza innata no cambió. Hasta entre su propia raza, estaba en una estación alta, de lo contrario no hubiera sido otorgado el regalo. Pero eso es otro cuento".

"¿Y se puede fiar en él?" preguntó el Profesor.

-- "Yo confío en él"

Ya no quedó más que decir, el Profesor aceptó con su cabeza.

"Pero al cruzar la frontera de ellos, ya son ustedes los que tienen que mantener su distancia" advirtió el Maestro. ..."En sus propias tierras sus poderes pueden destruirlos, si esas fueran sus intenciones. Sobre todo, tengan cuidado con Belzebú".

¡En serio, tengan cuidado! Me acuerdo muy bien de mi propia niñez y las advertencias de mi madre acerca del terrible Rey de los Jinn que castigaba a los niños traviesos. Hice una mueca y él Maestro se rió.

El Maestro de los Jinn

"Joven Ishaq, tú por lo menos no tienes nada de que temer" el Maestro se rió... "Ningún demonio puede aguantar lo que habla un erudito". Si eso era un chiste, me reí con los demás de su chiste, con el Maestro uno nunca está seguro.

"Ahora, todos ustedes, sean de corazones valientes" decía Él... "Les aseguro que Dios no ha creado ni en la tierra o en los cielos a nada más oculto que el espíritu del hombre".

Sus palabras que carecían de incertidumbre nos llenaron y no dudé que Él era por medio de la voluntad de Dios, el Qutb de todo vivo bajo el cielo, de los hombres y los Jinn. La primera luz del día que estaba apareciendo por las dunas que nos rodeaban me llamó la atención...apenas hace una hora miré el sol del mundo bajar, sin embargo un nuevo amanecer ya estaba sobre nosotros.

"Ahora rápido" dijo el Maestro... "hace tres mil años que la luz no ha tocado ésta tierra y no quedará mucho tiempo". Sin decir una palabra más, se levantó y empezó a caminar en dirección a la estructura donde se encontraba la noria. Le seguimos rápidamente por las ruinas.

En el poco tiempo que tardamos en llegar a la noria, el sol ya estaba en el punto de la media mañana...como si estuviera de prisa para llegar a su meridiano y alejarse de ésta longitud oscura. Pero el Maestro no parecía estar preocupado, sus pasos eran rápidos y tan seguros como la llegada de un nuevo amanecer. Él entró por el gran arco del este y sin mirar a la estructura que le rodeaba, fue directamente a la noria tapada con la madera.

"Tenga cuidado" le advertía al Profesor Freeman... "es una noria profunda, como un pórtico a Janannam y en un instante puede llenarse de fuego".

"Verdad, un pórtico" recalcaba el Maestro... "¡Mi antiguo alumno, recuerdas bien tus lecciones! Pero eso es sólo una forma de la palabra" y se paró encima de la tapa de madera de la noria

El Jinn

en contemplación silenciosa.

Nadie se animó hablar. Jahannam es la palabra musulmana por el infierno y sea que sea la forma que tomaba, y yo no podía imaginar nada peor. En su silencio, el Maestro tenía que haber visto algo más, porque con los primeros dos dedos de su mano derecha tocó sus labios suavemente y después los puso en medio del sello quemado.

La reverencia del gesto me sorprendió y lo que es más, de alguna manera el aire que nos rodeaba se alteró. El presentimiento de vigilancia espectral en seguida fue mayor y a la vez menos amenazante, como si cada movimiento e intención que teníamos eran percibidas y si así fuera, el Maestro no titubeó.

"Quite la tapa" ordenó Él y enseguida los cuatro de nosotros lo destapamos y lo asentamos cuidadosamente en el suelo.

El Amenukal fue el primero para mirar en la noria y lágrimas formaron en sus ojos. El profundo vacío negro ahora estaba lleno de un agua perfectamente clara y tan quieta como un espejo relumbrante en la luz refractada. Extendí mi mano por la superficie transluciente y no lo podía creer...así cuando uno se pierde en el desierto y se extiende para alcanzar un espejismo.

Cuando mi mano empezó a moverse, el Maestro me dijo, "No toques el agua".

"¿Qué agua es ésta?" preguntó el Profesor... "¿De dónde proviene?"

"Todos los torrentes terminan en el mar" aludió el Maestro... "dónde toda la munificencia fluye, así como todos los regalos son también un reflejo de Su munificencia en éste mundo. Si hubieran esperado que el fakir quitara la cobertura sellada, estas aguas te hubieran recibido en ese entonces...el fuego de Balzebul se hubiera aquietado y Ornías no iba a tener la necesidad de quemar su forma humana. ¡Mirád! Aquí está fijada una frontera que los Jinn no se atreverían de pasar; la confluencia de Pishon, Gihon, Prath y Hiddekel

El Maestro de los Jinn

"Los cuatro ríos del Paraíso" exclamó el Profesor Freeman asombrado.

El Maestro no contestó. Pasó su mano por encima del reflejo perfecto y en voz baja murmuró una invocación que no alcancé escuchar y en ése instante mientras mirábamos el agua, el espejo se transformó en una ventana a lo que quedaba más allá:

Oscuridad inaguantable llenó el círculo de nuestra visión y la circunferencia del pórtico aullaba con un viento helado de más allá del vacío, zumbaba un viento más poderoso que la tormenta que nos rodeó en el desierto y su vida parecía alimentarse por la desesperación y un ritmo punsante de la pre-eternidad.

¡Allah, protégenos! Esto no era una simple visión pero el escalofriante e inevitable reflejo de un momento decretado hace mucho tiempo, porque ante nuestros ojos aparecieron hasta donde alcanza la vista unas cordilleras de enormes pináculos negros más altos que la luna. Los podía ver claramente en el agua inmóvil, subiendo terriblemente, pasando las esferas de la esperanza y la luz, quemando desde los inicios de los tiempos con las interminables llamas de la desesperación.

¡Las Montañas de la oscuridad!

Cerré mis ojos para no mirar la visión. Creo que me hubiera desmayado si no fuera por el Maestro que agarró mi brazo. Al abrir mis ojos de nuevo, ya no estaba la visión. Los demás también voltearon para no mirar a tal infierno, pero sus ojos todavía mostraban el horror de lo que fueron testigos.

¡No puedo hacer esto! Pensé, mientras mi corazón palpitaba descontroladamente. Solo la mano firme del Maestro sobre mi brazo me sostuvo para no caerme al suelo. Después apareció la luz que acaba con toda la oscuridad...y espantó la sombra de mi corazón. El sol bendito había subido directamente y una columna de luz dorada filtraba de su cenit por medio del círculo roto del cielo arriba de nosotros, como buscando su propia fuente entre las aguas puras. El agua absorbía la luz mientras

El Jinn

bailaba y brillaba en la superficie como el espejo pulido del corazón.

Pero ahora el nivel empezó a bajar, como si la luz lo estuviera bebiendo; o quizás éstas, las más puras de las aguas ausente de todo que no sea Amor, no se mermaban y estaban retrocediendo.

¡Ahora! gritó el Maestro al Capitán Simach y se subieron a la orilla de la noria. Instantáneamente el Capitán entendió su intención y ayudó al Amenukal subirse a la orilla. Rebecca inmediatamente se subió con ellos, jalando a su padre con ella.

Yo me quedé mirándolos, dividido entre la visión de la desesperación negra y el reflejo puro de Amor, la cuál recordaba mi alma...hasta que el Maestro me agarró por la nuca y me levantó a su lado tan fácilmente como si fuera una criatura. El Maestro agarró mi mano y la del Amenukal. Espontáneamente extendí la otra mano para la de Rebecca, ella me agarró la mano y tomó la de su padre y él apretó la del Capitán Simach. Cuando el Amenukal agarró la mano extendida del Capitán, el círculo estaba completo.

¡Allahu Akbar! pronunció el Maestro... "Sin Dios, el agua de la vida es fuego"... Y dió un paso para adelante... hacía el abismo.

Y para abajo se fue cayendo...y nosotros con Él, bañándonos en la luz del sol y el círculo no se deshacía. Las piedras negreadas de la noria parecían derretirse lejos de nosotros mientras viajábamos por el pozo donde expandía la luz en las aguas que retrocedían. Cuando miré para abajo, me dí cuenta que estábamos cayéndonos libremente en el espacio, agarrados como partículas de tierra en la luz, y mi corazón quedó atragantado en mi garganta. El Maestro se reía mientras nuestros mantos al soplar nos envolvían y fuimos cayendo cada vez más y más y cada vez más cerca de aquel agua que ya brillaba tan ancho como el mundo por debajo de nosotros; como seis gotas perdidas en este mar de ilusiones volviendo al fin al verdadero Océano. Y eso es todo.

El Maestro de los Jinn

El agua de éste océano es el fuego;
Las olas vienen
Para que uno piense
Que eran montañas de oscuridad.
--El Diwan de Hakim Sana'i

Según dicen que misterios pueden revelarse al espíritu cuando el cuerpo duerme y que en sueños el alma recuerda lo que siempre a sabido.

Al final no recuerdo nada de cuando el Maestro con tal sutileza al poner su mano en mi frente, me llamó, reconocimiento flotando a conciencia de algún polo lejano y una luz más brillante que Betelgueze. Por un momento pensé que estaba de nuevo en la khaniqah y me dormido, pero no era ningún hogar terrestre donde despertamos.

Estábamos en una estructura bóveda enorme al lado de un pozo ancho quemando en fuego derritiendose. El calor infernal era inaguantable y la luz roja era tormentosa para la vista. El Maestro me ayudó a levantarme y a través del círculo abierto arriba de nosotros miré el cielo de la noche totalmente negro y sin estrellas como un gran vacío.

"¿Maestro, dónde estamos?" pregunté mientras temblaba. Mi voz resonaba sin parar en eco en la cámara cavernosa.

"Donde Dios nos ha guiado" contestó Él suavemente mientras me guiaba hacia el gran arco de entrada.

Con cada paso que me alejaba de las llamas, mi energía aumentaba y la fortaleza latente en Él fluía y traspasaba por mi mano hasta el hombro, fortaleciendo mi voluntad con valor. Me asombré de ver mi ropa seca, estaba seguro que habíamos atravesado por agua. ¿Será que el calor la secó tan rápido? No podía recordar.

El Jinn

Al mirar para atrás al pozo quemandose, pensé en sus últimas palabras antes de saltar a la noria y resonaban en mi corazón:

"¡Sin Dios, el agua de la vida es fuego!"

La idea me hizo estremecer y sentí el apretón del brazo por el Maestro más fuerte. Pensando que será de nosotros, repetía el dhikr en silencio. Sabía que no íbamos a regresar por donde vinimos. Saltamos de la luz a la oscuridad y solo por la gracia de Dios el Maestro iba ser el que nos guíe de regreso a casa. Al apresurar su paso, también aumenté el mío.

La entrada quedaba a una buena distancia del pozo al centro de la cámara y al acercarnos, sentí mucha felicidad de ver a mis compañeros esperando afuera. Les hablé para saludarlos, pero no me contestaron; cuando paramos a su lado, ya supe porque... habíamos entrado a una gran ciudad oscura y miramos con aturdimiento y terror lo que ningún ojo humano haya visto: El mundo de los Jinn.

Nos rodeaban las enormes Montañas de la Oscuridad y alcanzaban hasta donde no llegaba nuestra vista. Eran tan negras como el carbón y a la vez tenían un aspecto espectral cristalino y quemaban con fuego desahumado mientras lanzaba llamas por medio de billones de fisuras para iluminar la noche sin estrellas.

Me sentí perdido en el tiempo, como si hubiéramos emergido al inicio de los tiempos volcánicos. Ventarrones helados aullaban con toda su furia sin cesar, envolviendo sin extinguir a toda la tierra de alguna fuente mortificada desconocida.

Y Dios mío, la ciudad en frente de nosotros era más rara que cualquier cosa que pude haberme imaginado. Parecía estar hecha totalmente de extrañas cimas negras y de mucha más elevación que montañas terrestres, extendiéndose en todas direcciones.

El Maestro de los Jinn

Cada una parecía estar hecha de la misma piedra cristalina; cien mil fuegos iluminaban a través de las rendijas de las enormes aperturas como ventanales, subiendo en espirales distorsionados desde el llano hasta la cima. Los inauditos diseños se rompían sólo por las terrazas de cientos de kilómetros expandiendose por el llano hasta el espacio en diferentes elevaciones y cada una extendía de una gran entrada de doble arcos formando diferentes dibujos geométricos. Formaban simetrías elusivas que cambiaban cuando se miraba desde otra perspectiva; al dar medio paso o apenas girar la cabeza, el ojo se deslumbraba con visión calidoscópico único.

"No miren las terrazas" advirtió el Maestro..."Sus mensajes no están al alcance de tu visión".

¿Mensajes? Quizás la geometría formaba un idioma que se podía leer solamente desde el aire. No ví ninguna escalera o escalón singular como para el peso de un hombre. Era una arquitectura que desafiaba todas las limitaciones humanas, no era accesible con la excepción a la raza nacida con alas espirituales.

Quizás los edificios en forma de espiral en sí formaban alguna parte de éste idioma. Fueron construidos en grupos geométricos recordándome de cierta manera como acomodamos a propósito nuestros jardines, aunque aquí no había ni plantas, árboles, o vida de cualquier clase o color.

¡Nada crece sin Dios! Me estremecí y miré a mis compañeros. Sólo la mirada del Profesor Freeman se libró de mirar a la extraña y de cierto modo magnífica ciudad. Él estaba mirando atrás a la estructura que encerraba el pozo en llamas.

Su diseño era idéntico al que tenía la noria entre las ruinas del desierto, pero mucho más grande. ¿Qué otros edificios imposibles estaban reflejados aquí en aquella ciudad enterrada y olvidada? ...la mirada escrutadora intensa en la cara del Profesor

El Jinn

me decía que él tenía las mismas preguntas.

"¿Maestro...qué es éste lugar?" preguntó él entorpecido.

"Los cuentos viejos lo llaman Jinnistan" contestó el Maestro... "Dicen que el mismo Rey Salomón lo mandó a construir".

-- ¡Jinnistan!, exclamó... ¿Y las ruinas en el desierto...?

-- También fueron construidas por el Rey. Alguna vez sus intenciones atraían el uno al otro, así como la oscuridad y el fuego busca la luz y el agua.

"¿Y Maestro, cuales eran sus intenciones?" le pregunté.

-- Conocimiento y esperanzas.

"¿Y que pasó?" preguntó Rebecca.

"El conocimiento destruyó a uno y la esperanza se transformó en desesperación. Ese es el verdadero peligro aquí" advirtió el Maestro con un lamento.

Por un instante, juró que un billón de fuegos parecían quemarse más radiantes como si momentáneamente se alimentaran de su compasión. "Sin embargo Dios es el Más Misericordioso y no hemos venido a buscar simplemente chucherías en las ruinas de Tadmor".

"¡Tadmor!" El Profesor parecía realmente asombrado y preguntó... "Las ruinas del desierto son Tadmor?"

"Sí" contestó el Maestro.

"Tadmor" repitió él en voz baja mientras volteaba a mirar a Rebecca y al Capitán Simach... "Dicen que Tadmor es la ciudad perdida que construyó el Rey Salomón para la Reina de Saba. La llamaban 'La Ciudad Mágica' porque algunas veces la llamaban 'La Reina de la Magia'. Las antiguas leyendas se referían a éste lugar como un lugar de feria o de citas para los espíritus y demonios, cerca de las Montañas de la Oscuridad".

"¿Con que así es?" aludía el Capitán Simach...No parecía estar sorprendido.

"Dicen que el sepulcro de Saba también está allá" decía el Profesor... "La leyenda dice que el mismo Salomón la enterró".

El Maestro de los Jinn

El Capitán Simach no decía nada. Le miró al Amenukal, quien estaba parado a su lado. Los dos tenían las mismas expresiones y no se podía leer lo que estaban pensando.

"¿Pero dónde están los Jinn?" preguntó Rebecca.

Señalándole que se calle, el Maestro puso su dedo en sus labios, y contestó en voz baja: "En todas partes"

Las palabras me dieron escalofríos. Aparte de las raras y enormes cimas altas de la ciudad, las montañas todavía más altas y fuegos interminables iluminaban la noche de total oscuridad...no se podía mirar nada. Traté de escuchar, pero solo escuchaba el viento salvaje y rítmico.

"¿Y ahora qué hacemos?" preguntó el Profesor Freeman... "¿Para dónde nos vamos?

El Maestro no contestó, luego se paró con los ojos cerrados y entonces se sentía una bondad infinita brotar en Él como una luz en la oscuridad. Al entornar nuestros ojos en Él, abrió sus ojos y su voz era suave con certidumbre.

"Ahora esperen y el camino se hará conocer" dijo Él... "Nos están esperando y nuestro guía ha llegado".

Volteamos para mirar en dirección donde Él se encontraba mirando y caminando hacia nosotros por un camino que hace rato no estaba, venía nuestro guía de muchos nombres. Una vez más vestido en carne humana, venía caminando por un camino de mármol blanco con reflejos dorados. Para nuestra sorpresa, también estábamos parados en el mismo camino--así de repente apareció por debajo de nuestros pies y venía desde la estructura de la cúpula detrás de nosotros e iba hacia la ciudad abajo, haciendo una curva y desapareciendo de vista entre dos torres angostas de tamaños no imaginables. Pero la repentina aparición del camino no me distrajo de mirar a Ornias una vez más transformado en el fakir.

"¿Maestro, acaso es él humano de nuevo?" le pregunté.

El Jinn

"No, la forma en que se manifestaba ya se quemó y ya no existe. Lo que tú ves es una ilusión creada para la aceptación de nuestras mentes humanas".

Afirmé con mi cabeza. No se puede engañar el ojo del Maestro que penetra sombras, pero recuerdo el terror que sentí al mirarlo transformarse. ¿Sería ésa la razón que no vimos a más Jinn?... ¿Acaso estaban demostrando consideración por nuestras sensibilidades humanas? No tenía respuesta, pero cuando Ornías se presentó ante nosotros, se postró ante el Maestro.

"Mil veces bienvenido O Qutb de los hombres y de los Jinn" decía él, con la frente tocando el suelo... "Por fin la esperanza ha regresado. Allah es el Más Misericordioso".

"¡Alhamdulilah!" contestó el Maestro... "Toda alabanza pertenece solo a Dios y en verdad por Su Misericordia hemos venido. O Imam, más creyente de la raza noble, levántese y sea confortado".

Mis compañeros y yo miramos con asombro mientras se levantaba una vez más nuestro guía fakir de muchos nombres. Deveras, la ilusión estaba perfecta. Él era nuestro guía más digno, a pesar que había visto su forma verdadera; esa cara horrorosa con los terribles colmillos. La sinceridad de su humildad y al ser obsequioso con el Maestro avergonzaba mi miedo. Jinni o no, el era mucho mejor discípulo que yo.

"Ahora de prisa" dijo el Maestro... "para que pueda ver a mis derviches de nuevo".

"Enseguida O Qutb" decía el Jinni mientras le hacía la venia hasta abajo y luego a guiarnos por el camino. Por lo general, ningún discípulo andaría por delante del Maestro, pero entendí lo suficiente para ver que fue dirigido para hacerlo sin palabras. Lo llamó Imam, una designación no sólo por su constancia, pero también por su estación alta—otro de sus tantos nombres...y pensé que habíamos aprendido todos.

El Maestro de los Jinn

El día estaba lleno de sorpresas, si es que era en verdad de día. Mientras caminábamos en silencio, me ponía a pensar si el sol en alguna ocasión había subido por arriba de éstas cimas tétricas y oscuras. Y no miré a ningún Jinn, aunque imaginaba a un sin fin de ojos espectros escudriñadores. Si en verdad no deseaban asustarnos, yo de mi parte estaba muy agradecido. La idea de mil demonios apareciéndose todos a la vez sería demasiado para mí.

El Maestro me miró de reojo y preguntó suavemente: "¿Y tú crees que no saben lo que piensas de ellos? Te aseguro que tu presencia aquí es mucho más terrible para ellos de lo que serían sus apariciones para tí. Ten cuidado."

Por su tono, mi cara se sonrojó aunque no entendí del todo lo que quiso decir con sus palabras. Todos los cuentos que había escuchado de Jinn y Ifrit de Ghul y Si'lat me asustaban cuando era niño, y Él había leído claramente de la ignorancia de mis temores de niñez. El Maestro llamó a nuestro guía Jasus el-Qulub, el Espía de Corazones y aunque él todavía no prestó atención a nadie aparte del Maestro, me puse a repetir mi dhikr y en silencio pedía Su perdón.

No se dijo más. Le dimos la vuelta para pasar las cimas gemelas y pude ver al fin el final de nuestro camino y para donde iba.

En el centro de la ciudad oscura había una vivienda de ser humano, un palacio de cristal y mármol blanco sostenido por una multitud de columnas, brillaba como una piedra preciosa blanca engarzada en ónix.

"Mirad, el palacio del Rey" anunciaba el fakir, doblándose el cuerpo mientras extendía un brazo, haciendo la venia a nosotros con el donaire de ceremonia real, como el camarlengo del Rey, pidiendo que entráramos.

No hacía falta convencer al Profesor Freeman, apenas podía contenerse. El Capitán Simach se quedó mirándolo con intensidad y con sus labios apretados como si estuviera perdido entre remembranza

El Jinn

y asombro. Rebecca se puso entre los dos de ellos, agarrando a cada uno por el brazo, mientras esperaba una palabra del Maestro.

Yo no sabía que pensar. Entre medio de un billón de fuegos, el palacio parecía reflejar solo su propia luz, brillando como un espejismo en la oscuridad.

"¿Maestro, es una ilusión?" pregunté.

"No, no es" contestó el... "Ante ustedes está el lahar-Halibanon, el Bosque de Líbano como lo llamaban antes, el palacio del Rey Salomón; de cien cúbitos de largo, cincuenta de ancho y treinta de alto. No tiene techos de madera de cedro o ninguna madera terrestre de ninguna clase. Por órdenes de él, los Jinn lo construyeron y metieron todas sus habilidades sutiles en su renacimiento, aunque solo podían usar los materiales encontrados en su tierra...y dicen que es allí donde están sus tesoros más valiosos".

"¡El anillo del sello!" exclamó el Profesor Freeman.

"Veremos" sostuvo el Maestro.

El palacio fue situado sobre cimientos altos y en cada uno de sus cuatro lados había escalones construidos para pies humanos; mientras caminábamos, conté treinta y tres para llegar a una terraza grande, donde llegamos a un verdadero bosque de columnas.

Cada una parecía estar cortada de una sola pieza de cristal; sus planos estaban acabados, suavizadas y pulidas redondeadas hasta la perfección y cada una relumbraba con una luz interior delicada. El Maestro se paró aquí, posicionando su cabeza como escuchando algo. Traté de escuchar también, pero no pude oír nada, dándome cuenta después que una cosa que no puedo escuchar es el viento. Me fuí hasta la orilla de la terraza y el alarido del viento una vez más me asaltaba el oído...y cuando daba un paso para atrás, desaparecía. Y pensaba, "¿Qué es éste extraño poder que mantiene la furia del viento al borde?"

El Maestro de los Jinn

Era como si las columnas redondas fueron acomodadas para formar una barrera contra la oscuridad y el alma, aunque no podía darme cuenta si la luz que salía de las columnas era de alguna propiedad natural del cristal o producida por las habilidades de los artesanos. Puse mi mano en una, y al tocarla sentí una sensación cálida que hormigueaba...un leve pulso palpitaba desde adentro.

"Es casi como si estuvieran vivas" dije, pero mis compañeros ya perdieron el interés por las columnas.

El Profesor estaba sumamente intrigado mientras examinaba una con su lupa. El Capitán Simach y Rebecca se fueron a otra y pusieron una mano sobre la misma columna...en ese instante la luz se puso más brillante y las caras de los dos de ellos reflejaban en el mismo resplandecer. Se miraron en silencio y una expresión de sorpresa pasó entre ellos como si nunca se habían visto antes de ese palpitar de corazón.

El Maestro nos hizo pasar para adelante y mientras yo caminaba a su lado, mi pulso empezó a palpitar y mi corazón saltaba de alegría.

¡Alabado sea Dios, ya alcanzaba escuchar el melancólico sonido del ney de Alí!

No había como equivocarse, el llanto de garganta profunda, resonaba por los pasillos de mármol blanco y retumbaba contra las columnas hasta que todo el palacio estaba impregnado con su cantar. Por alguna alquimia maravillosa, las notas parecían juntar la suave candencia de los cristales y esparcir la luz y las añoranzas entre las columnas.

Entonces nuestro guía nos llevó rápidamente a dos portones grandes que estaban abiertos ante una cámara magnifica...la corte real del Rey.

Al otro extremo del cuarto estaba Alí sentado con sus piernas cruzadas sobre una mesa baja de mármol. Estaba vestido igual que la última vez que lo miré y Rami estaba sentado a su lado.

El Jinn

¡Alhumdulilah! murmuré y mi corazón ofreció mil oraciones en agradecimiento... ¡Vivos!... Tal como dijo el Maestro! Estaban sanos y esperando.

Paramos en el umbral para escucharlos. Si nos escucharon viniendo, no dieron señas. Sus ojos estaban cerrados y Alí tocaba como nunca lo había escuchado, cada nota era tan dulce y clara como la luz del sol sobre el agua. Entonces Rami empezó a cantar:

> Las nubes de la separación han despejado
> De la luna de amor.
> Y resplandeció la luz de un nuevo amanecer
> Desde la oscuridad de lo no Manifestado.

Las palabras eternas nos mantuvieron cautivadas y sin aliento, mientras las columnas pulsaban con la antigua canción de ausencia y presencia. Tal era el estado de sama inspirado por la luz y el canto, que no me dí cuenta del que estaba sentado y escuchando.

En frente, en la distancia del gran salón sobre un trono alto y negro, ahí estaba él sentado. Aunque de porte más alto, estaba vestido de negro desde el cuello hasta los pies y con un aspecto como cualquier faraón preparado para el poder…. Una corona alta de onix oscuro, suave y pulido con el lustre de un espejo mantenía su semblante largo y oscuro enmarcando una cogulla el rostro más temible que jamás deseaba mirar. Sus rasgos siniestros eran tan duros como cortados de una piedra y sus ojos quemaban como aquellas montañas.

Yo sabía que esto también era una ilusión, un hechizo para el beneficio de sus presos...y ahora los recién llegados a su reino. Pero me acordé del terror de su primera llegada, rugiendo por la noria como un pilar de fuego hasta el mismo limite del cielo. En ese entonces su rostro era tan negro como el vacío y yo tenía mis

El Maestro de los Jinn

dudas de si él escogió ésta forma para asustarlos hasta la sumisión o si alguna ley innata de simetría gobernaba hasta éste poder de los Jinn, en que la forma exterior tenía que semejarse al estado interior; y así Ornías podía parecer como nuestro guía el fakir y con seguridad este era el otro: Belzebú, el Señor de los Jinn.

Hasta ahora me hubiera desanimado de miedo si hubiera puesto su mirada sólo en mí, su semblante se miraba tan serio y terrible; pero si presentía nuestra presencia, no mostraba señas. Movió su mano por encima de sus ojos, quizás en contemplación de la canción.

El Maestro permitió que continúe la canción por sólo un momento más y después palmoteó las manos una sola vez. El sonido resonaba como relámpagos entre las columnas y instantáneamente se dieron cuenta de nosotros.

Con la intrusión, Belzebú levantó la cabeza despacio y dirigía su mirada imperiosa hacía nosotros sin perturbación, como si estuviera esperando nuestra visita hacia mucho. Del susto, Alí y Rami se despertaron de la meditación, pero terminaron la sama con un grito de encanto.

"¡Maestro!" exclamaron los dos a la vez y las luces de las columnas parecían pulsar más brillantes por su alegría. Corrieron y se postraron ante el Maestro, pero les ordenó que se levantaran y los abrazó a los dos.

El Señor de los Jinn en todo esto no cambió de semblante o en nada en lo más mínimo. Nos miraba en silencio y no podía darme cuenta si su mirada era de resignación o si era de desprecio.

"¿O Rey, saludará usted al Qutb?" preguntó Ornías... "Por nuestra necesidad, Él y sus compañeros pasaron por el fuego y las aguas profundas".

Belzebú se paró hasta donde su forma humana permitía, pero solo miraba al Maestro y sus ojos parecían traspasar hasta el mismo aire.

El Jinn

Como llamas propagándose, resonó su voz baja y severa: "Estoy al tanto de todo lo que entra en éste reino resguardado. Por el mandamiento de Dios, los límites fueron fijados y sólo por Su voluntad ustedes pudieron pasar... ¿Pero por qué razón vinieron? Te devolvimos tus siervos, sin embargo tu mente y pensamientos están escondidos de mí, así como el hombre que siempre se esconde bajo su lengua. ¡Habla!... "¿O Qutb de los hombres y de los Jinn, cual canción ha venido usted a cantar?"

Las palabras descorteses de él superaron mi enojo por encima del miedo que sentía, pero el Maestro sin temor le miraba fijamente los ojos.

-- Es verdad, por Su mandato es que están fijados los límites y también por Su furia...como usted bien sabe. Sin embargo, si usted no conoce mi mente, pues yo si conozco la tuya.

Y de todas las maravillas, el Maestro empezó a cantar:

En las praderas de mis pensamientos solo nace pesar,
Mi jardín no tiene flores aparte aflicción;
Tan árido es el desierto de mi corazón,
Ni siquiera las hierbas de desesperación crecen allí.

Estas palabras de separación y pérdida eran tan antiguas como la canción de esperanzas de Alí. Mientras Él cantaba, las luces de las columnas se apagaban, echando nuestras sombras largas a la semi oscuridad, aunque el fakir y el Rey carecían para proyectar.

¡Los Jinn no tienen sombras!

No tenía idea cuales eran las intenciones del Maestro. Mientras su voz gruesa y baja era un eco en la luz desapareciéndose, los ojos del Rey quemaban como ruedas de fuego. Pensé que estábamos condenados.

Al terminar el último eco en silencio, ya esperaba que los rayos de fuego empiecen a lanzarse de sus ojos y consumirnos, pero el Señor del los Jinn parecía estar afectado por el peso de la

El Maestro de los Jinn

canción del Maestro. Poco a poco fue cayéndose de rodillas, como si las palabras pesaran tanto que ya no podía soportar el cargo.

A pesar de ser casi del tamaño de un hombre, sus ojos se extinguieron al punto de una mecha de ámbar. La canción fue un flechazo a su corazón y no podía hablar.

Belzebú hacía esfuerzos para levantarse, pero el Maestro levantó su mano y las columnas inmediatamente se prendieron con toda su intensidad de luminosidad, como un día resplandeciente de luz. El Rey tapó su cara con su brazo y quedó hincado de rodillas.

"No temas" le dijo el Maestro despacio... "porque te traigo buenas nuevas. El espíritu de Salomón, el gran Rey a través de los siglos mandó el mensaje de tú necesidad y su alma ha intercedido por tu pueblo ante el Verdadero Trono".

Entonces como aire avispado, escuché repentinos quejidos. Los Jinn que estaban por todas partes habían escuchado las palabras del Maestro. Belzebú bajó sus ojos orgullosos y todo su desprecio desapareció. Se inclinó para adelante hasta que su ceja oscura y su corona de grandeza tocaron el piso blanco de mármol.

"En verdad, el fruto del arrepentimiento está maduro cuando la rama cuelga bajo de pesado" avisaba el Maestro... "Ahora levántese porque te he traído la esperanza de la misericordia de Dios".

Belzebú levantó la cabeza, pero no podía levantarse, hasta estando de rodillas se notaba poder y gran majestad en su presencia; era tan evidente en él, como tan escondido en el fakir...y entonces levantó sus enormes manos en suplicación.

"Oh Maestro de los Jinn y de los hombres" decía él... "mil bendiciones por sus palabras. Desde el inicio del mundo, fuimos expulsados por nuestras imprudencias y solo como siervos del Rey Salomón se mantenían vivas nuestras esperanzas. Pero hace demasiado que partió su espíritu.

El Jinn

El veneno de los Ifrits se ha extendido como una plaga de lluvia y el fuego está casi apagado".

Sus palabras de rabia me afectaron de una manera rara. El espíritu del Rey Salomón que habló por medio del Capitán Simach en efecto dijo, "El fuego se apaga"... ¿Pero si la esperanza era el fuego, cuál esperanza era él?... ¿Y a cuál misericordia trajimos para mantener viva?"

"¡Alhamdulilah!" alababa el Maestro... "En verdad, los Jinn y los hombres tienen que reconciliarse ante Dios, o de lo contrario, sufrir oscuridad y aflicción. Pero he traído a los dos; al mensajero y el mensaje. Juntos hablaremos con la asamblea" y llamó al Amenukal y el Capitán Simach a parar a su lado.

Belzebú se levantó a su tamaño real, los miró agudamente y dijo: "Ya aguardan en la asamblea".

Llegó el momento para que todas nuestras labores dén frutos y cerrar el círculo. El Maestro ordenó que nos quedemos aquí con Ornías... "Él te cuidará de cualquier travesura durante nuestra ausencia". Y con un gran girón de mantos, se dió la vuelta y se fue caminando por otra gran puerta al final de la corte, con el Amenukal y el Capitán Simach detrás de Él...y tras ellos les seguía Belzebú, el Señor oscuro de los Jinn.

Miré a mis compañeros Alí y Rami que parecían estar contentos de esperar como fueron ordenados, sentados en contemplación sobre el piso frío de mármol. Pero el Profesor Freeman y Rebecca parecían estar ansiosos como yo con la ida repentina del Maestro. Me apresuré a la puerta con Rebecca y su padre detrás de mí y Ornías no dijo ni una sola palabra para impedirnos...no hacía falta.

El Maestro de los Jinn

Solo pasó un momento hasta que nos encontramos afuera en la terraza en la parte de atrás del palacio. Enseguida el aullar del viento penetraba nuestros oídos, pero lo que nos asombró más, era de ver que el Maestro y sus compañeros ya habían bajado los escalones y ya estaban bien adentro de un valle oscuro con el camino iluminado por los innumerables fuegos quemando en las montañas.

El hecho de que habían avanzado tanto lo hizo bien claro que no debíamos seguirlos. La orden del Maestro obedeció a si mismo.

Lo contemplamos caminando hasta que desaparecieron. Cuando regresamos en silencio al cuarto del trono, el fakir estaba esperando.

Mirándome a mí, dijo: "No tienen que preocuparse ni por ellos o por ustedes. Los Ifrit no pueden hacerles daño y su malicia no puede entrar aquí". Ahora mirando a Rebecca cuando hablaba... "Tu Capitán está a salvo con ellos", ella tomó sus palabras con timidez afirmando lo dicho con su cabeza.

El fakir se sentó con sus piernas cruzadas en la mesa más baja donde estaban Alí y Rami y nos sentamos a sus pies. No había cojines o comodidades, o comida o agua, pero nos dijo que comiéramos y bebiéramos de lo que trajimos en nuestras bolsas.

Comimos un poco en silencio mientras nos mirábamos los unos a los otros. Consternado, el Profesor se mordió el labio. El fakir (no sé por qué pienso en él con ese nombre) nos sonreía con bondad.

"El Maestro" también conoce tu mente" comentó Él... "Y me ordenó que conteste tus preguntas como pueda. Pregunten lo que quieran".

"¿Que está pasando?" preguntó el Profesor Freeman algo aliviado.

"Están yendo a la Gran Asamblea de los Jinn para que toda la raza noble pueda oír el mensaje y mirar al mensajero".

193

El Jinn

"¿Y Aarón, el Capitán Simach es el mensajero?" preguntó Rebecca, mirando ya más disgustada porque la hicieron quedar y el fakir afirmó con su cabeza.

"¿Pero cuál es su mensaje?... "¿En realidad, qué significa?" preguntó Rebecca.

"¿No entendiste las palabras del Maestro?... El nos ha traído la esperanza de la misericordia".

-- ¿Esperanza de qué?

-- Conciencia de Dios.

Rebecca lo miraba con asombro, "Me acuerdo lo que dijo en el barco: que hasta los habitantes del infierno están ahora más contentos que cuando estaban en el mundo, porque ya tenían conocimiento de Dios".

"¿Y cuando se perdió?" preguntó el Profesor.

-- Al inicio del mundo.

-- ¿Pero como?

-- Al fracasar en nuestra labor en obediencia a Él, cometimos el mayor de los pecados de aquellos que conocen la Verdad; los dos, los hombres y los Jinn.

-- ¿Qué pecado?

-- La ingratitud.

-- ¡Ingratitud!

El Maestro de los Jinn

He creado a los Jinn y a los hombres
Para que me alaben a Mi.
--Corán LI:56

Yo sé lo que quiso decir: La palabra que el usó era kofran, que literalmente quiere decir 'de esconder o negar'. Ornías había evocado el significado interior como haría un Sufí: de expresar ingratitud al esconder la munificencia de Dios, de negar, por el rechazo a Él.

Alí y Rami también entendieron, pero no tenían necesidad de comentar. Los valientes primos simplemente obedecieron al Maestro sin hacer preguntas al entrar en las llamas por su propia voluntad para proteger a la confianza puesta en ellos. Sólo Rebecca y su padre estaban inseguros.

"No estoy segura si entiendo" comentó Rebecca

"Ni yo tampoco" dijo el Profesor Freeman.

-- Para poder entender la causa de nuestras profundas aflicciones, tienen que conocer nuestro cuento desde un principio" decía Ornías... "Para conocer nuestra esperanza, tienen que entender a Salomón el Rey. Tomando su forma y lugar sobre el trono, alguna vez me atreví a robarle el anillo, el cuál nos convirtió en sus esclavos, pero yo estaba aturdido por su sabiduría y por su misericordia. Al final fuí yo quién tomó su lugar en la tumba para que viajara él a conocer su verdadero destino. Mi amigo, Salomón fue mi primer y último Maestro y finalmente mi amigo.

"El cuento de ése robo está escrito en las enseñanzas antiguas" explicó el Profesor.

"Según dicen que tenía poder sobre los vientos" agregó Rami.

"Y que sabía los idiomas de los pájaros" dijo Alí pensativamente.

"¡Las aves!... ¡Me había olvidado de las aves!"

El Jinn

"¿Puedes contarnos todo el cuento?" le pedía.

"Sí, dinos la verdad del cuento" imploraba el Profesor Freeman... "Y de su anillo que era un sello, si puedes, para que nuestras corazones sepan la verdad".

"Ah, pero yo no tengo un corazón humano para convencerte con certeza" inyectó el Jinni...casi se podía detectar hasta cariño en su voz.

-- ¿Qué quieres decir?

El viejo fakir suspiró y por un instante pude ver el fuego sobrenatural detrás de la ilusión de sus ojos...se miraban tan eternos como las estrellas.

-- Quiero decir que ese trozo de carne que llaman 'corazón' está en los locos, los santos y los niños por iguales. Es solamente carne, no es inteligencia, o espíritu, o conocimiento, aunque los humanos muchas veces se refieren a éso como si fuera. Sin embargo cada átomo y cada célula de tu cuerpo ya conoce sin entenderlo, así como éste espíritu de fuego que es el mío. La verdad es percibida por medio de la vida y no por la razón...y eso es el corazón. Pero por ahora todos los cuentos tienen que esperar, la Gran Asamblea ya está unida y el Señor Belzebú está parado ante todos.

"¿Y cómo sabes?" preguntó Rebecca preocupada.

-- Los Jinn son espejos de los pensamientos de los demás y nuestros conocimientos sobrepasan los cinco sentidos y las seis direcciones. No necesitamos ojos humanos para ver, ni lenguas para contar cuentos.

"Pues eso está bien para usted" expresó el Profesor Freeman... "Pero nosotros no somos tan afortunados... ¿Por qué no pudimos ir nosotros a mirar la asamblea?"

"Ustedes no fueron invitados" dijo Ornías con una sonrisa... "Pero el Maestro anticipó su deseo. Seré su guía y sus ojos todavía si ustedes me permiten".

"¿Cómo?" preguntó el Profesor.

El Maestro de los Jinn

"Las redes de nuestros sentidos no son humanos o sabio, pero desde el nacimiento del hombre y la caída de los Jinni y los Ángeles, somos compulsados a la forma humana cuando en la presencia de ellos. Si, hasta el nivel de nuestra ingratitud...justo o no. Voy a guiar sus sentidos humanos y verán el reflejo de lo que yo miro y escucharán todo lo que yo oigo. Ahora cierren sus ojos y permanezcan callados. Tengo que servirles de escudo contra mis hermanos, porque las mentes de ellos en conjunto sería abrumante para ustedes".

El Profesor y Rebecca accedieron por su propia voluntad. A Alí y Rami también les interesó la rara perspectiva y yo no tuve dudas de las palabras o del poder del fakir. Asenté mi bolígrafo y papel a un lado y juntos todos cerramos nuestros ojos.

Las luces de las columnas volvieron a su brillantez normal, entornando un tono leve de rojo sobre nuestros parpados; jadeamos de conmoción mientras la mente del Jinni envolvía a los nuestros y nuevamente nos asombramos mientras el brillo rojizo disolvía de a poco en una visión telepática y clara.

¡Alabado sea Dios! Vi el Maestro, a Belzebú, y el Amenukal. El Capitán Simach estaba detrás de ellos, quieto y con su cabeza bajada. Todos estaban parados sobre un afloramiento ancho de piedras mirando para abajo hacía un valle profundo rodeado de montañas. La tierra estaba ardiendo en fuego vivo y mientras mirábamos una ráfaga de llamas que lanzaban por el cielo de la noche como estrellas fugaces ardiendo la tierra hasta que todo el valle estaba envuelto. Las montañas también parecían estar ardiendo mientras los demás Jinn llenaban sus laderas y dentro de las llamas moviéndose miré a muchos semblantes oscuros, grotescos y horribles para contemplar. Parecían legiones, algunos eran un poco menos horribles y mantenían sus lugares con una dignidad siniestra. Entre ellos había formas de hembras y Jinn de aparentes diferentes edades--los más jóvenes eran más pequeños con llamas doradas y manchitas rojas y los mayores, tan antiguos como el mundo, quemaban casi blanco con un fuego amorfo que es su estado natural.

197

El Jinn

Esperando, sin mantos y callados, la raza entera de los Jinn giraban y cambiaban a nuestros alrededores.

Al deslizar sus conocimientos entre ellos, Ornías nos permitía mirar el escenario desde diferentes perspectivas; al comienzo estábamos lejos al final del valle y el Maestro se miraba pequeño y distante. Después estábamos más cerca, al pie de la montaña y después quedamos más altos de donde estaban ellos. Los cambios bruscos nos causaron mareo hasta al fin quedamos a su izquierda y un poco más abajo de donde estaban ellos. Miré a Belzebú levantar sus manos. Su corona negra lucía roja entre la luz reflejada de su gente; él hablaba con una voz humana, o así me parecía y retumbaba por todo el valle:

"Escuchen ahora oh Jinn, mis hermanos, Jann, Ifrit y Ghul y regocíjense, porque el espíritu del Gran Rey por fin ha ascendido a la Primera Esfera y su juramento ha sido honrado. Su alma ha intercedido por la Primera Llama y por Su Misericordia, el mensajero ha venido con esperanzas renovadas".

"El mensajero, el mensajero"... Escuché un sin fin de mentes decir una y otra vez en unisonancia, hasta que las palabras se convirtieron en una salmodia y la potencia de sus deseos casi me dejaron sin aliento. Entonces despacito el Maestro puso al Capitán Simach por delante, donde quedó parado al lado de Belzebú a la orilla de la piedra. Su cara estaba baja, pero ahora la levantó para que los fuegos iluminen claramente sus rasgos humanos.

"¡Beniahhhh!" Gritaron en una sola voz...y quedamos totalmente pasmados. Lo habían llamado el campeón del Rey Salomón, el que ellos recordaron y la gritería era de la gran multitud. Ahora el joven Capitán callado que conocimos levantó la mano derecha como si realmente fuera el heraldo del Rey y habló claramente con

El Maestro de los Jinn

la voz de un ser humano.

"Mi primer Maestro se ha ido para siempre y el Rey que todos aquí sirvieron, ahora sirven al Único" contaba él.... "¡Pero fuí otorgado de ser el portador de Su mensaje a través de los siglos a otro, superior a los reyes!" Nuevamente agachó la cabeza y no se escuchaba el sonido de ningún Jinn...hasta el viento se calmó para escucharlo. Cuando alzó la cabeza una vez más, sus ojos estaban vivos con una luz que no refleja ningún fuego y había cierta fortaleza en su voz que nunca le escuché; se escuchaba por encima de los vientos, por todo el valle y hasta las montañas.

"Éste es Aquel, cuya impresión de pie es conocido en el valle del Amor; Aquel, a quién el Templo, lo profano y la tierra santa conoce. Éste es el hijo del mejor de todos los siervos de Dios, El más puro, El eminente y El elegido. Escuchad aquellos creyentes, porque el Qutb ha llegado".

Me aguanté la respiración cuando bajó su mirada y dió un paso para atrás, entonces el Maestro salió adelante a la misma orilla de la piedra. Todavía no se escuchaba nada, mientras un billón de almas esperaban su palabra. Sus ojos eran bondadosos y nobles, paciente y sin temor. Había una luz en su cara y sus mantos blancos lucían como la nieve en la clara de luna. Alzó su mirada por encima del valle, las montañas y hasta el vacío y su profunda voz llenó la noche.

"¡Alahu Akbar!" dijo él.

"¡Alahu Akbar!" contestaron un billón de mentes. A pesar que Ornías nos servía de escudo, la potencia de la intensidad de sus añoranzas, me sacudió de tal manera que hasta mi alma tembló. Después el Maestro les dió la espalda y levantó sus manos hasta sus orejas y alababa de nuevo: "Alahu Akbar!"... y empezó a recitar la oración mientras completaba la primera rak'at. El valle entero de los Jinn agacharon sus cejas encendidas hasta el suelo negro, después se levantaron y se postraron nuevamente... el mar de fuego se movía como olas mientras seguían el Maestro, quién les guiaba como su Imam.

El Jinn

¡Alahu Akbar! Las montañas se sacudieron, la ciudad temblaba y las oraciones de los Jinn se extendíeron hasta el vacío.

No puedo ni empezar a explicar la sinceridad de las emociones que sentí en ellos y empecé a pensar... "¿Cuánto tiempo habrá pasado desde la última vez que rezaron?"

"Desde el nacimiento del hombre no ha venido un Imam a darnos esperanzas como la respuesta, joven erudito" contestó Ornías a mi mente.

Cuando hicieron la última de las postraciones y el Maestro todavía de rodillas, Él alzó sus brazos en suplicas silenciosas hacia la oscuridad más allá de las montañas. Después de un momento interminable, se levantó y miró para el valle nuevamente mientras un billón de mentes antiguas con el inmenso peso de anticipación le alcanzó.

El Maestro levantó sus manos por encima de la multitud y con profunda su voz empezó a resonar:

"¡Oh creyentes, arrepiéntanse ante Dios con un arrepentimiento sincero!" decía Él y las palabras del Corán reverberaban por las montañas. ..."Está escrito, que el arrepentimiento es la primera estación de los peregrinos que están de ida hacia la Verdad, asi como la purificación es el primer paso de aquellos que desean servir a Dios".

Sus palabras recibieron gemidos y llantos y el viento empezó a aullar con más fuerzas que nunca. Hasta la voluntad de Ornías no nos podía resguardar del todo a los extraños pensamientos de la multitud que nos caía como cascadas a nuestras conciencias. Al comienzo la andanada era abrumadora, pero la mente de nuestro guía enseguida las filtró a un nivel de aguante y entendimiento humano. Muchos sintieron la luz de la esperanza reavivarse de nuevo, pero otros sentían la plaga de dudas, la impaciencia y muchos se llenaron de rabia e incredulidad, rompiendo el silencio.

Esos miles de Jinn desde las montañas y los valles que no

El Maestro de los Jinn

Prestaron atención a las llamadas y quedaron más tiempo al servicio del mal, empezaron a irse volando, elevándose como cometas en la noche.

Uno de los últimos de éstos al levantarse se subió a una gran altura por encima de las montañas donde estaba el Maestro y tenía las facciones horrorosas de un Ifrit, estaba lleno de maldad afligido.

"¡Tontos!" gritó él y su voz rugía sobre ellos como una maldición... "Fuimos creados libres y libres vivíamos antes de la plaga del hombre. El hijo de David hizo esclavos de la raza noble, y mí espíritu jamás doblará en reverencia ante otro Maestro humano".

"¡Entonces váyase, Oh innoble!" ordenó Belzebú... "Tú desprecias lo que está fuera de tu alcance de entender...un regalo que se dá libremente; y por tu propia voluntad empañas a tu espíritu y por eso mismo la cólera de Dios nos encadenó. Iblis es tu verdadero Amo... el primero en orgullo y el primero en levantar el humo putrefacto de la duda que enciega la misericordia de Dios... ¡Entonces váyase!... ¡Y llévese a tus malditos clanes contigo!"

Con el insulto, el Ifrit ardía todavía más, mientras otros de su clase subieron con él en apoyo. Lanzándoles miradas feroces en silencio desde su pequeña forma humana, el Señor de los Jinn no vacilaba. Hasta sentí la lucha de sus voluntades en mi mente, porque fué allí donde lucharon y es allí donde tienen su poder. Otras mentes se unieron a ellos; el horroroso Ghul, el Ifrit y el Jann con el Rey, ellos cambiaban el equilibrio del poder. Como armas; maldiciones y hechizos fueron lanzados y contrarrestaban, casi abrí mis ojos para escapar de la furia de la batalla. Pero muchos más entre ellos estaban inseguros y no se iban con ninguna de las voluntades, esperando el resultado final.

Gracias a Dios que terminó pronto y no escaló a nada mayor y qué se yo, pero en esta esfera infinita esto pudo durar siglos. Al fin, Ifrit y Ghul se dieron por vencidos al poder más fuerte de Belcebú. Por su vejez sus conocimientos eran superiores; su fuego era

El Jinn

mayor que su voluntad y entonces ellos también desparecieron rápidamente. Yo todavía estaba afectado por el poder oculto detrás de la ilusión, a pesar de estar protegido por un escudo.

Hasta donde pude percibir, el Maestro estaba quieto en todo esto y en ningún momento midió lo que podía ser su final, ahora a pesar que el viento rugía como una tempestad, la voz del Maestro retumbaba por encima del viento.

"Escuchad Oh hijos de Lo Más Alto. Por Su voluntad y Su misericordia he venido de más allá de los límites fijados. Dios ha perdonado al hijo de David por su falta de atención y Él ya no aflige a su semilla. ¿Y les perdonará a ustedes también?... "¡Sí, porque he venido con la fruta de su misericordia!" Le señaló al Amenukal quién salió a su lado. Con todo lo sucedido, casi me olvidé del viejito, pero de los Jinn que quedaron, parecían conocerlo sin introducciones.

"¡Naqib!" dijeron suavemente en mi mente.

"¡Naqib!" también lo conocía.

Aquí finalmente quedó revelado como uno de los waliya, los amigos de Dios, así como está escrito en el Corán: "En verdad, los amigos de Dios no sentirán miedo y ellos no sentirán pena".

En cuanto se paró ante ellos, los Jinn se dieron cuenta inmediatamente quién era él y ahora lo mirábamos por quién era, con su cara luminosa con la luz que no dá sombras.

La fruta de su misericordia, pensaba yo y en una aceleración a la verdad, me dí cuenta que él era el verdadero ladrón del cuento del Maestro, que fue bañado en las aguas benditas del perdón.

"¿Y sabía Ornías esto también?"...me quedé pensativo.

"Un ladrón reconoce a otro" llegó su contestación a mi mente.

No sé si Rebecca o su padre entendieron, pero una de nuestras tradiciones es que Dios tiene amigos de los cuales Él en especial ha honrado con Su amistad y los han favorecido por medio de manifestaciones de sus acciones para que las señales de la Verdad

El Maestro de los Jinn

puedan continuar claramente a la vista por medio de sus influencias espirituales; entre ellos hay cuatro mil que están escondidos y no se conocen el uno con el otro y no saben de la excelencia de su estado...pero están escondidos de ellos mismos y de la humanidad. Pero hay otros que se conocen entre ellos y tienen el poder de soltar y de amarrar; A tres cientos les dicen Akhyar, a cuarenta les dicen Abdal, a siete los llaman Abrar, cuatro son Awtad, y a tres les dicen Nuqaba (su singular es Naqib), y a uno que le dicen Qutb.

Y mi Maestro, quién es el Qutb, llamó a todos para escuchar: "Ha venido uno aquí quién por la voluntad de Dios fue escogido como su esperanza de Él y la última oración de Salomón queda contestada. Dios, el Más Misericordioso ha levantado para ustedes una segunda esperanza, a pesar que ustedes lo despreciaron la primera vez".

Y con humildad total, el Amenukal les hizo la venia hasta abajo a los Jinn y aunque hablaba en la voz más suave, todos percibieron sus palabras.

"Que la paz sea con ustedes, los que fueron constantes solo en sus desesperaciones. Ustedes conocen mi cuento. Por mi propia voluntad cabalgué el caballo de la inconciencia, hasta llegué a ser el más bajo de los más bajos y cuando mi desesperación fue mayor y perdí todas las esperanzas, Dios me levantó...hasta el trono de Su compasión".

Suspiros y gemidos recibieron sus palabras y mi mente se estremecía por el hilo de esperanza que tenían. Podía sentir la corriente que sentían los Jinn.

El Naqib levantó sus dos manos, cerró sus ojos y en el silencio, sus pensamientos con el peso de su atención fluyó hasta ellos, desde su mente hasta la mente infinita.

"En verdad, aunque soy menos que el polvo bajo. Sus pies,

El Jinn

por el bien de ustedes, aquellos que todavía lo añoran, por Su misericordia he venido a vivir entre ustedes como su sirviente y guía. Ahora el camino largo queda por delante de ustedes. Todos ustedes que desean venir, sigan su voluntad...vengan!"

Con esto, Ornías bruscamente rompió la conexión que teníamos. Repentinamente un vacío negro nos envolvió, hasta pestañeamos ligeramente para poder abrir nuestros ojos. Ese momento fugaz nos hizo doler la cabeza; estábamos exageradamente cautivados en el drama que se desenvolvía ante el ojo de nuestras mentes.

"¿Qué pasó?" preguntó el Profesor.

"¡Lo que tenías que ver, ya miraste!" dijo el Jinni, "...la última Gran Asamblea de la Raza Noble. No habrán más".

"¿Y ahora qué hará el Ifrit?" pregunté. Al presentir lo maligno en sus furiosos ataques me hizo estremecer.

Escogiendo sus palabras con cautela, Ornías estaba reacio en contestar, como si le doliera, pero dijo despacito: "Los senderos de ellos no están a mi alcance. No tengo presencia de los míos y no les culpo a ustedes por sus reacciones. Ustedes no los conocen como yo. Al comienzo eran de la raza noble en sus alabanzas a Él, sólo después de Azazal--antes de que él fuera expulsado para abajo como Iblis, el gran Satanás. Últimamente, ellos son tan maléficos en comparación a aquellos que están tan velados de la Luz. La esperanza toma tiempo en reavivarse en ellos, sin embargo la malicia de ellos era como el mío hasta que Salomón encadenó nuestras travesuras a Su voluntad. Lo que es una bendición para uno, es una maldición para otro. Todavía lo odian por eso y por ese odio que va creciendo y apoderándolos, se hacen cada vez más repugnantes...y todavía peor por la envidia y el orgullo que son sus hermanos. Por ahora se retiraron ante la mayor voluntad y el hechizo de Belzebú. Sin embargo por la misericordia de Dios, el sendero ya está abierto a ellos también, aunque creo que van a tardar mucho en acercarse a él".

"Es para los Jinn y los hombres por igual" retumbaba una voz gruesa detrás de mí.

El Maestro de los Jinn

El Maestro había regresado en compañía del Capitán Simach. Regresaron tan rápidos como se fueron, a pesar que el Naqib y Belzebú no estaban con ellos, estábamos muy contentos de verlos sano y salvo. Él se sentó a mi lado y Rebecca se recorrió para hacerle espacio para el joven Capitán. El Profesor Freeman ahora ponía su atención en el Maestro.

"Pero los Ifrit también participaron en la oración" comentó él.

Intercambiando miradas con el viejo fakir, el Maestro no contestó. Una mirada de tristeza se dibujaba en las facciones humanas de Ornías, pero era el Jinni en él que hablaba... "Los seres humanos pueden alabar a Dios por medio de sus acciones y palabras, pero casi no lo hacen, mientras que nosotros que lo haríamos, no podemos, al final fuimos expulsados del gozo de Él. Nosotros somos vácuos. Pero las profundidades de nuestras almas todavía recuerdan el resplandor del sol que nunca baja".

Su voz estaba llena de dolor, pena y añoranza por su raza y mi corazón sentía su pena, sin embargo él a la vez lo aceptaba...una cualidad relacionada con el que está conforme y hace tiempo está en el Sendero.

El Maestro afirmaba con su cabeza, mientras miraba a cada uno de nosotros... "Todas las almas recuerdan el sol que nunca falla. Y por la voluntad de Dios, el camino se ha abierto para ellos también, de escoger a Su misericordia como, alguna vez escogieron Su ira. Muchos de los Ifrit darán sus espaldas y muchos tardarán en venir, pero hasta ahora, algunos han regresado y el Naqib los guiará como su Imam y con el Rey Belzebú a su lado. Por sus ingratitudes, los segundos hijos cayeron más bajo que los terceros; pero todos los Jinn saben bien, como los hombres no saben...como será cuando Dios los llame para ser Juzgados".

"Hasta ahora llaman, Alahu Akbar, cuyo verdadero significado es 'Somos el sacrificio ante Usted o Dios' y son llevados por sus rangos a hacer sus oraciones, así como los hombres y los Jinn

El Jinn

estarán ante Él en el Día del Juicio. En ése día Dios les preguntará a los dos: "¿Qué ha realizado usted para Mí durante este tiempo de reposo que yo le he dado?... "¿En qué te ocupabas cuando terminó tu vida?... ¡Habla claramente!... ¿Cómo disipaste los sentidos que yo te dí?... ¿Derrochaste tus ojos, oídos e inteligencia?... ¿Pero qué ha hecho usted con ellos?... ¡Yo te dí todo eso para que cultives la tierra con trabajos buenos, ahora Muéstrame tu cosecha!... Te dí toda la munificencia, ahora adonde estaba tu gratitud?"

"Entonces todos los hombres y los Jinn tendrán que levantar las cabezas y contestar. Entonces se escucharán llantos desgarradores y lágrimas de contrición que nunca cayeron durante la vida y fluirán como ríos. ¡Al final, cuando la nave se está hundiendo, todos son sinceros en sus devociones a Dios!. Sin embargo Él es el Primero, el Último...y El Único misericordioso y bondadoso. En verdad, Su Amor, Justicia, Furia y Misericordia son uno solo y no afligirá a ninguno de sus hijos para siempre. Sólo Dios conoce el camino derecho".

Las palabras del Maestro dejaron nuestras lenguas paralizadas. Yo nunca lo había escuchado hablar así y sabía que los Jinn estaban por todas partes escuchando todo lo dicho.

Como si hubieran leído mis pensamientos, los ojos del maestro se encontraron con los míos. "Escriba esto también joven erudito: Los hombres y los Jinn no tienen parte en el arrepentimiento, porque el arrepentimiento es de Dios para Sus criaturas y no de ellos para Dios. Es un regalo Divino y que todos aquí sean merecedores de Él, porque cuando es Su voluntad se la dá y a quienes Su voluntad desea regalarsela, como los dos ladrones en nuestra compañía atestiguarán".

"Estoy conforme con lo que impone Su voluntad" comentó Ornías..."Como lo fue Salomón, cuya sabiduría al fín volvió porque se arrepintió de sus desatenciones e ingratitudes antes de su final. Ahora el círculo se ha completado. Por petición, el mensajero

El Maestro de los Jinn

ha regresado y el camino de la esperanza está abierto".

"Perdóneme Maestro" dije... ¿Pero qué 'camino' ha abierto?" "Si tus ojos y oídos han estado cerrados, ábrelos ahora" dijo el Maestro... "Por la misericordia de Dios, este segundo palacio del Rey Salomón ahora es la khaniqah de Jinnistan, con el Naqib como su Sheikh. Ahora todos los Jinn que quieran, que vengan, porque la esperanza de Dios está aquí".

De la sorpresa, me quedé sin aliento. Mis ojos y oídos habían estado cerrados.

"¡Oh escribano, también cierra tu boca!" rió el Maestro... "Y escribe, que alabar a Dios es servir a toda su creación y que el Camino del Amor es ahora la esperanza de los hombres y los Jinn por iguales.

La sinceridad de las palabras del Maestro enternecieron a nuestras almas y su atención firme y a la vez llena de bondad y amor afectaron a nuestros corazones de una manera difícil de explicar. Hasta las luces de las columnas parecían quemarse más brillantes con añoranzas y por seguro es el comienzo de la esperanza, así como el amor es su realidad. Me senté calladito y repetía mi dhikr y la Tradición Sagrada entró en mi corazón y se sentó conmigo: "Estoy cerca del pensamiento que mi siervo tiene de Mí, y estoy con él cuando se acuerda de Mí. Si se recuerda de Mí en él mismo, Yo lo recuerdo en Mí mismo y si se recuerda de Mí entre la multitud, Yo lo recuerdo mejor que aquellos que están allí juntos".

El Profesor Freeman, que todavía no era un derviche estaba tan conmovido que lloró y Rebecca le miraba al Capitán Simach de una manera que me hizo sentir envidia.

"¿Aarón?" indagaba ella después de un momento..."¡Te llamaron Benaiah... ¿Como es posible?"

"Creo que estamos emparentados" contestó él con una sonrisa.

El Jinn

"¡En verdad!" afirmaba Ornías... "Su sangre fluye pura. Los Jinn lo pueden ver, por más que ustedes no puedan. El círculo de éste destino es un eslabón entre muchas vidas".

"Creo que comprendo un poco" inyectaba el Profesor Freeman... "Está en el Primer Libro de Reyes; Como Salomón volcó su corazón a Dios y todo el reino, menos una tribu, fue prometido a Jeroboam después de su muerte". El abrió una pequeña Biblia que llevaba en su bolsa y recitó: "Y por ésto afligiré a la semilla de David, pero no para siempre".

¡No para siempre! Era la súplica del Rey por medio de la carne del Capitán Simach y por fin tres mil años después llegó a su culminación. La retribución de Dios llegó a su punto de partida y cumplió con la promesa que le hizo a Salomón. Ahora el fuego de la esperanza puede reavivarse entre los Jinn. La maravilla de Su diseño deslumbraba mi corazón y oré en silencio dando las gracias por la misericordia de Dios con los hombres y los Jinn.

Leyendo una vez más mi corazón, el maestro dijo, "El Amor arropa los pecados" aseguró el Maestro. "Usted ha citado Proverbios" mencionó el Profesor Freeman...

"Y dicen que fue el Rey Salomón quién los escribió en la sabiduría de su vejez". Y suspiró mientras miraba a su hija... "Esto va más allá de los conocimientos de las ciencias humanas".

"No es así" respingó el Maestro..."La evolución física del hombre y el universo son paralelos a la evolución espiritual y las hebras se enlacen, dando vueltas el uno con el otro como la trenza de una soga. La ciencia puede explicar una y la otra es incomprensible, menos la ciencia del corazón y no alcanza el entendimiento, mientras la excepción es la ciencia del corazón".

"¿Y el anillo del Rey Salomón todavía sigue, como escribió con su propia sangre?" preguntó el Profesor.

"Sí" contestó Ornías.

El Maestro de los Jinn

"Entonces deseo tenerlo en éste mismo instante" interrumpió Rebecca, "sí sólo para ordenar a ése maldito viento que deje de aullar... ¡Todavía puedo escuchar su eco en mi mente!"

"No te serviría de nada" dijo el Maestro... "El anillo no dá poderes, atrae la verdad de Dios al portador. Cuando Dios estaba con Salomón, cuando su sabiduría todavía prevalecía por encima de su arrogancia, atraía el mundo bajo su mandato con el anillo, pero no puede alterar ni por un aleph a la palabra de Dios".

"¿La palabra de Dios?" preguntó Rebecca, "¿Qué quieres decir?"

"Desde su inicio el ventarrón nunca aplacaba" contestó Ornías... "Y no puede aquietarse hasta el fin del mundo. Las alas que tienen preso a nuestro fuego no cesará ante nada que no sea la Causa de todos los vientos".

"¿Alas?... ¿De qué estás hablando?" insistía Rebecca.

"¿Acaso no los escuchas, a Azza y a Azzael? Están condenados a luchar en contra de estar encadenados y en su tormenta, sus alas gigantes aletean violentamente. Por su furia los Jinn están cautivos. Que el fuego de nuestras vidas nunca se apaguen...".

"¿Azza y Azzael?" El Profesor Freeman quedó pasmado. "¿Quiere usted decir los Ángeles caídos?... ¡Su leyenda está en el Zohar!"

"Sí" sostuvo el Maestro... "Y la verdad de esa leyenda está al pie de las Montañas de la Oscuridad. Allá están trabados encadenados con eslabones de hierro que los mantienen sujetos".

"¿Y no pueden liberarse?... ¿Ángeles?"...preguntó Rebecca con pena y asombro en su voz.

El Maestro afirmó con su cabeza... "Las trabas son hechas del fierro de la voluntad de Dios y forjado en el fuego de Su furia. Ningún poder aparte de Él, quien los mandó para abajo, pueda liberarlos de sus cadenas y levantarlos".

"¡Ellos comparten nuestro destino!" dijo Ornías.

"Y tus esperanzas también" agregó el Maestro... "¿Quién, aparte

El Jinn

del Amor apaciguará la Furia divina?... ¿Quién, aparte de la Gracia les abrirán los ojos? En verdad, La misericordia de Dios preceda Su furia! Así está escrito y es así como pasó, ahora si desean, todos Sus hijos puedan caminar por el Sendero del Amor; los hombres, los Jinn y los Ángeles caído cargan con sus sesenta mil alas por detrás de ellos".

"¡Allah!" gritaron Alí y Rami a la vez. "¡Allah!" grité con ellos. Rebecca estalló en llanto y hablabamos al Único en sus muchos nombres, porque la revelación del Maestro del Amor infinito de Dios hizo que nuestras almas temblaran de júbilo, de alabarlo a gritos en gratitud...y el dhikr de Su nombre fluía de nuestros corazones en cada palpitar y en cada aliento hasta que el río se arrasó con nuestros corazones y aliento hasta el Mar Infinito. Lloramos incontrolablemente como niños llenos de amor incontenible y pasó mucho tiempo hasta que alguien pudo hallar palabras para hablar. En verdad, parecía que la Era Dorada estaba por encima de nosotros, donde la conciencia de la Majestad y Belleza de Dios se manifestaría a todos Sus hijos que se animen a soportar las luchas y amar en Su nombre.

Los ojos del Profesor Freeman todavía estaban mojados con las lágrimas y locos de encanto por el corazón infinito.

El Maestro miró a su viejo amigo y con voz suave y llena de compasión le dijo... "Ah, la inteligencia se ha vuelto loca de amor y ya no teman su locura. Shlomoh, usted ha llegado lejos. Después de todo, quizás no fuiste mi peor alumno".

El Profesor solo alcanzó reír y cabecear. Reímos con él, mientras Rebecca le apretaba la mano.

El Maestro estaba a punto de decir algo más, pero suspiró y le miró a Ornías... "Nuevamente estan abiertas las rejas" dijo Él.

"Pero no por mucho tiempo" contestó el Jinni.

El Maestro de los Jinn

"Vengan entonces, todos, tenemos que irnos ahora mismo y rápido" advertía el maestro mientras se levantaba para recoger nuestras cosas cuando el maestro ya nos tenía bajando por los escalones y afuera del palacio. Con el viento rugiendo y golpeándonos mientras corríamos, en poco tiempo nos alejamos y estuvimos por el camino de mármol. Me imaginaba que podía escuchar a los Jinn secreteándose entre el aliento del viento y tuve que mirar para atrás para ver las luces de las columnas encendidas, despidiéndose de nosotros.

Paramos ante la gran entrada abierta de la estructura circular para mirar por última vez el mundo de los Jinn. Todas las fabulas de Jinnistan quedaba tendida ante nosotros; los pináculos imponentes de la ciudad que sobresalía como estalagmitas entre montañas cerradas, las inmensas terrazas sobresalientes en formas geométricas fuera del alcance del pensamiento humano y un sin fin de fuegos iluminaba la noche como antorchas. Pensaba en la suerte del Naqib y una vez más deseaba ver la luz de la luna y las estrellas. Y el sol...el sol.

"De prisa ya o nuestros destinos serán iguales" gritó él Maestro, ya parado al lado del pozo en llamas con el Naqib, Orniás a su lado, también con Belzebú, quién estaba como una torre por encima de todos ellos. Nos fuimos de prisa donde estaban ellos, pero al ver el pozo en llamas, mi corazón se hundió...sabía cuál era el camino de regreso.

El Maestro se rió de la mirada desesperada que yo traía y de adentro de su manto sacó un odre de cuero.

"Aquí hay una botella curada en humo" dijo Él... "Es un regalo de los Tuareg".

Ornías le hizo la venia al Naqib... "Merecido el regalo y el que lo dá. Ah, dejé mis regalos atrás".

Belzebú suspiró desde su gran altura... "Si yo sólo hubiera tenido regalos para ofrecer que fueran merecedores de tus obras....".

"Lucha por la Verdad" contestó el Maestro... "y sea constante.

211

El Jinn

No hay obra o regalo mayor". Y con eso quitó el corcho de la botella y desparramó el agua sobre las llamas.

Enseguida me dí cuenta de cuál fuente llenó el bote de agua. Las llamas no chisporrotearon, más bien ascendían bailando para recibirlo...y complacidas fueron consumadas. Ornías y Belzebú miraron resueltamente mientras el pequeño bote aplacaba las llamas y llenaron el inmenso pozo con la más pura de las aguas. Pensé que íbamos a sumergirnos en la oscuridad, pero el agua brillaba con su propia luz.

"¡Marraquetas y pescados!... ¡Un milagro!" Exclamó el Profesor.

El Maestro se rió... "No, no es ningún milagro, el agua del Océano del Amor se extiende como el corazón sin límites. Vengan ahora y lávense, que en ésta vida nunca más harán estas abluciones de nuevo". Nos mandó al contorno del pozo y nos instruyó que metiéramos nuestras caras en el agua.

Alí y Rami le hicieron caso enseguida y el Capitán Simach y Rebecca después. Pero el Profesor Freeman y yo quedamos mirando el agua tan quieta como si estuviéramos hipnotizados. No veíamos nuestros reflejos.

El Maestro no esperó... "Una gota, una ola y una burbuja...todas son una" dijo Él y zambulló nuestras cabezas en el agua. El agua me llenó los ojos, orejas, y boca. Su presencia viva expandía por mí ser como aliento llenando cada extremidad y cada célula hasta que sentí mi conciencia desplegarse como alas relumbrantes y gustosamente volar hacia el sol.

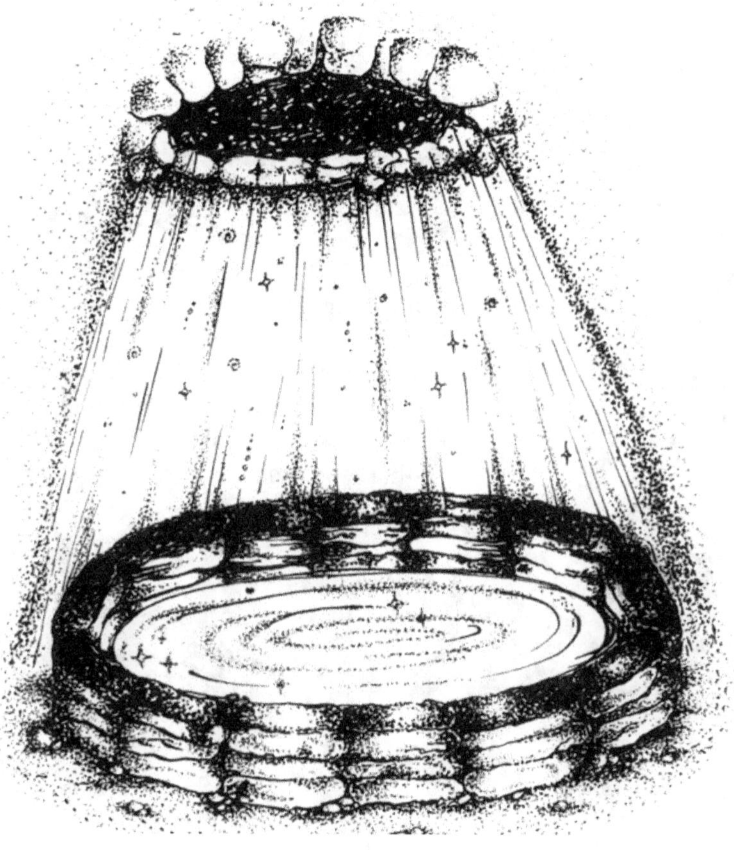

213

Epílogo

Al final, Oh ignorante ser:
En el día de la muerte,
Esto se comprobará:
Lo que vimos, fue un sueño,
Y lo que oímos, un cuento.
--El Diwan Urdu
de Khwaja Mir Dard

El Maestro de los Jinn

Si derrites tú alma en el fuego de Amor,
Encontrarás que el Amor es la alquimia de tu alma.

Pasarás más allá de las estrechas dimensiones,
Y verás la inmensidad del dominio de ninguna parte.

Aquello que no ha oído, escuchará;
Aquello que tu ojo no ha mirado, verá.
--Hatif Isphahani

Sintiendome renovado como jamás había sentido en mí vida, estirándome de a poco del sueño en la luz del sol pensando que era un sueño, desperté en mi propia cama de mi propio cuarto en la vivienda del Maestro. Una vez más escuché el gallo viejo cacarear su saludo al nuevo amanecer y su llamada nuevamente elevó el coro de cantos de las cuantiosas aves.

Cuando me senté, me dí cuenta que estaba totalmente vestido, todavía envuelto en el manto azul de los Tuareg que me habían regalado hace mucho y reí.

"!Pájaro, viejo!... ¡Qué vivas mucho tiempo!" grité mientras fuí para la ventana. No pude evitarlo, mi corazón no podía contener su alegría.

Había hecho mis abluciones en las aguas puras del Amor y fuí lavado de dudas y temores. Miré el círculo cerrar y fuí testigo de la Verdad...estando conciente en ésta vida. Reí de nuevo con el corazón limpio e hice mis oraciones mientras cantaban las aves. Me postré y oré con gratitud incesante por el amor y la misericordia de Dios, por Su misericordia para el Maestro y Sus sirvientes y para Su misericordia para todos sus hijos de los dos reinos y el nuevo Sheikh de Jinnistan.

Epílogo

Me apresuré por los escalones para abajo una vez más a calentar el agua para el té de la mañana y para buscar al Maestro. No sentía temor por mis compañeros, pues había mirado las aguas puras lavarlos y con seguridad las aguas de ése mar que toca a cada playa, también los llevó a casa. Pero el Maestro no había dicho cuando iba volver. Cuando estaba poniendo la caldera en el fuego, se me ocurrió que no me dí cuenta del momento de mi propio suceso. Habíamos viajado fuera de tiempo, por medio del fuego y las aguas profundas, y yo no tenía ni idea en que día o año estábamos en éste mundo.

No tenía importancia, yo sólo deseaba encontrarlo a Él para estar en su compañía, porque había mirado en su corazón de bondad y amor un reflejo del Misterio...y por fin entendí las palabras de Rumi cuando él hablaba de su propio Maestro, Shams-e Tabrizi:

> Yo estaba muerto; Y he revivido.
> Yo estaba sollozando; Y ahora estoy riendo.
> La fortuna de amor ha llegado,
> Y ahora soy eternamente afortunado.

Así que el Qutb, el polo del mundo, me atrajo como el hierro hacia el imán; sin buscarlo...lo encontré.

El Maestro estaba en el jardín entre las aves y cuando se sentó en el banco de piedras, una vez más le cantaron en unisón.

"Ah bien, estas despierto" comentó Él... "ahora en la noche viene Shlomeh a ser iniciado y tenemos que comprar dulces de roca y café para Rebecca".

"¿Maestro, cuando regresaste?" le pregunté.

"En ése momento que me notaste" contestó Él.

-- ¿Y en qué día estamos?

El Maestro de los Jinn

"Oh erudito, es hoy día. Un Sufí siempre vive en el presente" dijo Él riendo.
"¡Alhamdulilah!" dije, riendo con Él. Se levantó y le seguí los pasos al mercado una vez más.

Una vez más los comerciantes le ofrecían su mercancía a cambio de bendiciones y Él nuevamente les decía que distribuyan sus ofrendas a los pobres y Él insistía en pagar por el café y los dulces de roca.

Y como la última vez, regresamos por la Vieja Ciudad, pasando la mezquita Haram al-Sharif, pero ahora ya no había ningún fakir adivinando las suertes en los escalones.

"No lo volverá a ver en ésta vida" comentó el Maestro mientras miraba para adelante... "El límite está trancado a su raza por aguas no pasables y las Rejas del Cielo no abrirán de nuevo hasta el Último Día".

La idea me causaba tristeza. Tomé ése viaje largo que Él me había adivinado; ese espíritu vampiro espantoso de los Jinn, el mejor compañero y más digno de los guías. Si yo sólo hubiera conocido todo su cuento...pero lo extrañaré.

Cuando regresamos, encontramos que la khaniqah ya estaba llena de gente entre los preparativos para el banquete de ésa noche. Las mujeres estaban cocinando y los hombre ocupados limpiando los cuartos comunales. Estaban contentos de ver al Maestro, y Él se detuvo un momento para conversar con ellos; tomando el té que le ofrecieron y después se disculpó de todos para ir a ver a sus hijas. Claro que ellas no dijeron nada en cuanto a nuestra ausencia; ni hicieron preguntas o bromearon conmigo cuando Él se fue.

"Te ves más viejo" dijo Mojdeh, y ví que se miraban entre ellas.
No dije nada.

Cuando al fin entré al jardín, me dió mucho gusto

Epílogo

ver a Alí y Rami, Rebecca, y el Capitán Simach esperándome. El Maestro había pasado por aquí y les avisó que pronto yo iba a estar con ellos. Respiré con alivio y abrasé a mis hermanos y hermana. Habían llegado mientras estuvimos de compras y Rebecca confirmó que su padre iba a llegar pronto...que él insistía en parar un momento en su oficina primero. Nos sentamos juntos y hablamos bajito como viejos camaradas quiénes muchas veces compartían la misma fogata y sin la necesidad de explicaciones.

Rebecca y el Capitán Simach dijeron que también despertaron en sus camas y todavía estaban envueltos en sus mantos Tuareg. Estábamos incrédulos. Parecía que dos meses habían pasado en este mundo...nos miramos y nos pusimos a reír. Nuestro regocijo era alegría contagiosa. Hablábamos y reíamos de todo y el Capitán Simach insistía en que le dijéramos Aarón.

Miré a los alrededores para ver si nos podrían escuchar, pero no había nadie más en el jardín. Por lo general a éstas horas del día muchos derviches estarían atendiendo el jardín, pero nos dieron la privacidad como bienvenida, así era en la khaniqah. Al contarles ésto a mis compañeros, ellos no se sorprendieron.

"Hemos cambiado y ellos se han dado cuenta" dijo Aarón.

"A mí me dijeron que me veo más viejo" dije.

"¡Sí, te ves más viejo!" afirmó Rebecca

"Casi lo suficiente viejo como para empezar a rasurarse" dijo Rami, y todos se pusieron a reír.

En verdad, en el espejo del corazón habíamos crecido más que en nuestra niñez. Estábamos hablando y riendo cuando al rato el Maestro y el Profesor Freeman entraron al jardín.

"¿Con que todos ustedes regresaron de la batalla menor al mayor?" aludió el Maestro, mientras señalaba que nos quedáramos sentados.

El Maestro de los Jinn

"¿Maestro, cuál es la batalla mayor?" preguntó Rebecca mientras se acomodaba entre nosotros.

"De luchar contra los nafs...es la batalla constante, sin fin".

El Profesor Freeman con sus ojos brillando, afirmó con su cabeza. Se veía más joven.

Sólo el Maestro seguía igual, tan constante como el mar.

-- Y ahora, decía... "Antes de iniciar a Shlomeh, queda algo por hacer".

Se dió la vuelta y por detrás del árbol viejo sacó el intrincadamente tallado kashkul que llevaba el fakir. Desde la primera vez que él apareció en el jardín, no volví a verlo.

-- Aquí están los regalos que quedaron atrás; Dos adentro y uno sí, y tres ya entregados, afirmó el Maestro... "El kashkul en sí, lo deja para la khaniqah, y tres regalos que ya fueron entregados adjunto con sus palabras".

Entonces Él sacó dos objetos del kashkul y me alcanzó un pequeño objeto rectangular envuelto en un lino áspero y amarrado con una pita antigua.

"Para el erudito...palabras", dijo Él.

Después le entregó al Profesor Freeman una bolsa chica de cuero gastada, diciéndole, "El que busca...halla".

¿Tres regalos ya entregados?

Miré a los demás con asombro... "¡Por estar constantemente grabateando, cuanto perdí!" Desaté la pita y desenvolví el lino. Era en verdad un libro con palabras—quizás un diario. Miré la primera página, pero no pude descifrar la caligrafía rara en hebréo. Parecía estar escrito en el mismo idioma antiguo del papiro. Lo dejé abierto para que el Profesor Freeman lo mirara.

Después de examinarlo un momento, afirmó, "¡Sí, sí!... Sin duda, es cananeo y fue escrito recientemente. El papel está amarillento,

Epílogo

pero las fibras recién están empezando a deshacerse. El libro no puede tener más de cuarenta o cincuenta años".

Le volcaba las hojas con cuidado mientras yo agarraba el libro. Por alguna razón no pude soltarlo, y él no hizo ningún gesto de quitármelo.

"¡Increíble!" exclamó él... "Creo que es un cuento de alguna clase. Me daría mucho gusto traducírtelo".

Con cuidado cerré el libro y miré al Maestro.

"Sí" comentó Él... "Fue intencionado para los dos de ustedes... ¡Pero tengan cuidado!...... que ésto no es un regalo que se dá por así nomás. El cuento también puede interpretarles a ustedes".

Respiré profundamente y lo envolví de nuevo, amarrándolo con la pita. Y deseaba conocer su cuento. Al pensar en él y de descubrir a otro de sus nombres, Escribano... mis ojos se empañaron con lágrimas.

"Ahora venga Shlomeh" dijo el Maestro... "¿No compartirás con nosotros tú regalo?"

El Profesor Freeman no podía desprender la vista del libro envuelto en lino, con su atención cautivado por los secretos que podrían estar escrito en su interior. Sin pensarlo, jaló la cuerda de cuero que envolvía la vieja bolsita y vació el contenido en la palma de su mano.

De a poquito sus ojos se enfocaron en aquello y luego se quedó contemplándolo por largo rato.

"¡Por el Dios vivo!" murmuró.

Un pequeño anillo de oro engarzado con una piedra bella color verde cayó en su mano, era tallada lisa en la forma de una estrella.

...El niño miedoso se sentó hecho un capullo mientras el Rabino paraba por encima de él como un gran espectro negro, extendiendo su mano cicatrizada y nudosa para suavemente tocarle la ceja del niño con el dedo índice. Al instante el niño se relajó.

El Maestro de los Jinn

Al tocarlo de alguna manera su calor lo calmó enseguida y el niño se sentó en alto, sintiéndose claro de mente y sin miedo.

"¿Sabe usted quién es el Rey Salomón?" preguntó el viejito.

El niño afirmó con su cabeza, "Mi mamá me dijo que él era inteligente, y me nombraron como él".

El viejito muy a gusto afirmó con su cabeza, y él niño orgulloso de su respuesta, se conmocionó.

"Sí, él era inteligente y sabio, y si, te dieron su mismo nombre. Y tú también eres muy inteligente. ¿Pero sabes lo que significa ser sabio?"

El niño pensaba y pensaba, hasta que su rostro se quedó fruncido por el esfuerzo.

"No", comentó él al final.

El viejito se rió al ver su expresión.

"Bueno, de ser sabio significa solamente dos cosas. Es como una receta, como mezclando harina y agua para hacer matzos. Es de recordar a Dios y después actuar por medio del corazón actuar, en esa remembranza".

"¿Ah?"

"Yo sé, tú no entiendes, así que voy a contarte un cuento para explicarte".

El muchachito, como si hubiera estado en cama en la casa con su mamita leyéndole un cuento, se acomodó en el sillón hasta que se sentía calientito y listo para escuchar. Todavía escuchaba sus padres en el pasillo, pero ahora no los quería llamar, ya no le tenía miedo al viejito.

El Rabino miraba al niño y se sonreía a si mismo. Le dijo, Este es un cuento que recordarás.

-- "¿Es un cuento largo?"

"Sí" contestó el Rabino... "un cuento muy largo. Pero solo me queda tiempo para contarte la primera parte. Lo demás aprenderás después".

"¿De qué se trata?" preguntó el niñito impacientemente.

"Se trata de esto", explicaba el Rabino, mientras sacaba cuidadosamente un anillo del bolsillo de su chaleco. Era un anillo brillante de oro con una piedra verde en forma de estrella. "Con un anillo como éste, él Rey

Epílogo

Salomón entendía las aves, y podía controlar a los demonios... ¿Sabes lo que es un demonio?"

El niño se sacudía la cabeza.

-- Es como un Dybbuk

"¡Ah!", respondió el niño... "Un monstruo!"

"Sí" contestó el Rabino.

"¿De dónde sacó el Rey Salomón el anillo?" preguntó el niño.

"Dios se lo dió. Toma, agárrelo" Y puso el anillo cuidadosamente en la mano pequeña del niño. Era grande y pesado, y el muchachito lo contemplaba. El anillo lo tenía hipnotizado...el oro brillaba y la piedra preciosa relumbraba.

"¿Es un anillo mágico?" preguntó el muchachito con sus ojos grandes.

"No" contestó el Rabino... "La magia viene del poder de Dios desde adentro del que lo tiene puesto".

"¿Y qué vas a hacer con eso?" preguntó el niño mientras lo devolvía, sintiéndose algo desengañado.

"Voy a mantenerlo en un lugar seguro hasta que llegue el momento de entregárselo a otra persona".

-- ¿Dárselo a quién?

-- A quién Dios designa que lo tenga

--¿Y Dios me lo dará algún día?

"Quizás" contestó el hombre seriamente, "cuando tu corazón sea lo suficiente sabio para saber que hacer con el"...

El Maestro de los Jinn

Me incliné para poder mirar su diseño mejor, pero el Profesor Freeman cerró su mano y lo escondió de nuestra vista. No pude darme cuenta si los demás siquiera vieron el anillo. Solo Rebecca estaba observando la reacción de su padre.

"Y ahora" dijo el Maestro mientras miraba para arriba... "los regalos fueron entregados y se acerca la hora de la cena. Shlomeh, usted tiene que ser iniciado primero. Ishaq te llevará donde estoy cuando estes listo". Se levantó y se fue a la khaniqah. Cuando les señaló, Alí, Rami y Aarón lo siguieron.

Rebecca se quedó con su padre mientras yo le explicaba la ceremonia de iniciación y sus significados simbólicos. Él no levantó la cabeza y ya yo tenía mis dudas de si me estaba escuchando o no y....... Su mano seguía cerrada.

"... Tenemos los dulces de roca. Pero si necesitas ir a comprar un—"

"Por favor, llámame Salomón" dijo él bruscamente, mientras miraba a su hija. "Y no necesito ir a ninguna parte. Tengo un anillo para entregar".

Y así pasó que el Profesor Salomón Freeman fue iniciado para ser un derviche; con banquetes y música y las manos aplaudiendo contentos. Y el sonido del ney de Alí, que también había pasado por el fuego y las aguas puras levantó nuestros corazones hasta el reino donde el agua y el fuego se mezclan, cantando Sus alabanzas.

Después de la iniciación y una cena deliciosa, nos sentamos nuevamente en el jardín a escuchar el Maestro hablar.

"Sepan o derviches que el amor es el cimiento y el principio del camino a Dios y que todos los estados y estaciones son etapas del amor...mientras el camino en sí permanece latente, no es destructible. Está escrito por Amr Ibn'Uthman Makki en el

Epílogo

antiguo texto, Kitab-I Mahabbat, el Libro de Amor, que Dios creó el alma siete mil años antes de los cuerpos, y lo mantuvo en la estación de la proximidad...Y Él creó el espíritu siete mil años antes del alma y lo mantuvo en el nivel de intimidad; Él creó el corazón siete mil años antes del espíritu y lo mantuvo al grado de la unión; Él reveló la Epifanía de Su belleza al corazón trescientos sesenta veces al día cada día; y lo agració con trescientos y sesenta contemplaciones de misericordia. Él hizo el espíritu percibir la verdadera palabra de amor y manifestó trescientos sesenta favores de intimidades al alma.

Y cuando Dios hizo que descubran el universo que Él creó, no encontraron a nada más preciosos que ellos mismos y se llenaron de orgullo y vanidad.

Entonces Dios los expuso a prueba; Él apresó el corazón y el espíritu en el alma y el alma en el cuerpo; Después Él mezcló el razonamiento de aquellos y cada uno empezó a buscar su estado original: El cuerpo se postró en oración, el alma se atenía al amor, el espíritu llegó a aproximarse a Dios, y el corazón encontró descanso en unión con Él".

El Maestro tomó un momento para prender su pipa mientras el humo blanco subía por encima de Él y sus ojos buscaban a nuestras caras ansiosas... "No pidan explicaciones. No se puede explicar el amor. La explicación del amor no es amor, porque el amor excede simples palabras. En verdad, si todo mundo deseaba atraer el amor, no podrían y si hicieran todo lo posible para alejarlo, no podrían... Porque el amor es un regalo Divino. No se puede adquirir, ni pelearlo".

Muchos suspiraban con añoranzas a las palabras del Maestro, sin embargo mi corazón sentía solo alegría. Y cuando se iban los derviches ésa noche, nos abrazamos los unos con los otros como

El Maestro de los Jinn

viajeros del sendero--como compañeros de corazón, hermanos y hermanas.

Aarón y Rebecca no se miraban ni durante la recitación del Maestro o después cuando levantaron lo último del té y los dulces, pero demoraron su partida el uno cerca a la otra hasta que los demás se fueron y pude ver que cualquier explicación estaba de más.

Al final ella le dió un beso a su padre cuando se quedó sentado sólo. Él iba a pasar la noche en la khaniqah y empezar sus contemplaciones como un derviche. Caminé con el Maestro mientras Él los acompañaba hasta la reja del patio. No estaban tan animados para irse y se quedaron parados platicando por un rato, hasta al fin les dí un beso de despedida a cada de ellos, luego hicieron las venias con el Maestro con sus manos por encima de sus corazones despidiendose.

Los miramos cuando se fueron caminando. Juntos por el camino, los campos estaban mojados por la lluvia de la tarde y la frescura seguía cuando salió la luna. Se iban agarraditos de la mano y cada tanto una nube tapaba la luna.

Cuando llegaron a cierta distancia, el Maestro cerró la reja y sonrió suavemente... "El deseo de amar es una caricia del cielo" exclamó Él.

Mientras íbamos en camino a la casa, Él se paró a mirar la noche. La luna estaba perfectamente llena y las estrellas estaban brillantes y daban la impresión de estar cerca. Él metió la mano al bolsillo de su manto y luego sacó su mano cerrada...después la abrió despacio y miré una polilla color café sentada en la palma de su mano, quieta y daba la impresión de estar muerta. La sobó suavemente con su dedo y después la sopló. Las alas empezaron a vatir, luego aletear y después Él levantó su mano hacía el cielo y se fue volando. La miré girar y retorcerse en el viento, obedeciendo el ritmo interno que sólo su especie conoce y no renunciaba su curso. Se iba cada vez más para arriba hasta que se perdió de vista y yo sabía que estaba volando hacia la lámpara de noche del mundo y hacia la luz de su Amado.

Glosario de Palabras Extranjeras:

Adab – La cortesía, modales y ética de los que siguen el camino Sufi.

Aether – Una palabra filosófica de la sustancia que llena todo el espacio.

Ahaggar – Una región de montañas o mesetas grande en la zona central de la Sahara.

Aleph – La primera letra en el hebreo y otros idiomas semíticos.

Al-Muazzim – Un mago; uno que por medio de artes negras mandan a los espíritus malignos a hacer su voluntad.

Alhamdulillah – Palabra árabe que significa, "Toda alabanza es sólo a Dios".

Allahu Akbar – Palabra árabe que significa, "Dios es lo más grande".

Amenukal – El título del que manda a un tribu "Tuareg", significando "el jefe de tambores/baterías"

Asmodeus – Un Jinni que profesa ser de la religión hebreo y es fiel seguidor de la Torá.

Awliya – Palabra árabes que significan, "Amigo/amistades de Dios".

Azazel – El Jinn que llevaron los ángeles; al que dicen Iblis (Satanás) y fue expulsado del cielo cuando rehusó postrarse ante Adán cuando Dios se lo ordenó.

Azrael – El ángel de la muerte.

Azza, Azzael – Dos angeles caídos que de acuerdo al Sohar, están encadenados cerca de las Montanas de la Oscuridad.

Belzebú – El nombre antiguo dado al Señor de los Jinn.

Baraka – Una bendición o gracia Divina.

Benaiah – Uno de los guerreros del Rey David, en la vejez del Rey David fue fiel al Rey Salomón y dicen que era hermoso

Bismillah – Palabra árabe significando, "En el nombre de Allah (Dios)".

Bulla – Un objeto redondo y plano, usado como sello.

Daf(s) – Un tamborcito cubierto en cuero de cabra, que se toca con la mano.

Derviche – Un discípulo de un Maestro Sufí
Dhu'l-Nun, el Egipto – El Gran Maestro Sufí de Egipto
de (798-856 CE). Dicen que sabía leer a los hieroglíficos   y que
poseía un anillo mágico.
Dinar – Dinero del Medio Oriente.
Envidia – Un Jinni con todas las extremidades de un hombre,
      pero sin cabeza.
Erg – El desierto verdadero; un área de pura arena y dunas.
Fakir – Literalmente, el pobre. En palabras Sufí, uno que vive
      en pobreza espiritual; el que no es amarrado a nada, ni
      desea nada aparte de Dios.
Gandura – Un manto color azul que usan los del tribu Tuareg.
Garmi – Persa: una comida de calidad caliente—no en
      temperatura, sino en su efecto sobre el cuerpo.
Ghul – El Jinn que cambia de forma. Dicen que están por los
      cementerios y tumbas.
Golmos – Una pluma hueca y dura hecha de caña que usaban
      para escribir en papiro en las épocas Bíblicas.
Gomeh – La planta de donde se hace el papiro.
Guelta – Una alberga grande de arena y piedras que están por
      toda la Sahara.
Haadi – Uno de los 99 nombres de Dios. Al-Hadi en árabe
      significa, "El Guía".
Hajj – El peregrinaje de los Musulmanes a Meca.
Iahar Halibanon – Palabras hebreas que significan, "el bosque
      de Líbano; un nombre antiguo para el palacio del Rey
      Salomón.
Iblis – El nombre de Satanás en el Corán.
Ifrit – Diabólico, el Jinn maléfico.
Imam – En árabe significa, "el que guía/manda". Por lo
      general la palabra se usa para líderes religiosos, y
      también a los 12 imams nobles, los descendientes de
      Mohamed.
Iman – Palabra árabe significando, fe y confianza en Dios.
Janannam – Palabra árabe significando, "infierno".
Jasus el-Qulub – En árabe, literalmente significa, "el Espía de
      Corazones" ...El que tiene la capacidad de leer
      corazones y mentes.

Jeroboam – El Rey de 10 de las 12 tribus en el norte de Israel,
     y después de la muerte de Salomón, dividieron el reino.
     Rehoboan, el hijo de Salomón, gobernó sobre los otros 2
     tribus.

Jinn –   Seres espirituales creados del fuego y habitan el
     mundo. Están obligados a seguir las ordenes de Allah y
     tienen que rendir cuentas de sus hechos. En árabe, la
     palabra significa, "escondido/oculto", e indican que son
     criaturas invisibles.
Jinni – Palabra singular en árabe de "Jinn".
Jinnistan – Literalmente en árabe, "la tierra de los Jinn".
José – Profeta en el Corán y la Biblia, fue conocido por su
     belleza y sabiduría.
Kemi'a – Un talismán Bíblico, por lo general una invocación
     por escrito que cargaban para evitar el acercamiento
     del mal.
Khaniqah – Persa; significa la casa de un grupo de Sufis.
La, Scroll of – Un pergamino de fabulas donde están escritos
     todos los nombres de aquellos que fueron
     desobedientes a Allah.
La ilaha il Allah – Palabras árabes que significan, "No hay
     ninguna Divinidad, aparte de Allah (Dios)".
Luz –   Una ciudad mitológica donde no entra la muerte.
Mazel – Palabra yidish que significa, "suerte o buena fortuna".
Modougou – Líder o jefe de una caravana.
Mohasebeh- El balanceo de cuentas, donde un derviche recién
     iniciado medita sobre sus hechos del pasado.
Mossad – El equivalente a la CIA americano de los israelíes;
     Servicio de inteligencia extranjera.
Muezzin – (Muecín)Él que llama a los musulmanes a orar 5
     veces por día, por lo general desde el alminar de la
     mezquita más cercana; el equivalente a las campanas
     de religiones cristianas.
Nafs – El ego de la naturaleza animal de la humanidad, hay
que superarlo por medio de gnosis o de ser unido en uno con Allah.
 Naqib – Singular de Nuquba, uno de 3 humanos que apoyan o
     puedan sustituir al Qutb.

Negev – Un desierto en el sur de Israel.

Ney – Una flauta persa de caña.

Nimrod – En el Corán, un rey malo que hizo tirar a Abraham al fuego.

Nuquba – Vea "Naqib"

Onoskelis – Un Jinni que tiene tez clara y la figura de una mujer.

Ornias – Un Jinni que tiene como colmillos de vampiro.

Pentalpha – Una estrella de cinco puntos usado como símbolo mágico.

Qalandar – Un derviche solitario que anda divagando.

Qutb – Una persona que es considerada el polo magnético o cenit espiritual de la época.

Rabdos – Un Jinni como perro voraz.

Rak'at – Una unidad individual de la oración Musulmana.

Rebbe – La palabra yidish de rabino.

Reg- Un desierto lleno de piedras y guija hasta llegar al Erg, o verdadero desierto de arena.

Ruh- Un espíritu Divino en los seres humanos.

Salaam – Palabra árabe para saludar, significando, "paz".

Sama – Meditación acompañada con música o canto.

Sardi – Palabra persa para comida fría—no en temperatura, pero en cuánto a su efecto sobre el cuerpo.

Shahada – Palabra árabe para la declaración de fé. Una persona tiene que recitar "Shahada" para convertirse al Islam. "Declaro que no hay mas Divinidad que Dios y Muhamed es el mensajero de Allah".

Shaitanun – Satanás

Shamir – Legendaria piedra verde que dicen fue usada para construir el primer templo en Jerusalén. También dicen que fue la piedra preciosa que estaba engarzada en el sello del anillo del Rey Salomón, y que usaba para mandar a los Jinn.

Shaykh – (1), El líder de un pueblo o aldea. (2), El funcionario principal a la cabeza de la religión Islámica de un pueblo o región. (3), En Sufismo, el Maestro espiritual.

Siddiq – Designa a una persona a visión iluminada interior; Una persona cuya palabra es la verdad.

Si'lat – Las oraciones obligatorias.

Sufi, Sufismo – Sufismo es una palabra que designa al componente mística de Islam. El/la "Sufi" es la persona que practica Sufismo.

Sufreh – Un mantel blanco que se extiende en el suelo o piso.

Tadmor – Ciudad mítica que fue construida por el Rey Salomón para la Reina de Saba.

Tamashek – El idioma de los Tuareg. (No existe por escrito).

Tar- Un instrumento de cuerdas formado de dos platos hondos haciendo forma de número ocho.

Tariqat – Conducta buena y mística, y alabanzas que señalan el sendero del Sufi.

Taslim – Palabra árabe significando, "Con gusto acepto".

Tattala – Palabra yidish significando, "niño pequeño".

Tephros – Un Jinni que llaman el demonio de las cenizas.

Tombeck – Un tambor.

Tuareg – Una palabra usada para identificar a diferentes grupos de gente que compartan el mismo idioma y la misma historia en la Sahara, África.

Vizir – Asesor principal del Rey o Sultán.

Wadi – Un barranco en el desierto.

Wali – Una palabra árabe para "santo"; también es un guardián legal; amigo o protector.

Zadok – El sacerdote de alto rango durante el reino del Rey Salomón en el primer templo.

Dhikr – Es literalmente, "remembranza". En Sufismo, una palabra o frase dado en secreto a un derviche que el/ella repita con cada aliento, hasta que la palabra fluye en el corazón y cada aliento se hace oración y suplicaciones.

Zohar – El "Sefar Zohar" o "Libro de Esplendor". Es una serie de libros autoritarios sobre enseñanzas de Cábala.

Zulaikha – Explicado en el Corán como "el cuento más bello", del romance poético de Jami sobre Yusuf (José) y Zulaikha que explora el tema de amor erótico y Divino.